国粹文丛

古 耕／主编

砚边人文

张瑞田／著

中国言实出版社

图书在版编目（CIP）数据

砚边人文 / 张瑞田著. -- 北京：中国言实出版社，
2018.11
（国粹文丛 / 古耜主编）
ISBN 978-7-5171-2919-6

Ⅰ.①砚… Ⅱ.①张… Ⅲ.①散文集－中国－当代
Ⅳ.①I267

中国版本图书馆 CIP 数据核字（2018）第 207564 号

出 版 人：王昕朋
总 监 制：朱艳华
责任编辑：严　实
文字编辑：赵　歌
责任校对：张　强
出版统筹：冯素丽
责任印制：佟贵兆
封面设计：杰瑞设计

出版发行　中国言实出版社
　　　　　地　　址：北京市朝阳区北苑路 180 号加利大厦 5 号楼 105 室
　　　　　邮　　编：100101
　　　　　编辑部：北京市海淀区北太平庄路甲 1 号
　　　　　邮　　编：100088
　　　　　电　　话：64924853（总编室）　64924716（发行部）
　　　　　网　　址：www.zgyscbs.cn
　　　　　E-mail：zgyscbs@263.net
经　　销　新华书店
印　　刷　北京温林源印刷有限公司
版　　次　2019 年 7 月第 1 版　　2019 年 7 月第 1 次印刷
规　　格　710 毫米 ×1000 毫米　1/16　16.25 印张
字　　数　212 千字
定　　价　68.00 元　　ISBN 978-7-5171-2919-6

活着的传统　身边的国粹

——国粹文丛总序

古　耜

　　在实现中华崛起、民族复兴的伟大历史进程中，文化自信至关重要。而若要问：文化自信"信"什么，哪里来？这就不能不涉及优秀的中国传统文化——对于国人而言，优秀的传统文化既是孕育文化自信的沃土，又是支撑文化自信的基石。唯其如此，我们说：从中国历史的特定情境出发，坚守中国文化立场，赓续中国文化血脉，弘扬中国文化风范，重建中国文化传统，是历史的嘱托，也是时代的呼唤。

　　怎样才能把优秀的传统文化发扬光大，使其重新进入国人的精神生活与社会实践？围绕这个大题目，一些专家学者发表了很有建设性的意见。譬如刘梦溪先生在一次演讲中就郑重指出："传统的重建，有三条途径非常重要：一是经典文本的研读；二是文化典范的熏陶；三是文化礼仪的训练。"（《文学报》2010年4月8日）应当承认，刘先生的观点高屋建瓴而又切中肯綮。事实上，近年来中国传统文化在全社会的强势回归与有效传播，也主要是从这三个方面展开的。

　　在刘先生所指出的三条路径中，所谓"经典文本研读"，自然是指对承载着传统文化基本精神与核心理念的经典著作进行研究和解读。这方面的工作以学术界为主体，着重在"知"的层面展开，其系统梳理和准确诠释固然必不可少，但更重要的恐怕还是立足于时代的高度，扬长避短，推陈出新，最终实现传统文化的创造性转化和创新性发展。而所谓"文化礼仪训练"，则包含对人，尤其是对青年一代进行思想、伦理、道德教育的内容，因而涉及学校、家庭、社会等多个领域，并更多联系着"行"——付诸实践，规范行为的因素。《论语·泰伯》曰："兴于诗，立于礼，成于乐。"意思是说，达"礼"行"礼"是人在社会上安身立命的根本和标志。孔子所言之"礼"与今日所兴之"礼"，固然有着本质不同，但圣人对礼的高度重视和反复强调，却依旧值得我们作"抽象继承"（冯友兰语）。

相对于"经典文本研读"和"文化礼仪训练"，刘先生所强调的"文化典范熏陶"，显然是一项"知"与"行"相结合的大工程。毫无疑问，在通常情况下，"文化典范"自然包括先贤佳制、经典文本，只是在刘先生演讲的特定语境和具体思路中，它应当重点指那些有物体、有形态，可直观、可触摸的优秀文化遗存。如古建筑、古村落、著名的人文胜迹、杰出的历史人物，还有艺术层面的书法、国画、戏剧、民歌、民间工艺，器物层面的"四大发明"，以及青铜、陶瓷、漆器、丝绸、茶叶、中药，等等。如果这样理解并无不妥，那么可以断言，刘先生所说的"文化典范"在许多方面同非物质文化遗产有交集、有重合，就其整体而言，则属于一种依然活着的传统，是日常生活里可遇可见的国粹。显而易见，这类文化遗产因自身的美妙、鲜活、具体和富有质感，而别有一种吸引力、亲和力与感染力。将它们总结盘点，阐扬光大，自然有益于现代人在潜移默化中走近传统文化，加深对它的理解，提高对它的认识，增强对它的感情，进而将其融入生活和生命，化作内在的、自觉的价值遵循。这应当是"典范熏陶"的优势和力量所在。

正是基于以上体认，笔者产生了一种想法：把自己较为熟悉和了解的当下散文创作同文化典范熏陶工作嫁接起来，策划组织一套由优秀作家参与、以艺术和器物层面的"文化典范"为审视和表现对象的原创性散文丛书，以此助力传统文化的重建与发展。这一想法很快得到中国言实出版社社长、实力小说家王昕朋先生的积极认同。在他的鼎力支持和热情推动下，一套视野开阔、取材多样、内容充实的"国粹文丛"，顺利地摆在读者面前。

"国粹文丛"包含十位名家的十部佳作，即：瓜田的《字林拾趣》，初国卿的《瓷寓乡愁》，乔忠延的《戏台春秋》，王祥夫的《画魂书韵》，吴克敬的《触摸青铜》，刘华的《大地脸谱》，刘洁的《戏里乾坤》，马力的《风雅楼庭》，谢宗玉的《草木童心》，张瑞田的《砚边人文》。

以上十位作家尽管有着年龄与代际的差异，但每一位都称得上是笔墨稔熟、著述颇丰的文苑宿将，其中不乏国内重要奖项的获得者。长期以来，他们立足不尽相同的体裁或题材领域，驱动各自不同的文心、才情与风格、手法，大胆探索，孜孜以求，其粲然可观的创作成绩，充分显示出一种植根生活，认知历史，把握现实，并将这一切审美化、艺术化的能力。这无疑为"国粹文丛"提供了作家资质上的保证。

值得特别指出的是，这十位作家不仅是文学创作的行家里手，而且大都有着相当专注的个人雅爱，乃至堪称精深的专业修养和艺术造诣。如王祥夫是享誉艺苑的画家、书法家；张瑞田是广有影响的书法鉴赏家和书法家；吴克敬是登堂入室的书法家，也是有经验的青铜器研究者；初国卿常年致力于文化研究与文物收藏，尤其熟悉陶瓷历史，被誉为国内"浅绛彩瓷收藏与研究的标志性人物"；刘华多年从事民间艺术和民风民俗的田野调查与理论探照，不仅多有材料发现，而且屡有著述积累；马力一生结缘旅游媒体，名楼胜迹的万千气象，既是胸中丘壑，又是笔端风采；乔忠延对历史和文物颇多关注，而在戏剧和戏台方面造诣尤深，曾有为关汉卿作传和遍访晋地古戏台的经历；瓜田作为大刊物的大编辑，一向钟情于汉字研究，咬文嚼字是其兴趣所在，也是志业所求；刘洁喜欢中国戏剧，所以在戏剧剧本里寻幽探胜，流连忘返；谢宗玉热爱家乡，连带着关心家乡的草木花卉，于是发现了遍地中药飘香。显然，正是这些生命偏得或艺术"兼爱"，使得十位作家把自己的主题性、系列性散文写作，从不同的门类出发，最终聚拢到中国传统文化的大向度之下。于是，"国粹文丛"在冥冥之中具备了翩然问世的可能。

"红白莲花共玉瓶，红莲韵绝白莲清。"我想，用宋人杨万里的诗句来形容这套"各还命脉各精神"的"国粹文丛"，大约算不得夸张。愿读者能在生活的余裕和闲暇里，从容步入"国粹文丛"的形象之林和艺术之境，领略其神髓，品味其意蕴！

戊戌秋日于滨城

| 目 录

中编：笔路心路

下编：且思且语

上编：书史书义

书法情境浅解

20世纪80年代初期，戏剧理论家谭霈生出版了《论戏剧性》，提出戏剧情境说，为当代戏剧创作和欣赏开拓了一条有价值的思路。当时，我们只注意戏剧的情节，对情境一词十分陌生，甚至一些人将情境与情节混为一谈。

其实，情境是一个特定的时空，是一个特别的过程，置于其间的人物，将因为这样的时空和这样的过程自觉或不自觉地做出选择，因此戏剧情节会有张力，人物形象会有魅力。戏剧情境说，颠覆了戏剧首为政治服务的创作理念，它以审美的原则，提升了当代戏剧创作的美学意识，是历史性的进步。

谈书法情境，不去回眸情境一词产生的背景是无法理解书法情境的一些普遍性问题的。正如同当年我们对"情境"和"情节"词语的混淆，我们也有可能说不出"书法情境"和"书法环境"的区别和意义。

书法情境和书法环境不是一回事，书法情境的宏观暗示和广泛辐射，具有文艺心理学的属性，我们只能从精神的层面才能够看到本质。

戏剧与书法有共同性，也有差异性。共同性在于两者均是以艺术的手段，予人以审美的享受。差异性是，戏剧艺术手段立体，分工明确，导演在剧本的基础上调动演员、舞美、灯光、音乐诸环节，扬抑褒贬，展现了人类生活的一个场景。作为艺术形式，书法没有这样的能力，其抽象性和个体性，无法将明确的形象呈现出来，对诗文的一贯书写，展开的是中国化的艺术特质。

中国化的艺术特质，会有中国化的书法情境，如果我们不是浅薄地把书法情境看成情境书法或书法环境，我们就有理由说，情境一词对书法创作的概括，一定是人格化的，是知识化的。每一个人写字，本没有显著的区别，不管是学富五车的名流，还是流浪文人、平民百姓，都离不开毛笔、墨、宣纸，案几、印章、诗文、碑帖。其中的差异，仅仅是笔墨的优劣、碑帖的贵贱，最后的归途，依旧是白纸黑字。就是这些白纸黑字，为什么气象不一、风格万千，为什么有的风华高古、有的凌乱狼藉？又是什么导致了这样的结果？

人格，一定是人格。

书法家的情绪导向，是书法创作的重要基调。书法家的情绪导向，由书法家的气质和所处环境决定。因此，书法情境的主导是书法家的人格。昂扬的人格，还是低下的人格，在很大程度上影响着书法作品的格调。我不愿意把书法情境看成书法家写字的环境，那种敲锣打鼓下的书写，那种众目睽睽下的书写，那种给富人官人们的兴奋书写，仅仅是常态化、俗态化的书写，是不能与书法情境相提并论的。其中的区别是形而上和形而下的区别，是不能在一个层面上讨论的区别。

书法情境是内心化的，是美学化的，只有书法家本人知晓。那么，我愿意看到对书法情境的提出，应该建立在反功利的价值层面，一方面，书法情境是书法家对自己创作的精神规定；另一方面，书法情境是以艺术为终极归宿的自觉选择。

当年，谭霈生戏剧情境说的提出，是为了恢复戏剧艺术的审美功能，是对戏剧工具论的讨伐。尽管当下的戏剧创作，也包括其他文艺创作，又在陷入工具论的窠臼，但我们欣慰地发现，工具论不能成为艺术创作的共识，多元化的审美需要，全球化的文化眼光，毕竟是当代文学艺术创作的主流。

我们必须警惕书法作品成为工具的可能性，也不能把书法创作沦为政治的附庸，书法艺术的独立意义，从一开始就确定了自己的审美特征，因此我们对书法创作的知识化也格外看重。有人把文辞视为书法创作以外的要素，甚至狭隘地认为，只有线条与形式才是中国书法的主要成分。这种短视是知识的缺失，不管是历史的知识、文化的知识，还是思想的知识，一旦缺失，对书法自然不会有准确的判断。书法情境，知识是重要的环节，没有知识的书法家，不管锣鼓声有多么响亮，终归免不了油头粉面、华而不实的样子，当然登不了大雅之堂。

书法不是最高级的艺术

不久前，在"金陵论坛"听专家学者发言，再一次听到某公提到"书法是最高级的艺术"，也再一次引起我对书法本体的思索。

郑振铎说，书法不是艺术。此事见于朱自清 1933 年 4 月 29 日的日记：晚赴梁宗岱宴，振铎在席上力说书法非艺术。

书法是不是艺术？在 20 世纪中叶也有过争议，当时章士钊就此问题问过毛泽东，得到的回答是，中国多一种艺术有什么不好。有意思的是，过去了半个世纪，书法是艺术毋庸置疑了，但我们万万没有想到，书法成了最高级的艺术。蹿升的速度之快，出乎我们的意料。

书法究竟是什么？姜澄清在《中国书法思想史》中说得十分清楚："不论是从广义抑或是从狭义去理解'文化'一词，书法都是民族文化的组成部分。……从民俗看，镂金勒石，题壁书匾，以楹联及书幅装饰环境，或以为纪功祈福之用，成了中华民族三千年来的习尚。"正因为书法的文化指向性清晰而明确，所以，我们在相当长的时间里，熔铸书法深处的是智识、功利、修养。它与现实生活的直接关联，使之很难成为游离生活以外的感官娱乐。

游于艺，这是艺术的根本，而书法的文化使命恰恰对艺术的娱乐功能是不屑的。显然，在古代中国，把书法当成艺术是对书法本身的亵渎。

确定书法的艺术身份，是现代中国的事情。受西方社会和工业化的影响，社会分工逐渐细化，市场日趋成熟，被普遍认同的艺术门类，基本找到了各自的市场，需求的不同，又决定了各个艺术门类产业化的特点和规模。现代中国，是国际化的中国，在国家辞典中陈列的艺术门类，基本得到了国际的广泛认同，其中的审美属性超越了国家、人种、区域，比如电影、戏剧、美术、文学、舞蹈、音乐等。书法具有民族性和民族文化的独特性，在很晚的时候把书法纳入艺术的层面，自然有其无可置疑的理由。

毛泽东说得对，多一种艺术有什么不好。领袖的认同，影响了国家的认同，此后，艺术界、学术界，开始谨慎地审视书法的艺术属性和学术价值。

简单回顾书法艺术化的过程，我们应该理性认识书法艺术的美学特征，以自尊、自重、自省的科学态度，完善书法的艺术属性，提高书法的艺术质量。

可是，为数不少的人，甚至是书法界较有影响的人，不断强调书法是最高级的艺术，理由无非是中国哲学的特殊意义，东方的审美思维，或者是文字的独特性、书写的民族性云云。其实，这些理由仅仅是书法作为艺术的理由，而不是、也不可能是书法是最高级艺术的理由。书法，作为一种艺术形式，与其他姊妹艺术是并存的、平等的，没有层级之别、高矮之论。

书法被国家认同为艺术，书法学被认定为二级学科，是在中国文化的转型时期，即，绵延三千年的传统文化断裂，文化的传播方式、手段、文字的书写均发生了本质变化时。书法失去了原有的功能，只能以传统文化的遗韵观照人们的审美意识。

现代社会，我们理应具有现代的价值观念。对书法艺术的认识，必须持有科学的历史判断能力和宽阔的文化眼光。不妄自菲薄，也不能夜郎自大，不能以虚无主义藐视传统文化的艺术价值，更不能无知、浅陋地把书法凌驾于其他艺术之上。现代社会的民主思想、平等观念、相互尊重的价值理念，是我们必须尊重并接受的人类文明成果。

施蛰存如此批评《兰亭序》

1990 年 9 月 20 日，施蛰存发表了《批"兰亭序"》一文。这时候，我对《兰亭序》如醉如痴，不管是文章还是书法，在我的心中都是重要的文化存在。

那么，施蛰存为何批评《兰亭序》呢？这个问题让我陷入深深的思索之中。

施蛰存，中国现当代"百科全书式"的作家、翻译家、教育家和古典文学理论家。钱谷融说，施蛰存的一生凭趣味，为艺术而艺术。钱中文说，施蛰存是中国传统优秀知识分子的代表。

在我对现代文学史有限的了解中，知道施蛰存与鲁迅曾有过十分友好的交往，也有过激烈的争论。施蛰存曾在《现代》上冒险刊发了鲁迅的重要文章《为了忘却的记念》。遗憾的是，不久，也就是 1933 年 10 月，鲁迅与施蛰存关于是否要读《庄子》与《文选》打起了笔仗。读不读古书，该如何读古书，是民国年间文人们纠结的问题。这次争论，施蛰存被鲁迅称之为"遗少群"的"一肢一节"，是"洋场恶少"。施蛰存对鲁迅也进行了抨击。

对《兰亭序》，施蛰存当然熟悉。他在中学任教时给学生讲了几十遍《兰亭序》，那种人云亦云似的讲解，并没有让他觉得《兰亭序》有什么不对。

"文革"期间，施蛰存下放嘉定劳动，住在卫生学校。一位女教师带着《兰亭序》向他请教，她的问题是：这篇文章上半篇容易懂，下半篇难懂，特别是"死生亦大矣，岂不痛哉"一句，令人迷惑。女教师的问题，引起了施蛰存的注意，他用思想分析的方法再读《兰亭序》，发现了这篇著名文章的问题。为此，他说："王羲之的《兰亭序》，尽管它来历不明，聚讼纷纭，至少在唐朝以后，总可以算是古文名篇了吧？不过，这一名篇，还是靠唐太宗李世民的吹捧，在书法界中站住了脚，在文章家的观感里，它似乎还没有获得认可。许槤的《六朝文絜》、王文濡的《南北朝文评注读本》都不收此文。可知这篇文章在近代的盛行，作为古文读物，还是姚惜抱的《古文辞类纂》和吴氏昆仲的《古文观止》给它提拔起来的。"

施蛰存为我们描绘了《兰亭序》的历史背景。

施蛰存再一次细读了《兰亭序》，所得出的结论令人瞠目：七拼八凑，语无伦次，不知所云。

施蛰存是学贯中西的人物，他不会空洞地说"好"或"不好"，他是喜爱读古书的人，谈问题，信奉"拿证据来"。

首先，施蛰存对《兰亭序》中"向之所欣，俯仰之间，已为陈迹，犹不能不以之兴怀"和"况修短随化，终期于尽"两段话提出异议。他说，上段话是说人生短促，一瞬之间，一切都过去了，使人不能不感伤。下句话的意思是，何况寿命长短，都随自然决定，归根结底，都是同归于尽。施蛰存认为，上下相连的两句话是对立的，既然我们都知道人寿有长短，何以感伤人生之短促呢。"况"字让人迷惑。

其次，"古人云：'死生亦大矣。'岂不痛哉！"也让施蛰存陷入矛盾之中。施蛰存说："把'死生亦大矣'这一句的意思讲明白，就可以发现这一句写在'修短随化，终期于尽'之下，简直无法理解作者的思维逻辑。底下还加一句'岂不痛哉！'我们竟不知道他'痛'的是什么？"

第三，"固知一死生为虚诞，齐彭殇为妄作"一句，与上文"况修短随化，终期于尽"用的都是肯定语气，在施蛰存看来，这是"一死生，齐彭殇"的观点。仅仅隔了两行，把"况修短随化，终期于尽"看成了"虚诞"和"妄作"，显然自相矛盾了。

第四，施蛰存对"后之视今，亦犹今之视昔，悲夫"一句更不能接受。他说："我们无法揣摩作者'悲'的是什么？因为今昔二字在上文没有启示。今是什么？'已为陈迹'了吗？昔是什么？'向之所欣'吗？或者，'今昔'指'死生'吗？一般的注释，都说：今是今人，昔是古人。那么，作者所悲的是：一代一代的人，同样都是'前不见古人'的悲哀。大约作者之意，果然如此，不过应该把今昔释为今人今事与古人古事。但这两句和上文十多句毫无关系，连接不上，依文义只能直接写在'向之所欣'四句之下。因此，这中间十多句全是杂凑，迷乱的主题，岂非'语无伦次，不知所云'？"

还有没有人与施蛰存一样向《兰亭序》发难？不知道。然而，如此直率、犀利地直陈《兰亭序》一文的不足，我还是第一次看到。对名作、名人的再认识、再评价，是每一个时代必须面对的问题，也是对一代人智慧的考量。施蛰存对《兰亭序》的批判，让我们懂得了对文化经典需要持什么样的态度，又需要从什么角度进行解读。

论书法家的基本素质

一、关于人格

若干年前，我曾写了一则《当代书法家公约》，其中提到：1. 书法家应该长一个会思考的脑袋，而不是只长一只会写字的手。2. 书法家是浪漫的，幻想不能被诗人独占。3. 书法家的字是传统文化的延伸，不能仅以字论字。4. 太势利的书法家令人不安；在狼面前变成羊，在羊面前变成狼，是小人之举。5. 不能神化汉字，更不能妖魔化汉字；汉字是我们的根。6. 技巧仅是书法作品的一部分，看淡了人格与修养，是我们的无知。7. 书法家是一个现代人，应该懂得计算机，也应该了解当代文学、经济、法律和股票市场。8. 仅能写音律不通、平仄不准的诗词作品，不算诗人。书法家不能拒绝外国书。

此文在天涯社区网站贴出后引起热议，许多网友对第 6 条格外感兴趣，发表了一些值得思考的见解。

"技巧仅是书法作品的一部分，看淡了人格与修养，是我们的无知"，至今，这仍然是我坚持的一个观点。

提到当代书法家的标准，我们就要讨论当代书法家的素质，提到当代书法家的素质，自然要思考当代书法家的人格与修养。

当代社会由消费主义思潮主导，对一个人的判断常常依据这个人的世俗功名，其中包括政治地位和经济地位；人格与修养被弃若敝屣，书法界尤甚。

与书法家们闲聊，很难听到对历史的反思、对现实的忧患、对艺术的关切。往往是急于炫耀财富，似乎一个书法家的价值一定与财富有关。

我从来不反对书法家们积累财富，但是，对于书法家——一个艺术家、一个知识分子来讲，积累财富仅仅是一个手段，而不是目的。毋庸置疑，改革开放的核心是以克服贫困、发展经济为主要目标。在全民共同追求物质财富的时代，知识产权被赋予新的价值，书法家的商业意识觉醒了。于是，书法家卖字，比试润格高低，又成为没有任何异议的现实。利益驱使，书法家对市场开发越来越重视，不再把"据于德""志于道""依于仁"的古训当成人生的理想，自然失去了追求广博、高远的志向。书法是中国传统艺术，是专制社会一脉相承的文化延续，其躯体难免打上帝制社会一元化的价值烙印。即使我们走到现代化的今天，也克服不掉数千年带给我们陈腐的精神暗示。

衡量当代书法家的标准，人格是第一位的。书法家作为中国知识分子的一员，理应具有对现实的关怀，比如是非之心，平等观念，科学、民主思想；理应葆有对民族命运、社会道义、文化思想、艺术价值强烈的责任感和参与重建的热切愿望；理应把人道主义视为人生的纲领，通过捍卫书法的独立价值和自由属性，从而捍卫人的尊严和权利；理应认清书法艺术的规律，以审美的视角，表现书法艺术的使命和任务。

二、关于文化修养

在"当代书法家公约"中，我提到"书法家应该长一个会思考的脑袋，而不是只长一只会写字的手"；"书法家是一个现代人，应该懂得计算机，也应该了解当代文学、经济、法律和股票市场"；"仅能写音律不通、平仄不准的诗词作品，不算诗人。书法家不能拒绝外国书"。

这三条针对的是当代书法家的文化修养问题。

知识分子需要具有独立思考的能力。对书法家来讲，独立思考，是端正人生态度，明晰社会责任，亦是对文化艺术的真知灼见。许多书法家横向取法，借鉴同时代书法家的创作成果，就是缺乏创新精神的表现。独立思考，将使一个人保持清醒的头脑，敏锐的目光，理性的状态。

当代书法家的创作并不令人乐观，缺乏文化根基的书写，让我们在那些优美的字形里，看到了当代书法创作的苍白，以及书法家们知识面的狭窄。中国书法是综合艺术，仅仅将书法视为写字，势必造成人们对书法艺术的误解。

"书法家是一个现代人，应该懂得计算机，也应该了解当代文学、经济、法律和股票市场"。这样的观点，会遭到嘲笑，被认为是不务正业。书法家的目标就是写字，有必要懂计算机吗，有必要懂文学、经济、法律和股票市场吗？有一位经常获奖的书法家曾愤怒地说："凭什么要求书法家写诗，我们也没有要求诗人写书法啊？"这样的质问，让我一度沉默。是啊，书法家没有要求诗人写书法，那么，诗人有什么理由要求书法家写诗呢？这种逻辑至少告诉我们，一个急功近利的社会，对雍容、博大、丰富的文化追求是多么胆怯。

当代书法家首先是当代人。在日新月异的时代，我们需要与时代同步，需要一定的文化、科技知识、法律常识，需要兼收并蓄，厚积薄发。

现代著名书法家无不是学富五车，兴趣广博。鲁迅没有奴颜和媚骨，在毛泽东看来，这是半封建半殖民地社会最宝贵的品质。其实，这也是中国文人最宝贵的品质。鲁迅治学作文，成果丰硕，又喜收藏，善书法，名扬四海。

鲁迅不以书名显达，然其书被文化涵养，自有机杼。沈尹默、谢无量、马一浮、郭沫若、沙孟海、林散之、启功诸先生之所以享誉书坛，与他们渊博的学识和深厚的修养不无关系。

文化修养也被称为书法家的"字外功"。刘光明说，从一定意义上说，书内功主要是从"形"的方面来把握书法，如果要进一步深化，就要通过书外的功夫，从书法美学、文字学、书法鉴赏、文学诗词修养等总体水平上提高，还包括加强人格、人品的修养，性格气质的铸造，有关学识的磨炼，生活阅历的积累和拓展，从而使书法进入"神"的境界。

我曾强调，书法家要读外国书。一个相对开放的社会，人的多元化选择预示着多种的可能。中国书，不管新与旧，无法全面阐释我们所面临的问题。现代社会的问题，无一不是国际化的，即使以书法为例，其中的艺术品格与市场价值，显然置于世界话语的价值体系之内，用旧理论进行衡量当然无能为力。

外国书也是一个庞大概念，但对书法家而言，西方文艺复兴以后的思想体系，是需要深入理解的。从人是美的，到美是需要怀疑的，其中所铺展的审美历程，颇值得三思。近代启蒙思想强调平等，质疑"单向度的人"，主张"去权威""去中心""拆结构"，承认异质的平等观。与此，我们看一看，当代书法家有谁不是"单向度的人"，对平等是践行还是反对。又有多少人津津乐道跪着和被跪，不是装出一副奴才相，就是摆出救世主的面孔。在萨特的存在主义理论体系中，我们看到了书法家个体价值确立的意义，同时，我们也看到了市场竞争对书法家内心世界的分裂。福柯始终保持着一种独立和疏离的姿态，不断否定自己，超越流行思潮，时时发出惊世骇俗的声音。法兰克福学派对主流社会的怀疑与批判，对权力的质问与制约，是值得当代书法家深思的。当代书法家在工业社会的环境中成长，其精神困惑，发展难题，心灵渴求，以及所面对的现实问题，与古人有着本质的区别。如果我们承认，现当代的西方一度是人类社会的领跑者，我们就没有理由回避外国书，拒绝西方进步思想对我们人生实践和艺术创作的影响。

《新唐书·选举志》记载："凡书学《石体三经》限三岁，《说文》二岁，《学林》一岁。"陆游赠子诗云："汝果欲学诗，工夫在诗外。"《宋史·选举志》记载："书学生习篆、隶、草三体，明《说文》《字说》《尔雅》《大雅》《方言》，兼通《论语》《孟子》义。"要求学书者一要能写，二要通文字学，始于唐代。到了宋代，提高了要求，除文字学知识外，还要懂得训诂学、语言学，并通儒家经典。古人强调书学修养与人格修养的结合，表现思想，抒其怀抱，使审美意识和人生阅历与书法融合，呈现新的精神风貌。

三、关于书法技巧和艺术感觉

画家袁武说，绘画，首先是技术。我个人认为，一个真正的绘画大师，应该具备一个画匠的手工能力，要有能力表现出对象的"物理""物情""情态"。

我们对"匠"一直是警惕的。古代文论、书论、画论，无不把克服匠气当成艺术家的必然选择。

其实，对"匠"的理解是不是狭隘了，难道我们仅仅依靠灵气、直觉，就能实现艺术家的梦想？显然不能。

书法艺术有其客观规律，我们尊重规律，方能成其方圆，否则，我们会在一种虚无的感觉中，离书法艺术越来越远。

20世纪80年代，文学艺术界受到国外某些观念的影响，开始了对传统的颠覆，比如淡化小说情节了，反对形象至上了，改变叙述风格了，等等。落实到书法界，便有人提议不临帖，主张率性书之，并以谢无量、吴丈蜀为例。

谢无量、吴丈蜀究竟临帖与否，我们姑且不论，然而，他们的书法作品所呈现的文化意蕴，还是让我们看到了历史的承继。

今天，书法教育日趋成熟，书法观念日渐理性，书法爱好者们一心向古，皓首穷经，在经典中寻求自己的艺术之路。

书法技巧是对书法艺术客观规律的把握，是对书法史的熟知，是对所学书家独特的理解。同时，它也要求书法家对笔墨的驾驭能力，对线条的认识能力。书法艺术依靠高度的个人技巧表现其独特的魅力，仅凭抖机灵、耍聪明，无法进入书法之堂奥。

古今书论，对书法技巧问题极其重视。刘熙载《艺概·书概》说："天，当观于其章。""章"——广义的文章，即自然本身的形象、文采、条理、形式美，与古为徒。邱振中说："书法由此成为并不轻松的艺术：一方面是对精神生活的丰富性、深刻性无限的追求，一方面是随时把驾驭线条运动的能力上升到本能。线条，成为艺术家灵魂中伸出的一根神经，它把艺术家的内心世界同广阔无垠的社会生活紧紧联系在一起。"

线条，即书法技巧的首要问题。

但是，书法的技巧问题，也不是书法的所有问题。即使掌握了一定的技巧，也不一定可以进入艺术的层次。技巧一旦僵化，势必影响书法家的创作质量。为此，邱振中说：我们只是指进入所有艺术领域时都必须首先完成的那种全面的基本训练，但是书法艺术中却要把它拉长到二十、三十年，而且还远远不能说"全面"——就是终生从事书法活动并且有所成就的人们，所涉及的技巧往往也十分有限。

因此，我们提到艺术感觉。艺术创作毕竟是精神活动，仅凭一张图纸无法实现艺术的目标，在很大程度上，艺术感觉决定了书法家的创作状态和创作程度。

王僧虔说："书之妙道，神采为上，形质次之，兼之者方可绍于古人。"

包世臣进行了发挥，他在《艺舟双楫》中写道："书道妙在性情，能在形质。然性情得于心而难名，形质当于目而有据……"他们所说的"神采"，就是书法中不易捕捉的生命情绪和只能意会不可言传的精神内涵，是书法家在某一瞬间的超越。

对于艺术创作，我们一天比一天相信才华了。许多人穷其一生，也不解艺术之真谛，有些人在短短数年便能进入审美领域。其中的差异是客观存在的，我们必须承认。

用通俗的语言来讲，首先，艺术感觉就是一个人对一门艺术的直觉，也可以说是天赋；其次，艺术感觉也是一个人厚积薄发的表现。许多神来之笔，如果没有长期的积淀，也难达其妙处。王羲之写《兰亭序》，那是一次艺术感觉的奇妙体现，这样的体现，王羲之试图复制，均难奏效；第三，艺术感觉与审美感受相通，具有较深的审美感受，艺术感觉才能达到理想的境地。

当代书法教育的普及，推动了书法事业的发展。然而，呆板的教育体制和教育方法，有可能作茧自缚，使当代书法家千人一面，鲜见个人风格。解决这样的问题，一个人的艺术感觉，将起到作用。

四、关于思想

"书法家的字是传统文化的延伸，不能仅以字论字。"书法需要思想。

用思想深度去衡量艺术作品的认识价值，是人类审美意识的觉醒。文艺复兴时期，人们在莎士比亚的剧作里，从哈姆雷特、麦克白、李尔王的命运轨迹里，发现了人的尊严和人的价值。莎士比亚通过剧中人物对自我怀疑、肯定、张扬，唤醒了一个时代。鲁迅在《狂人日记》中写道："我翻阅历史一查，这历史没有年代，歪歪斜斜的每页上都写着'仁义道德'几个字，我横竖睡不着，仔细看了半夜，才从字缝里看出字来，满本都写着两个字'吃人'！"鲁迅的笔轻轻一抖，就使新文化运动丰富起来了。

任何人都不否定书法是一门艺术，它在历史中传达出来的独特声音，的确震撼了人类的心灵。中国书法对人的精神世界的陶冶直接而深刻，它的魅力何在？难道仅仅是气韵、形质、结构、笔法吗？我们不否定艺术的娱乐特质，也能理解古人与今人操持书法的消遣心理。然而，高级意义的书法不是停留在娱乐的层面，它穿越了历史时空，表达着人的精神状态和生存理想。一代又一代人对书法艺术的需求，超越了商业化的功利目的，甚至把书法看成生命的另外一种存在。

不幸的是，在 21 世纪，极端消费主义价值观泛滥，我们把儒家经典当成了文化快餐，鲜见提及书法的思想深度了，似乎当代书法作品仅仅是商贾官僚的私藏。

当代书法家和书法理论界，把"思想深度"拱手让给了作家，似乎高度形象化、叙述化、故事化的文学作品才有能力承担思考的作用，而重外在形式的书法作品只要层层相袭、陈陈相因，注重笔墨变化，就可以赢得声名。如此浅薄的认知已经成为书法界的集体无意识，也是制约书法艺术进一步完善的障碍。巡视当代书坛，沾沾自喜取代了内省，技术制作淹没了个性与情感，被动抄录古诗警言降低了书法的品格。江湖式的溢美与称赞，已经看不到书法家对自我的剖析。这一切，恰恰是书坛对思想的拒绝。

书法需要思想，我们更需要有思想的书法家。

民国具有思想魅力的书法家比比皆是。康梁把书法置于社会形态之上，从中思考民族的兴亡，国家的振兴。章太炎一只眼睛看古文字，一只眼睛看国际风云，对苦难的中国思考深入，甚至不惜性命与黑暗对抗。王国维、弘一法师、鲁迅、郭沫若、沈尹默、马一浮、谢无量等人，不是其思想领先于他们的时代，就是以人格照耀冷酷的现实。

思想家是巨大的精神存在，它联通着一个人对宇宙的探索、对自己的诘问、对社会的批判。当技术主义成为一门艺术的核心价值时，这门艺术的人文含量自然缩小，当然不具备与"志于道"相匹配的文化力量。

当代隶书创作的路线图

一、隶书的庄严

20世纪80年代初，我打开《张迁碑》，粗犷的语言，朴茂的气息，远隔千年之久，直抵我的内心。虽然，我的理想并不是当一名书法家，甚至依据80年代的价值取向，对于书法，或重或轻地凝聚起了疑虑的目光。没有办法，那个时代的选择丰富而多元。

青年时代的精神一瞥，决定了今后的审美判断。对于隶书——中国文字的一种书体，开始了漫长的艺术审视。在启蒙和更新观念的时代语境里，我顽强地留住了对隶书的记忆，保存了对隶书强大的兴趣。以至于影响到自己对文学、戏剧、电影、音乐的欣赏和选择。

我为什么喜欢隶书，为什么对这样一种书体有着如此强烈的精神依恋？依据当然不会是一种，然而，起主导作用的是隶书的庄严。

《张迁碑》是庄严的，汉隶是庄严的。我们内心对人生与未来的猜想，也一定是庄严的。庄严是我们的精神之根。

华人德的隶书很像一位深沉的老者，不会搔首弄姿，不会大惊小怪，如哲人一样自信地、客观地与我们面对。华人德的隶书是一种回归，平实而安静，复制了东汉的谨严与气魄，也展现了现代人的优越与乐观。

有人说华人德的隶书笔法滞涩、保守、没有变化。其实，保守不是艺术创作的贬义词，没有变化不等于说故步自封，只是我们习惯了拿自己的尺子去衡量别人。这样做的结果是，别人永远是错的，而自己绝对是正确的。岂有此理。

书法是"保守"的艺术。比如，我们临帖，首先面对的是"像"与"不像"的问题，进行创作，又会面对胎息何家的诘问。其实，这样的问题，不是书法独有的，文学、戏剧、电影、美术，概莫如此。新时期小说创作，有杰出表现的莫言、马原、王朔、洪峰、格非、余华、残雪等，受西方和拉丁美洲文学影响，叙述风格、故事特点、人物形象，与卡夫卡，与博尔赫斯、马尔克斯等人的作品形成了技术与风格的对接。陈凯歌、张艺谋、田壮壮早期的电影，每一个镜头，均具有西方电影的语言特征。

书法艺术有特殊性。第一，书法是抽象的，是建立在汉语文字基础之上的艺术，不具有其他艺术样式的丰富性，因此，也缺少可供人们恣意解读的条件。第二，书法具有实用和审美的双重功能。第三，书法是内向型、私人化的艺术。以上三点，是书法区别其他艺术的重要表征。

既然古人规定了一种书体，而这种书体又被广泛认同，就说明这种书体是科学的，是有规律可循的，是可以介入中国人的世俗生活和审美活动的。

沈定庵的隶书奇崛、高古，有金石气。沈定庵在汉隶中体会最深的也是庄严。他发现，隶书的庄严客观培育了中国人的严肃性格，正是中国人的严肃性格，使得我们对书法产生了久远的审美趣味。

沈定庵运动地审视隶书，他不轻易地夸大隶书的表现形式和语言特点，即使努力展示现代人的某种追求，也是在有限的维度里，实现一己的梦想。

沈定庵对清代隶书有自己的发现，对伊秉绶情有独钟。清代隶书是中国书法史的又一个高峰，庶几是书法人的共识。有清一代金石器皿的大量出土，让清代学者和书法家看到了历史深处更加辉煌的文化遗存，对中华民族的庄严，有了深切的体会。伊秉绶依靠汉隶，倾听既往的文化遗响，形成了对隶书的艺术判断和新颖的创作风格。沈定庵看到了伊秉绶的独立意义，为此，他也想在隶书创作领域有所突破。不管如何突破，他坚持隶书的庄严，他知道，庄严是隶书重要的美学语言。

二、抒情，当然是美好的

东汉是中国隶书集大成的历史时期，大师如云，名碑林立。本是书法载体的文字，终因文体的雷同，立意的浅显，思想的苍白，使人们不屑提及碑文，却把兴趣集中在文字的体式上，也就是我们所看到的隶书书体。于是，中国的艺术长河，中华民族的审美意识，就开始关注隶书，饶有兴趣地看着这种书体的演变。在不同的历史时期，在不同书法家的书写实践里，隶书的生命一次又一次被激活。

考察当代隶书创作，鲍贤伦、谷国伟就是一个有趣话题。他们年龄不同，被书法界津津乐道的政治地位、社会影响也不同，唯一相同的是他们对隶书的倾心和向往。他们在隶书书体中孜孜以求，以他们的艺术勇气，在隶书创作中完成圆融而系统的呈现。

鲍贤伦有着丰富的人生经验，笔墨沉稳，格调高致。与其说鲍贤伦用笔写字，毋宁说他是用笔抒情。我们的毛笔书写，与民国、明清、唐宋、秦汉形成了巨大的分裂，我们手中的毛笔，失去了教化的功能，业已成为当代人精神的卡拉 OK。

不知道鲍贤伦与谷国伟是否有过接触，彼此是否交流过书法创作的经验，我觉得他们都是用笔抒情的人。

用笔抒情，是当代书法与传统书法的分野，是中国文化断裂后的理智选择。我非常愿意强调这一点，也希望更多的人愿意讨论这一点。

谷国伟是当代书法创作的新生力量，如此说，自然是指其年轻，再有就是其对书法艺术的执着。从进化论角度来说，太世故的人有种种可能会获取现实的最大利益，但，这样一种人不会在艺术领域有所作为。艺术需要真诚，需要献身，需要对现实某种惯常价值观的扬弃。这样的状态说说容易，做起来很难。有意思的是，肯于这样做的，年轻人居多。回答这个问题并不难，年轻人有理想，有理想的人才敢于藐视黑暗，向往光明。在艺术上，年轻人"哗众取宠"，常常取得"革命性"的成就。

当然，谷国伟的"哗众取宠"和"革命性"的成就我们有目共睹。第一，谷国伟依据自己的生命体验，拓展书法艺术的审美途径，努力建立多元化的当代书法艺术的审美格局。作为"八零后"书法家，谷国伟自然有其优势。思想解放和新的书法资源的发现，决定了书法欣赏标准的立体和扩大，此前的"党同伐异"没有立锥之地。基于这种背景，谷国伟在汗牛充栋的书法史料面前，进行了大胆的抉择。于是，他把目光投向了秦简，以及以秦简为代表的民间书法。他在这个难以把握或难以进入的艺术资源中，细致分析，艰难选择，汲取自己需要的艺术养分，以及与自己的审美心理相颉颃的历史表现。第二，谷国伟选中了一个目标，便毅然决然地奔向这个目标，心无旁骛，专心致志。民间书法的生命趣味无可厚非，但，民间书法的率真、质朴和艺术语汇的不确定性，又给民间书法的热爱者带来了难题——如何判断，如何确定，又如何建立自己的信心？秦简也好，汉简也罢，其勃勃生机可以鼓足人类的力量。但，有时也会把我们引入歧途。谷国伟清醒地认识到民间书法的"危险性"，他根据自己以往的经验，巧妙进入秦简的文化空间，筚路蓝缕，建立了自己的表达方式和自己的艺术标准。第三，谷国伟的成功探索，让我们进一步认识到，书法新资源的开发，是书法创新的宽阔途径。谷国伟的"简书书法"，让我们的眼睛为之一亮。以往的简书创作，放纵有余，内涵不足，浅陋的结体，草率的线条，难以建立宏阔、凝重的价值标准，也不可能形成普遍的审美共识。令我们欣然的是，"八零后"书法家们突破了这个"瓶颈"，他们以前所未有的探索和系统的书法史知识，以及没有历史负担的创作心态，崭新的艺术感觉，实现了当代书法创作的一种突破。

当代书法欣赏常常掉入"先入为主"的怪圈，比如，书法家的政治身份与文化身份决定了一幅书法作品的评判标准。如此的"传统"显然不是现代社会的作为，因此，我乐观新一代书法家以他们力争上游的精神和他们身处的迥异于我们的文化环境，更多地改变当代书法创作低俗、狭隘的取境，开拓一条光明的艺术之路。

鲍贤伦、谷国伟在简牍的率真和灵动里看到了隶书的希望。相比较而言，他们比清代人幸运。对隶书进行了革命性探索的清代书法家，对隶书的功过是一言难尽的。结体与笔法的变化，直至人们的审美观念，清代书法家的确实现了对隶书的再理解。但是，清代隶书过分的装饰性和飞扬跋扈的个性，一方面拓展了隶书的形式美，又一方面作茧自缚，使人们望而生畏。现当代考古学的一系列重大成果，如里耶秦简、居延汉简、武威汉简等的出土，不仅颠覆了历史学、文字学、文献学，也颠覆了书法学。简牍传达了两千多年前中国人的书写风格，直接表述了隶书书体的原始形态，在一定程度上修正了我们对隶书的误读。汉代碑刻与摩崖石刻被刻工损坏的隶书笔法的生动韵味，在简牍中戏剧性地出现在我们面前，从而构成了对当代书法创作的重要影响。鲍贤伦、谷国伟对简牍的重视异乎寻常，他们在古老的墨迹中，捕捉时间深处的灵感、体验，总结隶书书写的常识和隶书书写的规律，以达到古为今用，人为己用。他们的松弛书写，使字形、笔画在合适的时候稍许夸张，极大增强了作品的生机与生气，与当代艺术崇尚自由的倾向形成了精神的对接。因此，我说，对于当代擅长隶书创作的书法家们，鲍贤伦、谷国伟的意义是值得关注和深思的。

三、我们承认经典，我们看重圆融

对于当代隶书创作，我有三点认识：一、当代隶书创作，以其独有的感受，确定了自己的隶书审美判断。二、当代隶书审美判断，是基于对书法史，尤其是对篆隶书法史的梳理，对历史深处篆隶结构与笔法的把握。三、当代隶书写出了时代的高度，难能可贵的是，这一高度建立在当代书法家的古典情怀上，是他们对横向取法的不屑。

作为当代颇有创新能力和独特艺术感受能力的书法家王增军，他感受到了隶书程式美的语言特点，以及隶书的审美范式。这两点基于王增军对隶书的了解。不管是秦隶、汉隶、唐隶，还是宋隶、明隶、清隶；不管是庙堂巨制，还是率性而为，王增军心随笔动，笔从心来，一一探访，逐渐掌握了隶书的规律。艺术的娱乐性，揭示了艺术的目的是对人感官的刺激，并在此过程中完成了艺术的审美功能。中国书法是非娱乐性的艺术，从一开始，它就与文化传承、生活记录、情感表述、心灵寄托等紧紧连在一起。赋予书法纯粹的艺术特性，是中国文字十分成熟的时期，甚至是毛笔书写退出世俗生活的历史时刻。

隶书的非娱乐性更加明确。隶书碑文中的记功表事，依托着隶书谨严的法度和端庄的风仪，才有可能让子孙牢记心间。隶书这样的历史背景，这样的形象展现，我们何为？以往隶书的非娱乐性，是中国书法作为艺术的局限。在 20 世纪和 21 世纪，放大隶书的"娱乐性"，有可能是实现隶书走向艺术之路的必然选择。为此，王增军调动了对隶书的全部记忆，自信地回味着对隶书真挚的亲近，从隶书的体式，用笔的规律等等，分析隶书之美。

眼高，手自然不俗。管峻、郭堂贵均是以对隶书的"全知"，达到了书写隶书的"全能"，使当下的隶书创作有了新的语言。首先，他们背靠汉隶高大的身躯，他们知道，对隶书的任何了解，任何突破，都不能远离汉隶的文化根源。那种从天而降式的探索与创新，怎么承担得起对隶书的文化责任。他们从历史的高度，接近隶书，认识隶书。因此，在他们的笔下，我们看到了与汉隶的趣味十分相同的当代隶书作品。其次，他们的隶书书写包含了个人的生命情感。隶书应用的实际意义，诠释着儒家礼教的等级观念，阻隔了艺术的娱乐性和抒情性。在现代语境下进行书法创作的管峻、郭堂贵，当然知道当代书法艺术的本质究竟是什么——个性与抒情性的结合，文化表述与娱乐性的交融。这两点如果在叙事文学中实现，是轻而易举的事情。然而，试图在抽象的书法艺术中达到如此的目的，困难重重。他们没有被困难吓倒，他们驾驭着轻重缓急的线条，注重章法的变化，追求一个字和另一个字的差异，注重一行字和另一行字的区别。汉隶碑刻没有的墨法之异，色调之差，巧妙地进入了他们的笔端，提升了他们的隶书创作。

许多年以来，我一直关注当代书法创作。当代书法审美，常被官职或其他名分困扰，很难做到艺术第一。为此，书法批评家对此现象进行了尖锐的批判。白鹤在这样一种社会现象里，艰难前行，以其卓越的才华，赢得了读者的尊重。

我曾说过，不管当下有多少不尽如人意的现象，这些现象迟早会被历史之水洗濯一清。就好比许多写不好字的"著名"书法家，也迟早会被时间之水冲刷得不"著名"了。白鹤没有"顶戴花翎"，这是好事，他不担心"顶戴花翎"扰乱人们对他书法的判断，反而以其清洁的书写，单纯传递着自己的"声音"。

只要是自己的"声音"，自然就有价值。

白鹤以充分的准备进入书法界。为此，我们看到白鹤在各种书体上的作为。对一名真正意义上的书法家来说，"四体皆能"是固然的修为。然而，一名书法家又很难在"四体"上做到精准与和谐。所以，书法史上那些杰出的书法家，如果在一两个书体上有所建树，那一定是奢华的事情了。

折服白鹤的"四体"，却偏爱白鹤的隶书。对当下隶书创作的考察，我发现白鹤隶书的卓尔不群，那种基于汉隶宽博、通脱、豪迈、劲朗的表述，让我们感受书写的严谨，感觉的松弛，视野的广泛。这是白鹤在一种书体之中所进行的"起承转合"。这样的状态，使我们看到书法家的白鹤将历史深处之中的书法资源合情合理化为自己的艺术创作动力，进而实现当代人在书法领域上的突破。

依我的判断标准来看，白鹤隶书的意义在以下三个方面。首先，白鹤没有被急功近利的思想所左右，更没有以侥幸心理进行横向取法，而是专注汉隶，尤其在汉隶刻石，如石门颂、西峡颂等名碑上发力，把握其中规律化的艺术要素，深究其中的情感力量，结合自己的书写风格，激活隶书神韵，重现艺术光辉。第二，白鹤以中和思想把握隶书结字，从不夸张字形，拒绝所谓"艺术书法"的视觉效果和美术化倾向，专注书写，体现书法艺术的阅读魅力。第三，白鹤在用笔用墨上极其节制，波磔、使转，均以字体的需要为中心，不赞成以大撇大捺的"喊叫"和重笔轻墨的"对比"，实现自己个性化的追求。其隶书书写，紧紧牢记传统碑帖自然流露出来的艺术蕴藉和自己对书法的情感投入，呈现一个当代人对历史的记忆，对书法的触摸。

隶书的规整和严谨，使得当代书法家难以进行艺术上的超越。为此，我们看到当代书法家愿意在行草书领域独步前行，试图与古人一比身手。其实，书法艺术没有必要一味强调超越和创新，这门与中国人文化心理息息相关的艺术，并不是依靠形式体现其重要性，而是以文化的内涵，甚至是以书体与文字的结合，展示书法——一门具有高度文化复合价值的艺术的魅力。

当代行书创作之我见

从魏晋来，到那里去

行书成熟于魏晋，是不争的事实；王羲之是行书的集大成者，是不争的事实；行书是最实用、最通俗、最广泛的书体，也是不争的事实。因此，我愿意把魏晋时期的行书，看成中国人的文化自觉和书法自觉。

魏晋行书的成熟，不是孤立事件。那一时期的文学，与书法颉颃，展现了中国人丰富的想象力和中国文化强劲的张力。因此，从那一时期站立起来的艺术形式，均具备一种别开生面的神气和霸气。其实，这就是一个民族文化超越的开始。

魏晋至唐，那条时间的道路并不平坦。对魏晋而言，强大的中央帝国，恢复了国家秩序，铁一样的专制，把五石散的粉末吹到角落，也终结了文人散漫的心情和陶冶山水的性情。好在李世民粗通文墨，在他最初的执政年代，他愿意展现一位帝王好大喜功的一面，对王羲之书法的拥趸，就是一种形式。

没有办法，帝王强大的权力，从来不去纠缠生命的价值与意义，相反，这样一种权力可以随便改变一个人的命运，可以改变文化的走向。因李世民，王羲之火了，书法火了，行书也火了。历史学家喋喋不休的贞观之治，王羲之一定是值得炫耀的例证。

行书从魏晋走来，此后，我们看到行书在我们生活中的显著影响，书札、诗稿、契约、记事，无不与这样的书体相联系。它如同一条结实的缆绳，紧紧系住我们的心路，一年又一年，一代又一代，就这样有法度、有灵感、有个性的书写，维系着一个伟大民族的生息。

但是，我们也不能高兴太早，从魏晋而来的行书，是不是真实的存在？"兰亭论辨"的余音，仍在我们的耳边萦绕，那场关乎魏晋行书命运的论辨，究竟给我们带来什么样的启示。还有《圣教序》，这是长安古城弘福寺僧人怀仁所集的王羲之的行书碑刻。其中的字，真是王羲之所书吗，它真能代表王羲之真实的书法水平吗？学者的考据和论辨，从来没有停止，明眼的学者在《圣教序》中看见了"正"字和"旷"字，学人当然知道，"正"字与"旷"字是王羲之祖父的名讳，他怎么能写，于是断定这些字出自怀仁之手。

好一个怀仁，他真能写出这样的字，该有多大的书法才情，与其替人代笔，就不能坦坦荡荡地"吾手写吾字"？不能，怀仁没有品牌，他毕竟是唐代人，有一万个理由不能与王羲之相提并论。留给他的机会是，整合王羲之的字迹，制定一个书体的范本。作为僧人，怀仁集王羲之书《大唐三藏圣教序》是成功的，他领会了李世民的旨意，洋洋洒洒，把佛经与王羲之的书法历史性地结合在一起，相映生辉，相得益彰。

争论去吧，一种与一个朝代的文化旨趣相暗合的书体，开始流行。它就如同唐帝国中央银行所发的货币，日益显示出强大的购买力和流通力。

毕竟是唐朝，毕竟有贞观之治，政治开放让文化有了活路，最初的一百余年，唐代的书法承前启后，不仅楷书达到巅峰，行书也展现它自有的风貌。颜真卿的"三稿"，把行书延宕到极致，生命的斑斓、书写的奇妙、内涵的丰富，使我们看到了真实的书写。而这样的书写，与怀仁所集的《圣教序》有本质的区别。前者是轰轰烈烈的情感袒露，后者是文质彬彬的细致表达。

宋朝的行书因苏东坡而显得厚重。不是把《兰亭序》《祭侄文稿》《黄州寒食诗帖》看成天下行书的三大奇迹嘛，那么，我们就没有理由怀疑《黄州寒食诗帖》的文化光辉。

苏东坡是伟大诗人，应该说，他留给我们的墨迹更清晰，更准确，更能代表一个时代的精神。宋朝与我们的距离不算太远，宋朝人的呼吸、哀痛，宋朝人的梦想、思虑，在苏东坡的行书中渐渐展露了。的确不同凡响，的确与王羲之、颜真卿有一定的区别，的确是伟大的存在。邱振中先生对《黄州寒食诗帖》的理解是当代人对一件书法名作有水准的发现："作品要有意境，意与境的融合是不可缺少的前提。线是书法艺术唯一的形式手段，文词是书法作品的题材（题材的第一层含义），两者都能各自刻画以'境'。对一件书法作品来说，除线条之'境'直接诉诸人们感官外，文词表现之'境'，随着人们对文字的辨识，总会有意无意浮现于心中，迭加于线条之'境'上。只有这两境首先达到协调，然后才谈得上意与境的融合：作者主观世界与线条之'境'和文词之'境'的统一。"

邱振中说的，也是行书的根本。

传统·技法·感觉

采古今能书人名，今天是"无与伦比"的。尽管古代中国的毛笔书写是常态，终因生产力低下，有机会进行文化学习和毛笔书写的人并不多。计算机时代，毛笔书写已退出生产生活了，可是，以艺术的名义进行书写的人却越来越多。各级书法家协会是书法家们向往的组织，数以万计的会员，体现着当下书法学习和书法创作的体积和容量。

参与人数的多寡，不是某一领域和行业是否兴盛的指标。滚滚而来的书法大军，多如牛毛的展览、评奖，改变了自古以来的书法生态，我们突然发现，貌似繁荣的书法创作，已经没有"沉痛彻骨，天真烂然，使人动心骇目，有不可形容之妙"（陈绎曾语）的境界了，取而代之的是笔法的变化，形式的调整，色调的强暗，种种外在的虚荣，成了当代书法追逐的目标。

行书呢？行书也难逃一劫。以中国书法家协会成立之日算起，能行书人名不计其数。远的不说，在当代书坛占一席之地的行书名家，甚至是书法史中行书名家的总和。不管从什么角度，以什么标准来衡量，当代擅长行书的名家还是取得了一定的成绩。以往，漫漶、松弛是行书的重要语言。不是强调书为心画吗，把字写得干净与规矩，怎能张扬艺术的情感？于是，夸大线条的粗细，涨墨，字体变形，就成了创新和探索的代名词。这种现象持续了十余年，流行书风的消长，是这一流派的生命刻度。林岫、旭宇、张荣庆、曹宝麟、孙晓云、陈振镰、龙开胜、张旭光、王家新、陈忠康、韩戾军、林峰等中青年书法家，以他们对中国书法的真正理解和他们深邃的审美眼光和书写才华，把中国行书推到了一个高度。他们依托帖学，魂系二王，把魏晋行书的典型特征表达得准确、灵动，从而使中国书法创作进入一个新时代。首先，他们审视中国书法的眼光达到了一定的高度，也就是解决了文艺为什么人服务的问题，以及艺术作品的社会功能和审美功能的冲突问题。曾几何时，这几个问题关乎书法家的命运，一度进退两难。改革开放以后，我们抛开了陈腐的观念，历史性地发出了文艺为人民服务的洪亮声音。这时候，我们回到了艺术审美的正确轨道，我们敢于否定愚昧的艺术观念，敢于正确地审视自己，敢于在历史的深处，确定自己的艺术选择。于是，我们重新发现魏晋，再一次深入帖学，在驳杂、凌乱之中，感受到书法的真实之美。于是，我们听到了这样的感喟：帖学回来了，书法的春天到来了。

首先，应该说，从20世纪八九十年代，到新世纪的第一个十年，当代行书的艺术是自觉的、明确的，所取得的成绩是骄人的，让人感念和感动的。其次，正是艺术观念的恢复，我们有信心、有胆量研究古人书写的方式和方法。当书法的实用功能退化了，当蕴藏在书法深处的文化语汇消解了，书写自然是重要的研究环节。虽然我对当前笔法至上论颇有微词，但是，我在探析笔法的过程中，看到意识形态干预书法的无奈和退出。两者相比，探析笔法的过程是自由的过程，当然是人性化的过程。第三，我们终于认识到书法家感觉的重要性。以往，我们掉入技术的泥淖，把毛笔书写仅仅看成技法的外化。今天，艺术创作的灵感，已经是艺术学研究的重要课题，依靠当代艺术心理学的研究成果，我们惊喜地发现，王羲之的《兰亭序》，颜真卿的《祭侄文稿》，苏东坡的《黄州寒食诗帖》的创作过程，恰恰是情感导向的过程，是生命"偶然性"向艺术"必然性"自如转化的过程。

追求艺术深度

对当代书法创作的肯定，不等于说当代书法创作是无懈可击的。当繁荣的浪潮退去之后，我们会在沙滩上看到种种狼藉，这是规律，也是现实。

当代行书创作的高度，邱振中已经指出：作者主观世界与线条之"境"和文词之"境"的统一。

当代行书创作缺少这种统一。由于当代书法家是从书写的技术方法进入书法的，那么，就留下了难以克服的缺陷，书法家是技术有余，而文化不足。也就是只有线条之"境"，而没有文词之"境"。

文词之"境"果真这么重要吗？回答是肯定的。"退笔如山未足珍，读书万卷始通神。"这是苏东坡《柳氏二外甥笔迹二首》中的诗句，意思是读书，有学问，比功夫深还要重要。黄庭坚在《跋东坡书远景楼赋后》中讲道："余谓东坡书，学问文章之气，郁郁芊芊，发于笔墨之间，此所以他人终莫能及尔。"

苏东坡和黄庭坚谈到的都是书法的文辞之"境"。

对此，丛文俊也说："古代书家都是读书人，他们大都对传统文化艺术精神有比较好的理解，由学养化育出来的审美理想使之对书法有一种颇为执着的、属于一个强大社会群体的共同追求，不会轻易地转移志趣，并脱出这一既定立场。"

当代书法，是以技巧为导向，以形式为语言的视觉艺术，成绩有目共睹。书法艺术的最后实现是阅读，因此，文词是书法题材的首要含义，是作品意境的重要组成部分。艺术的深度，需要"意"来开掘，没有"意"的阐扬与表达，再华丽的形式也是没有灵魂的躯壳。

赵壹书学思想阐释

——《非草书》与《刺世疾邪赋》比较谈

一

　　赵壹，东汉著名书法理论家、作家。《后汉书·赵壹传》说赵壹："体貌魁伟，身长九尺，美须豪眉，望之甚伟。而恃才倨傲，为乡党所摈，乃作《解摈》。后屡抵罪，几至死，友人救得免。"同时，《后汉书》又收有赵壹名文《刺世疾邪赋》，其中"邪夫显进，直士幽藏"语句振聋发聩，似乎为赵壹"恃才倨傲"作注。正因为如此，赵壹"州郡争致礼命，十辟公府，并不就，终于家"。看来，赵壹的《刺世疾邪赋》对他的世俗生活影响巨大。

　　《后汉书》没有提及《非草书》一文，此举不难理解，史学家视儒家思想为正统，他们当然看重视儒家思想为正统的赵壹，至于此人论述"末流小技"——书法的文章，不入史书，不做评价，是有其道理的。但是，这不等于说《非草书》没有《刺世疾邪赋》重要，作为"古籍中记载确凿并且对社会产生了较大影响的第一篇书学文献"，《非草书》的确是我国书法理论史上一篇有深度、有广度又不能被替代的华章。这一点，郑晓华看得十分清楚，他说："古代书学理论研究的开场锣鼓是从对于书法艺术的一片讨伐声中开始的。"他一语道破了《非草书》的"天机"。

《非草书》的思考焦点耐人寻味。赵壹身处东汉末年，那是一个王朝的暮年，"因东汉诸帝多童年即位、夭折，及绝嗣，遂多母后临朝，而外戚、宦官籍之用事"。所以，"德政不能救世溷乱，赏罚岂足惩时清浊"？"舐痔结驷，正色徒行"，如此的道德沦丧，如此的黑白颠倒，使人难见生活的曙光。年轻的帝王刘宏试图整肃吏治，重振朝纲，大胆改革人才选拔制度，强调书法与辞赋的重要性，甚至是唯一性，就改变了知识分子的兴奋点。可是，赵壹所看到的读书人"专用为务，钻坚仰高，忘其疲劳，夕惕不息，仄不暇食。十日一笔，月数丸墨。领袖如皂，唇齿常黑"。疯狂写字，追模流行书风，却是人生的一种沉迷。在赵壹的眼里，草书是"盖秦之末，刑峻网密，官书烦冗，战攻并作，军书交驰，羽檄纷飞，故为隶草，趋急速耳，示简易之指，非圣人之业也"。因此，有责任感的读书人万万不能"然慕张生之草书过于希孔、颜焉"。赵壹在东汉末年所看到的社会景观，让他悲痛欲绝。他视儒家思想为治国之根本，人生之根本，他对"小康生活""大同世界"充满了不切实际的幻想，所以，他对汉灵帝本末倒置的价值取向十分不满。表面上赵壹是在谈书法，其实，他是在分析当时的社会现象，在为一个行将就木的王朝担心害怕。经过长时期的观察和思考，他觉得刘宏——一个才学有余、治国韬略不足的君王，不会给自己的人生带来希望，于是，他采取了消极的人生态度，拒绝权力的诱惑，孤独地终老于家。作为有思想、有阅历的学者，论述书法自然会熔铸较深的社会思考，他把书法、书法家的心态、书法的价值判断，置于宏大的历史背景之中，予以深刻的分析与解读。

《非草书》使古典书法理论和书法批评凸显出对社会的现世关切，作者的思考焦点没有停留在书法本体，也不去纠缠执笔、用笔的玄机，而是以批判的眼光，审视当下社会某一种文化现象，也就是人们对书法的迷醉。在作者看来，书法，准确一点说是草书，该是读书人"博学余暇，游手于斯"之物，可是时人对此投入了大量的时间和精力，已经到了"臂穿皮刮，指爪摧折，见腮出血，犹不休辍"的地步，他认为，草书的价值是经不起社会检验的，乡间没有人用此比较才能，朝廷也不用它科试选拔官吏，好也无益于朝廷的政事，坏也无损于国家的治理，因此，迷恋草书之人是没有出息之人。赵壹力畅尊孔读经、通经致用，他理想中的读书人，应该是沿袭汉武帝罢黜百家、独尊儒术的传统，从而对闲适、散淡的艺术创作有微词和成见。

二

我们习惯地认为赵壹在非难草书，也是在非难书法艺术，同时把他看成是功利思想至上的心理扭曲者。然而，当我们把《非草书》和《刺世疾邪赋》比较阅读，也就清楚了赵壹坚定贬斥草书的政治背景和社会心理。

《刺世疾邪赋》让我们认识了另外一个赵壹，那是一个对现实社会有着深刻体验与思考，不回避任何矛盾，并直言不讳指出东汉末年邪孽当道、贤者悲哀的"公共知识分子"。面对迷醉草书的社会现象，他看到了读书人对社会问题的麻木与回避，对人生理想的幻灭与失望，对个人行为的放纵与轻贱。这是一个令人痛苦的时代，读书人已经找不到出路，只能借助艺术的鸦片消极地对待自己的生活。在《刺世疾邪赋》里，赵壹假托叫秦客者写了一首诗："河清不可俟，人命不可延。顺风激靡草，富贵者称贤。文籍虽满腹，不如一囊钱。伊优北堂上，抗脏倚门边。"想一想，这样的王统，这样的现实，人的价值，人的希望是不复存在的。赵壹对世事的洞察，让他内心世界的希望之烛完全熄灭，他选择了"退引"，悄无声息地离开所谓的主流社会，似乎不合时宜，但他终究成为东汉末年一道亮丽的人文风景。

赵壹是有深刻思想和现实体验的人，论及书法，自然不会停留在书法的表层。他着眼于书法的社会属性，善于把书法与时代、书法与个人结合起来，在研究书法价值的同时，也在研究社会的价值与个人的价值。古代社会，书法家的主体是士大夫，作为中国古代社会一个特殊的群体，他们始终受儒家哲学思想的影响，建功立业，修齐治平，把参与社会政治视为自己的立身之本。赵壹是东汉的清流士人，高古风秀，堪称时代楷模。不幸的是，浊流的代表人物是汉灵帝，两者相逢，清流者自然要付出血的代价。与赵壹同时代的一部分社会精英被无情流放、残酷杀害，致使另外一些有识之士远离政治，退守田园，以忍隐的方式表达对时代的不满。但是，他们有认识能力、分析能力，尽管告别了朝廷，个别人还是放不下以天下为己任的信念，执笔为文，书写自己的政治理念。赵壹就是其中的典型代表，他和蔡邕等人当之无愧地成为东汉末年为数不多的有思想、有见识的作家，他的《刺世疾邪赋》也就成为为数不多的、敢于冒天下之大不韪的杰出作品。

以这样的基调写《非草书》，我们如不能理解赵壹对"慕张生之草书过于希孔颜"的抨击，就是我们的麻木了。赵壹正道直行，在"势家多所宜，咳唾自成珠。被褐怀金玉，兰蕙化为刍。贤者虽独悟，所困在群愚"的情境之下，赵壹当然不满士人们对草书的专情。他不无杞人忧天地告诫天下读书人，把写草书的时间用来探讨自然奥秘，研究圣人之说，剖析天下疑难之论，弘扬中庸之道，辨别俗儒之争，依据正道来对待邪说，用《雅》乐去正郑声，以德使人和睦相处，光大生活之理，退则明哲保身，进则兼济天下，以此扬名当世，永鉴后代。儒家修齐治平思想昭然若揭。

刘勰说："文之为德也大矣，与天地并生者何哉？夫玄黄色杂，方圆体分。日月叠璧，以垂丽天之象；山川焕绮，以铺理地之形：此盖道之文也。仰观吐曜，俯察含章，高卑定位，故两仪既生矣。惟人参之，性灵所钟，是谓三才。为五行之秀，实天地之心。心生而言立，言立而文明，自然之道也。"由天文到言文，人文起了至高无上重要的作用。张方说："在天文和言文之间还有一个重要环节，这就是人文。只有当人们把文当作个人及社会生活的一个部分，源于自然的文的观念才能够根植于人们的思想意识，并进一步影响人们的审美态度及文学观。"赵壹面对书法时，能够从书法本体脱离出来，独自思考书法的人文特性，并从政治、社会、道德、理想的角度，反观王统的式微，客观上使我们看清了党锢之祸所导致汉末社会矛盾的激化，以及因此而引发的政权颠覆。另外，赵壹再一次让我们感受到"国家不幸诗家幸"的历史现象，在他历数"孔达写书以示孟颖，皆口诵其文，手楷其篇，无怠倦焉。于是后学之徒竞慕二贤，守令作篇，人撰一卷，以为秘玩"的行为里，着实勾画出汉末书法艺术的繁荣景观。

三

既然赵壹的《非草书》是"古籍中记载确凿并且对社会产生了较大影响的第一篇书学文献"，《非草书》理应对后来的书学理论、书学批评产生导向性的影响。可惜，《非草书》的理论信息和思维特点，并没有传导给未来的书法理论家和书法批评家，它成了书法史上"孤独"的存在，甚至是一个不谐和音。

被后人称为经典的书法理论著作，"品藻"是其中的显著特点。它借助比喻的手法，在模糊的意象里激起人们丰富多彩的联想，阶段性地感知书法艺术的特殊美感。它的特点是简单、直白。西晋成公绥在其《隶书体》一文中说道："彪焕磥硌，形体抑扬，芬葩连属，分间罗行。灿若天文之布曜，蔚若锦绣之有章。"成公绥用堆积的石头比喻结构，用花草比喻章法，期待如天上日月星辰一样井然有序、如锦绣花纹一样华丽的书法结构之美、章法之美。南朝羊欣《采古来能书人名》开品评书家之先河，以宏观的视角，简明扼要地论述历代书家的艺术特点，在他的笔下，我们可以窥视古代书法家的艺术操作能力，但却看不见他们的生存际遇和鲜活的个性。在羊欣的影响下，南朝齐梁间的袁昂所著《古今书评》把品藻批评又向前推进了一步——"王右军书如谢家子弟，纵不复端正者，爽爽有一种风气"。谢安执政时，侄儿谢玄指挥淝水之战，大胜前秦百万大军，打了一场东晋王朝一个世纪以来唯一的胜仗。此后，谢家子孙在前辈的余荫下备受瞩目，任高官者比比皆是，为数百年间的一大望族。血统论为社会主要意识形态的南朝，以名门大姓比喻王书之妙，强调王书的卓绝，似乎是别无选择的称颂。梁武帝萧衍在《古今书人优劣评》一文中对王羲之书法如是说："王羲之书字势雄逸，如龙跳天门，虎卧凤阙，故历代宝之，永以为训。"这句话我们十分熟悉，以"龙跳天门，虎卧凤阙"比喻王羲之书法之奇崛，我们尽管无法将两种形象与王羲之的字加以细致的联系，不过，在感觉中我们能够隐隐约约体会到王书奇妙的动感与风采。

丛文俊在总结传统书法批评时，提出"形象喻知法""经验描述法""比较分析法"，其中都是针对写字的技巧、风格、特点的。他说："由于意象批评常常不分字体、不别作品而倾向于对作者的艺术境界的某一方面或总体精神做出评价，所以它无法把书法的美感阐释完整，常常只是提供一个联想的方向，其余则有待于人们的进一步发掘和感悟。"这种风格的书法批评，就这样在历史的时空中延续，在相当长的时间里成为书法学术的主流。

相比较，《非草书》是理性的，其中有较严密的逻辑性，有条理分明的推理，最后直指论点——对"博学余暇，游手于斯"的草书不该大惊小怪，要想到即将崩溃的天下。

郑晓华说："艺术关注社会、服务社会，襄赞'王功'，这大概是任何时代都无可避免的，它既是社会对艺术所提出的要求，也是艺术自身发展之必然所趋。儒家的艺术政教中心思想，可以说即反映了历史发展这一内在要求，在汉代，这种历史要求已开始在书法艺术理论中得到体现。"值得注意的是，赵壹对书法的大胆反思精神，他所揭开的书法批评的序幕，为什么在他的身后出现了惊人的拐点，是赵壹的身世让读书人胆战心惊，是他的思想无法跨越，还是统治者的思想桎梏，使他们不敢触及社会矛盾和焦点问题，因此，只能高度意象化地说一些朦胧之语？《非草书》《刺世疾邪赋》的确具有非同寻常的高度，它是一个时代文化的尊荣。赵壹没有一味迎合当权者，作为一名有良知的读书人，他保持了足够的清醒，以罕见的胆量并冒着巨大的风险，大胆指出社会的弊端和书法的无奈，如同袁昂所说的"仙人啸树"。

颜真卿《宋州八关斋会报德记》考评

　　河南睢阳，唐大历七年举行"八关斋会"。何为八关呢？八关亦称八戒，为佛教用语，是指佛教男女信徒一昼夜中所必须遵守的八条戒律：一不杀生；二不偷盗；三不邪淫；四不妄语；五不饮酒；六不涂饰香及歌舞观听；七不眠坐高广华丽床座；八不食非时食。前七者为戒，后一者为斋，合在一起总称为"八戒斋"或"八斋戒""八关斋戒"。

　　斋，素食不茹荤称斋；施舍饭食与僧人亦称斋。施舍素食斋饭，招引众多僧人来。

　　河南睢阳的"八关斋会"是历史事件，也是文化事件。"安史之乱"的重要角色史思明，有一位能征善战的将军田神功，得知史思明谋反，怒火中烧。在叛将南德信、刘从谏围攻睢阳时，怒杀南、刘，解除睢阳之危，并率军归顺朝廷，"肃宗大悦，拜公鸿胪卿"，后迁任徐州刺史、淄青节度使。宝应元年，叛军再犯睢阳，田神功领兵平叛，再度解睢阳之危。唐大历七年四月，田神功患病，睢阳人向官府建议，举办八关斋会，为田神功祈福。宋州刺史徐向接纳了这个建议，出俸钱在开元寺设八关斋会。农历五月初八，在开元寺（也就是现在的八关斋）内设八关斋会，邀请1000名僧人前往诵经念佛。随后，州县官吏长史等文官设1500人为一会；镇遏、团练、官健、副使等武官设500人为一会；地方士绅设5000人为一会。一时间，佛饭香供摆满郊野，经声佛事昼夜不息，善男信女八方云集。为记载这次活动，州郡长官又从千里之外请来当朝重臣、著名书法家颜真卿，由他撰文并亲笔书写。颜真卿接到邀请，亲赴睢阳，激情、理性并举，文章、书法颉颃，撰写、书写了近千字的《宋州八关斋会报德记》。可谓文书俱佳，文墨兼优。颜真卿墨迹刻成八棱石幢，高3米，每面宽约51厘米。《宋州八关斋会报德记》的字形比《颜勤礼碑》《麻姑仙坛记》《多宝塔》大得多。这是颜真卿63岁的作品，笔法沉实，气息凝重。与《麻姑仙坛记》比较，更为宏阔；与《颜勤礼碑》相比，更为开张。是颜真卿楷书个性鲜明的作品。

州郡官吏决定由颜真卿书写《宋州八关斋会报德记》实至名归。借助他的文章和书法，让八关斋会为后人所知，是明智之举。颜真卿乃朝廷重臣，在"安史之乱"的战争中大有作为，忠义、文采、书艺，有口皆碑。面对睢阳人对田神功的感念，他激动不已。饱含深情写了《宋州八关斋会报德记》：

夫德之所感，沦骨髓而非深；诚之所至，去神明而何远？有唐大历壬子岁，宋州八关斋会者，此都人士众文武将吏朝散大夫使持节宋州诸军事行宋州刺史兼侍御史本州团练守捉使赐紫金鱼袋徐向等，奉为河南节度观察使开府仪同三司太子太师左右仆射知省事兼御史大夫汴州刺史上柱国信都郡王田公顷疾良已之所建也。公名神功，冀州南宫人。禀元和之粹灵，膺期运以杰出。含宏厚下，正直率先，起孝而德感生人，竭忠而精贯白日。和众必资于宽简，安人务在于抚柔。况乎武艺绝伦，英谋沈秘，所向而前无强敌，日新而学有缉熙。故能殿天子之邦，郁苍生之望，有日矣！羯戎构逆，公以平卢节将佐今右仆射李公忠臣收沧德，攻相州，拒杏园，守陈留。许叔冀降而陷焉，思明惧忠臣图已，令公佐南德信随刘从谏收江淮。至宋州，欲袭李铣。公斩德信，走从谏，遂并其众而报焉。肃宗大悦，拜公鸿胪卿。再袭敬钉于郓州，加中丞。讨刘展于润州，斩平之，迁徐州刺史。明年拜淄青节度使，属侯希逸自平卢至，公以州让之。时宋州刺史李岑为贼所围，副元帅李光弼请公讨平之，拜御史大夫。加开府，充兖郓节度。破法子营，又讨敬钉，钉归顺焉。史朝义闻之，奔下博，投范阳自缢死。广德元年授户部尚书，封信都郡王。上幸陕，公首来扈从，都知六军兵马。每食宿，公皆躬自省视。上感焉，方委以政事，公涕泣固辞而止。二年拜汴宋节度，迁兵部。大历二年加右仆射，封母清河张氏为赵国夫人，妻信安郡王祎女为凉国夫人。太夫人慈和勤俭，睦于亲党。公性纯孝，居常不离左右。阅读书史，或时疾病，公辄累月不茹薰，家中礼忏不绝。仍造崇夏、宏圣二寺，以祈福佑。五年兼判左仆射、知省事，加太子太师。公德厚量深，劳谦重慎，功既高而心益下，位弥大而体益恭，故远无不怀，迩无不肃。今夏四月，忽婴热疾，沈顿累旬，积善降祥，勿药遄喜。鹰犬之玩，悉皆弃舍，群帅感焉，无复弋猎。四履之内，咸怀欢欣，睢阳之人，踊跃尤甚。乃咨于州将曰："昔我公之陷贼也，至敝邑而首诛德信；李岑之见围也，破其党而克保城池。是即我公再有大造于敝邑矣。微我公之救恤，即皆死于锋镝，入于煎熬矣。尚何能保完家室、嬉戏乡井者乎？不资斋明，何以报德？"徐公悦而从之。来五月八日，首以俸钱三十万设八关大会，饭千僧于开元伽蓝。将佐争承，唯恐居后。已而州县官吏长史苗藏实等，设一千五百人为一会；镇遏团练官健副使孙琳等，设五百人为一会；耆寿百姓张列等，设五千人为一会。法筵等供，反塞于郊坰；赞呗香花，喧填于昼夜。其余乡村聚落，来往舟车，闻风而靡督自勤，茸惠而怵先胥懋者，又不可胜数矣。非夫美政淳深，德风汪濊，则何以感人若此其至者乎？某叨接好仁，饱承余烈，睹兹盛美，益觑求蒙，若不垂诸将来，则记事者奚述？

颜真卿作文，用楷书书之，刻于八面石幢，立在睢阳开元寺。颜真卿自署此石幢立于大历七年（772）五月初八，文章也写于此期间。此前的756年，颜真卿的兄长颜杲卿和侄儿颜季明在平定"安史之乱"的战争中牺牲。战争平息后，唐玄宗得知颜真卿侄儿颜季明牺牲，下旨举行悼念活动。时任蒲州刺史的颜真卿在侄儿牺牲一年后，含泪书写《祭侄文稿》，表达对亲人和烈士的缅怀。这部起于家国情怀和生命深处的书写，让中国书法史有了一道耀眼的光泽，此后，《祭侄文稿》得到我们别样的尊重。

《宋州八关斋会报德记》与《祭侄文稿》有异曲同工之妙，只是颜真卿的楷书代表作让人目不暇接，甚至影响到我们对《宋州八关斋会报德记》书法的判断和接受。

《宋州八关斋会报德记》依旧立于睢阳古城。"八关斋"有着长方形的门楼。汉唐风格的建筑，两端的房檐上翘，屋脊的两角像一对对视的鹰。门楼的正中央是一扇正方形的门，门上端悬挂"八关斋"三个颜体大字。从"八关斋"门楼的大门步入，面对的就是碑亭了。这是一座精美的碑亭，两层亭檐，有两层上翘的六角，面向不同的地方。廊柱也是两层，外围与内围的廊柱，错落而立，似乎有着不同的象征。《宋州八关斋会报德记》的石幢立于亭子的中央。石幢与石碑明显不同，它有8面，高达3米，颜真卿的文章和书法刻在上面。这是1993年翻刻的石幢，是旧石幢的替身。唐会昌年间，武宗李炎灭佛，开元寺与石幢一同被毁。公元851年，宋州刺史崔倬从地下挖出，修补残缺文字，再度立起。"文革"重遭涂炭，被砸成三截。

对于颜真卿，我们习惯在《争座位》和《祭侄文稿》中发现书法的意义，而忽略了激愤的文辞所蕴含的悲剧力量。颜真卿文墨兼优，这一点，是书法史上难以企及的范例。临写《争座位》《祭侄文稿》，我们会感受到丰沛的情感，正义的立场，跌宕起伏的语言，自然突破书法的边线，让我们知道信仰与生命、现实与未来的哲学关系。同样，临写《宋州八关斋会报德记》，目光也会飘到很远的地方，一笔笔，一字字，不单单是笔法的强弱和形质的美丑，颜真卿酣畅淋漓的书写，记录了一件事，也写活了一个人。这件事，这个人，与他的书法有着统一的美学风格。

颜真卿书法的人格化倾向非常鲜明，先文后墨的文化特征也是一目了然。吴小如说："倘无文字，即无书法，更无所谓书法艺术"；"夫文字本体依附于语言。语言为人类交际之工具，自然有其含义"。吴小如明确地告诉我们，作为书法家只注重文字书写技巧不行，要懂得所书文字的内容，最好会写文章。颜真卿是唐代官宦，也是文人，吟诗作文堪为行家里手。《宋州八关斋会报德记》是颜真卿亲自撰写的文章，尽管是"命题作文"，因田神功忠君报国精神的感召，颜真卿热血澎湃，浓墨重彩地描述了"睢阳之变"和田神功维护国家统一的坚定信念和立场。"睢阳之变"是安史之乱的余绪，问题很严重。田神功怒杀叛将，使一方国土安宁，无疑为国家解困，为睢阳百姓解难。为此，田神功得到皇帝的肯定、百姓的拥戴，遂成当代英雄。田神功病了，牵动着许多人的神经，祈望田神功早日康复，也是社会共识。于是，中国历史有了"八关斋会"，中国文学史有了一篇掷地有声的文章，中国书法史则有了颜真卿书《宋州八关斋会报德记》的楷书作品。

先文后墨，文墨兼优的中国书法美学，在颜真卿《宋州八关斋会报德记》中体现得尤为充分。另外，"修齐治平"的儒家思想，忠君报国的价值观念，是《宋州八关斋会报德记》的基调。这块历经磨难，有着一千多年历史的石幢，得到人们的尊重。虽然反复修护，持续研究，毕竟辛辛苦苦传承下来，成为我们一笔巨大的精神财富。

考评颜真卿《宋州八关斋会报德记》，不难发现颜真卿清刚雅正的人格，强烈的社会责任感，独立思考的能力和深厚的文学艺术修养。书法是综合艺术，书法家应该是文人、学者。这一点，古人有明确的认知与规定。古人强调书学修养与人格修养的结合，表现思想，抒其怀抱，使审美意识、人生阅历与书法融合，呈现新的精神风貌。颜真卿和他的《宋州八关斋会报德记》就是一个典型代表。

西域探险家与中国书法

1900 年，道士王圆箓打开了敦煌藏经洞，密封了十多个世纪的洞窟开始与我们面对。专家认为"敦煌石窟中排列整齐、卷帙分明的数万卷文献，让以'皕宋千年'为极致的藏书家叹为观止，是世界上任何公共图书馆与私人藏书家也不曾拥有的宝藏"（宿白语）。1900 年春天，瑞典探险家斯文·赫定穿越罗布荒原，在罗布人奥尔德克的引领下，进入一处被文明遗弃的遗址——有官衙、水渠、佛塔、民宅。在这里，斯文·赫定发现了汉文木简和纸本文书，通过研究，证实这就是《史记》《汉书》记载翔实的楼兰古城。1901 年 1 月，英国探险家来到尼雅河边的一个遗址，发现了绿洲古城精绝。这是楼兰的边界重镇。在这里，斯坦因找到了楼兰王国的档案库。

楼兰古城与尼雅遗址的发现，让原来被认为"没有新闻的""离海洋最远的"新疆，成为世界焦点。斯文·赫定、斯坦因等人，不断前来探险、淘宝。他们所收购和骗得的文物不计其数，其中有壁画、经书、塑像。斯坦因把这些文物运到英国后，引起世界震惊，敦煌学随之形成，并成为世界性的显学。

西方探险家的道德高下姑且置之不论，但作为学者，他们的眼光和识见属于一流，他们的发现自然载入史册。值得注意的是，他们一直在寻求敦煌文献的历史意义、文明价值，没有对经书的字迹进行研究，这说明，他们对中国书法没有判断的能力，或者说，没有研究的兴趣。然而，藏经洞的打开，以及斯文·赫定、斯坦因、伯希和、橘瑞超、贝格曼等人对楼兰古城简牍文书掠夺般的发现，意味着打开了中国书法家的另一双眼睛，让我们第一次近距离地亲近魏晋唐人的墨迹。罗振玉为此说道："甘肃敦煌县之鸣沙山有石室千余，均雕绘佛像，惟一窟藏书满中，顾封以复壁，世莫知之。光绪庚子，寺僧治沙，壁破而书见。英人斯坦因、法人伯希和先后数载十车以去。逮去年秋，见伯希和氏于都下，知其所得虽已寄彼都，而行箧尚携数十卷，皆唐人手迹也。乃约同好往观，则皆已佚之古籍，因与约影照十五种，计书卷五、雕本二、石刻壁画五，其已携往巴黎及斯氏所得，则不可得见矣。"这是罗振玉为"京师大学堂藏敦煌石室遗书影本"所写的跋语。惊喜与哀怨，气愤与焦急，可窥一斑。

如同青铜器在清代的大量出土，对乾嘉考据学和清代篆隶书法起到了重要推动作用。敦煌文书，同样引起民国学界的高度重视。罗振玉、王国维的《流沙坠简》即是例证。此书于1914年出版，按简牍的内容和性质进行分类，析为三大类：第一大类是小学术数方技书，涉及《苍颉》《急就》《力牧》《历谱》《算术》《阴阳》《占术》《相马经》《兽医方》等多种典籍。第二大类是屯戍丛残，其下又按内容分为簿书、烽燧、戍役、廪给、器物、杂事等六项。第三类是简牍遗文，汇集各式书信。第一、三类由罗振玉完成，第二类是王国维撰作。

"第三类是简牍遗文，汇集各式书信"，是古人难得一见的珍贵墨迹。罗振玉既是学者，也是书法家、收藏家，对"简牍遗文""各类书信"自然情有独钟。他在研究中破解古典文献的秘密，也勤力解读魏晋唐人的亲笔书写。这是第一手古代书法资料，对于书法家而言，古人写字的用笔方法、墨韵、

节奏，一览无余。今天，我们回溯罗振玉丰富多彩的人生，其书法家的形象
熠熠闪光。罗振玉书法的"人书俱化，中和大雅"，著名学者龚鹏程看在了眼
里，他直率地说："他的书法作品本身就当能让人获得书学上的启迪，一是因
笔墨均有来历；二是因写的内容有其书学上的考量；三是题跋的解说诠释，
颇补书史书论之缺。与之相比，像康有为虽为精博书学，自写字却仅以显其
自家面目见长，颇与罗氏不同。罗也与康一样熟于碑版，甚至更博，上蒐甲
金、考证刻石。但字有金石气儿金石癖，与其帖学功力结合得很好。取材博、
涉境宽、优柔善入，不唯可与我们熟知的书坛大家们方驾竞骖，抑且中和大
雅之处有非他人所能及者。"

　　我注意到"取材博、涉境宽、优柔善入"的描述，是罗振玉浸淫敦煌文
书、简牍遗文的证明。罗振玉是学者型书法家，他对任何新出土的文字均有
极大的热情。1988 年，王懿荣辨认出第一组甲骨文，震惊世界。罗振玉也是
第一时间走进甲骨文，一方面悉心研究，一方面临习龟甲兽骨上的文字，遂
成一代甲骨文重要书法家。

　　饶宗颐学术研究与艺术创作均被人称道。数十年来，孜孜不倦，无论甲
骨文、简帛学、敦煌学、佛学、道学、史学、哲学、古文字学乃及印度梵学、
西亚史诗、艺术史、音乐、词学、书画及理论，学无不涉，涉无不精，都取
得了卓越的成就。在书法、绘画方面，造诣尤深。对敦煌，饶宗颐格外向往。
他数度去敦煌、楼兰等地考察，对故垒残壁、壁画木简，葆有热情，先后写
成《敦煌白画》一书和一批敦煌学著作。

　　饶宗颐书法"重""拙""大"，不染轻佻、妩媚、纤巧之病。其书作气淳
淳入古、雅重行实，濡染翰墨，殊为精致。

　　敦煌书法高雅超拔的格调，宁静质朴的气息，让他流连忘返。他亲往英
国、法国，在伦敦、巴黎，选取敦煌经卷中的文字精粹，编为《敦煌书法丛
刊》29 册。他要把这些鲜见的古代书法文献让更多的书法家了解，同时，他

也沉浸其中，阅读、临习，以高超的理解能力和转化能力，让他的毛笔书写有了新的艺术信息和风格样式。

敦煌经书、楼兰文书、简牍遗书，让我们看到了一个浩瀚的书法世界。尽管我们对写经体存在这样和那样的偏见，写经体却是书法史不能忽视的存在。南齐书法家王僧虔对擅写经体的书法家有过中肯的评价，他说："谢静，谢敷，并善写经，亦入能境。"

与敦煌经书相比，楼兰文书的书法价值更被文人看重。楼兰文书主要是当地行政机构和驻军官员的各种公文和私人手札，史料价值与艺术价值难分伯仲。如西域长史李柏的《李柏文书》，它写于公元 4 世纪，作者李柏比王羲之的年龄还要大，所书手札是西域发现的唯一名著正史的名人手札。

《李柏文书》与发现者日本探险家橘瑞超之间的谜团至今还在困扰我们，这也是《李柏文书》的魅力所在。西域探险发现的唯一一件名著正史的名人墨迹手札，无疑是西域探险史的热点与难点。据橘瑞超说，《李柏文书》于 1909 年 2 月在楼兰古城遗址发现。这一年，橘瑞超年仅 19 岁。此前，斯文·赫定与斯坦因屡次进入楼兰古城遗址，未能看到《李柏文书》，为此，斯坦因耿耿于怀。1910 年 4 月，橘瑞超在英国伦敦见到斯坦因，告诉他自己在楼兰古城官衙土坯的缝隙中发现了《李柏文书》。1914年，斯坦因再一次去楼兰古城遗址，看到了官衙土坯的那道缝隙。《李柏文书》的故事就这样往后传说。此后，橘瑞超对《李柏文书》进行了考据和研究，首先厘清了手札的内容，进而考证收信人焉耆王是哪一任的焉耆王，写手札的地点"海头"现在何方。至于《李柏文书》的书法意义，橘瑞超没有涉及。

1959 年，关于《李柏文书》的出土有了争议。日本学者森鹿三发表了《〈李柏文书〉的出土地点》，他说，自己与橘瑞超见面时，橘瑞超给他看了一张旧照片，他指着旧照片中的地点，言说是《李柏文书》的出土地。据森鹿三研究，他认为旧照片中的地方位于楼兰古城遗址以南的 50 公里处，斯坦因于 1914 年也曾到过。于此推断，《李柏文书》是在这里出土的，而不是楼兰古城的官衙土坯的墙缝中。新疆西域探险史家、学者、作家杨镰先生在生前曾对我说，《李柏文书》应该出土于楼兰古城的"三间房"，因为斯文·赫定、斯坦因都在此地发现过汉魏时期驻军者的手札。对于《李柏文书》是不是由橘瑞超发现的，杨镰提出过自己的看法："由于《李柏文书》出土地的这些异说，笔者的下一个看法就是，不能排除《李柏文书》是橘瑞超在罗布人手中购买的，而并非是亲自采集到的这种可能。这就涉及橘瑞超罗布荒原几次进出的有关细节。这是我们在研究橘瑞超对西域探险史所作的贡献时，探讨推究过的问题之一。"

《李柏文书》是魏晋时期纸本书法墨迹的代表，李柏也略长于王羲之。这些书法墨迹不仅具有重大的历史文献价值，同时，对正确认识中国书法艺术的发展历程，以及建立中国书法艺术的类型学和年代学标尺，具有不可低估的价值。只是这种价值，域外人无心认知，也没有能力认知。

手札，是中国书法史的重要依存，是帖学的根本。如果说陆机的《平复帖》是中国帖学的鼻祖，此后的二王手札，颜真卿、苏东坡、黄庭坚、米芾等人的手札，则奠定了中国书法的文化基础，进而形成了人所公知的美学语言。《李柏文书》的发现，改写了中国墨迹书法的"之最"，它是目前年代最早的中国纸本书信实物标本。在历史、文化、艺术等方面都具有极为珍贵的学术价值，因而国内外学界对此文书十分重视。尽管存在出土地点的争议，但其舒朗的结构，开张的书风，渗透着攫取人心的历史力量和生命感觉，一直影响着现当代的书法爱好者和书法家。另外，《李柏文书》等楼兰纸质行书和草书作品的发现，也颠覆了"南帖北碑"的习惯性认知。以《李柏文书》为代表的魏晋时期纸本墨迹，以其经典的"帖学"范式证实了中国"帖学"书法产生的复杂背景和不同的路径，以往对"帖学"的限定，是长江中下游的江南地区，《李柏文书》证明，西北地区也是"帖学"的发源地之一。李柏长于王羲之，由此可见，"帖学"书风已在楼兰、凉州等地区流行。因此，专家推断，从《李柏文书》及楼兰前凉时期文书书法来看，东晋时期北方行草书法已有了极大的发展，处于一个极其成熟的阶段。

20世纪初，伴随着世界地理大发现的热潮，域外探险家涌入中国，许许多多珍贵的书法史料多半由他们发现。居延汉简也是其中之一。1930年，瑞典探险家贝格曼在内蒙古额济纳旗——汉代居延边塞——额济纳河流域发现了一万多枚汉简，考古界为之震惊。杨镰说："居延汉简，是《史记》《汉书》之外，存世数量最大的汉代历史文献库。从30年代起，汉简研究成为一门新兴的显学，成果丰厚，影响颇大，成为考古发现对历史研究产生决定性影响的范例！出土大批汉简的同时，在额济纳还发现了可能是文明史上最初的纸，以及第一支完整毛笔的实物。"当时，学术界将贝格曼的发现与敦煌藏经洞的打开相提并论，认为是中国20世纪的重大发现。随后，居延汉简的研究十分活跃。贝格曼当然是居延汉简的热心研究者，只是他在汉简中努力探索的是中国汉代的政治军事、地质地理、环境变化，唯独没有对居延汉简的书法做一点发言。在我们眼里，那张"可能是文明史上最初的纸，以及第一支完整毛笔的实物"该是多么的重要，贝格曼却轻轻看过。结论一如既往，贝格曼不懂书法，或不喜欢书法。

居延汉简的大量发现，开阔了中国书法家的视野，他们对简书的墨迹悉心研究，拓展了隶书创作的路径，丰富了当代书法创作的艺术风格。现在，中国书法家取法汉简，名扬天下，甚至改变了传统隶书的审美标准。

域外探险家有着严格的历史学、地理学、考古学、人类学、动植物学、语言学等学科的学术训练，他们对古代历史遗存的发现与研究，客观上拓展了我们的历史眼光和多学科知识。由于他们对汉字书法陌生，对中国书法的发展阶段，以及不同书体、不同书写风格也缺少专业判断，自然对敦煌经书、楼兰文书、简牍遗书的书法价值略过或回避。然而，对于中国人来讲，他们的探险发现，客观上打开了一座书法基因库，让我们有机会回眸时间深处的书法表现特征、书写方式、书法价值判读标准。对于今天的书法研究和书法创作，是极大的裨益。

郑振铎谈书法

《哭佩弦》，写于 1948 年 8 月，是郑振铎追忆朱自清的感伤之作。说不清楚多少次阅读这篇文章，只是知道，每每阅读，情会涌，心会动。

青年时代读《哭佩弦》，对书法也持怀疑态度，当然对郑振铎微言书法深有同感。一句话，书法的艺术品质，我怀疑了多年。

人到中年，书法在我少许沧桑的内心活泛起来，看问题似乎也客观一些，不仅喜爱临帖，同时也愿意思考关于书法形而上的问题，这时，读《哭佩弦》，思想被洞穿，从洞口流淌而出的杂乱意绪，黏合着我的昨天和今日，倏忽凝重。

《哭佩弦》有这样一段——

将近二十年了，我们同在北平。有一天，在燕京大学南大地一位友人处晚餐。我们热烈的（地）辩论着"中国字"是不是艺术的问题。向来总是"书画"同称。我却反对这个传统的观念。大家提出了许多意见。有的说，艺术是有个性的；中国字有个性，所以是艺术。又有的说，中国字有组织，有变化，极富于美术的标准。我却极力的（地）反对着他们的主张。我说，中国字有个性，难道别国的字便表现不出个性了么？要说写得美，那末，梵文和蒙古文写得也是十分匀美的。这样的辩论，当然是不会有结果的。

临走的时候，有一位朋友还说，他要编一部《中国艺术史》，一定要把中国书法的一部门放进去。我说，如果把"书"也和"画"同样的并列在艺术史里，那末，这部艺术史一定不成其为艺术史的。

当时，有十二个人在座。九个人都反对我的意见。只有冯芝生和我意见全同。佩弦一声也不言语。我问道：

"佩弦，你的主张怎样呢？"

他郑重的（地）说道："我算是半个赞成的吧。说起来，字的确是不应该成为美术。不过，中国的书法，也有它长久的传统的历史。所以，我只赞成一半。"

这场辩论，至今还鲜明的在我眼前。但老成持重，一半和我同调的佩弦却已不在人间，不能再参加那末热烈的争论了。

佩弦，即朱自清。

郑振铎涉及书法的言论不是处心积虑，但是，他留在历史时空中的观点，竟然在以后的三十年时间里发酵，领袖、重臣，学人、名士，均表己见，关于书法的身份，推来攘去，硝烟四起。

在郑振铎的眼里，其他国家的文字与中国字一样，都有个性，梵文和蒙古文的匀美，与汉字不相上下。因此，他得出如下结论："向来总是'书画'同称。我却反对这个传统的观念。"

对书法身份的判断，要从"国情"出发。应该说，中国文字的演变史，不同历史时期书体的确定和流行，与中华民族的生产方式、思维习惯、审美取向息息相关。绵延、柔韧的民族心性，带着对自然的顶礼膜拜，渐渐形成一套有规律可循的认知系统，最终确定一个民族的灵魂印记。于是，甲骨文、金文、隶书、楷书、行书、草书，如同一个个坚不可摧的文化堡垒，屹立于世界文明之林。

文人眼睛里的风光免不了浪漫，那支由竹竿、狼毫、羊毫、鼠毫、鸡毫，组成的毛笔，在文人的手中翻滚。他们把毛笔放到砚台里呼吸，背后则是古筝空茫的声调，然后，他们把篆书、隶书、楷书、行书、草书写到木板上、宣纸上，又把这些充满性灵的文字，写出数种风格，多种变奏。想一想，敢想一想吗，哪一个民族能够像中华民族如此的奢华、雍容、富贵、深厚？仅仅是文字，就赋予如此之多的含义。

19世纪的贫弱，与书法没有任何关系。

在《哭佩弦》一文中，郑振铎忧伤地告诉我们："在这个悲愤苦难的时代，连老成持重的佩弦，也会是充满了悲愤的。在报纸上，见到有佩弦签名的有意义的宣言不少。他曾经对他的学生们说，'给我以时间，我要慢慢的（地）学'。他在走上一条新的路上来了。可惜的是，他正在走着，他的旧伤痕却使他倒了下去。"

"给我以时间，我要慢慢的（地）学"，学什么？显然是与时俱进的学问和知识。

对书法身份的争执，源自对书法艺术特性的茫然。作为综合艺术，书法第一美学特征便是实用。它是文明的表述、知识的表述、现实的表述。手札是书法艺术另外一个源头，本质是彼此传递信息。由于毛笔书写是中国人的日常书写，功利化、功能化传递信息，完成了手札的第一任务。其次，毛笔书写的高下、优劣，又给阅读者提供了审美的选择。毛笔书写结合文学、文字学、民俗学、篆刻学，自然形成一股强大的艺术力量。在时间深处沉寂愈久，艺术魅力就愈发浓郁。书法的第二美学特征就是技法要求。因为毛笔书写有一套规律可循，笔法的变化改变文字的形式，遂产生不同的风格，极大满足不同人对毛笔书写的精神要求。

至于把书法纳入美术范畴内，就是对书法艺术的误判。

同时，对书法的高估，也是对现实的茫然。

当代作家书法漫议

一、书文一体：作家书法的往日辉煌

评估书法史上的代表人物，一个重要的文化现象引起了我们的关注，即书法家们的综合素质没有本质的差异，他们以书法名世，其中的文学支撑又使之变得丰富和立体。他们拥有书法艺术的才华，同时也具有文学创作、学术研究的能力，因此他们在历史深处传达出来的文化声音，是复合性的才艺体现，多重性的精神交响。

治书史，重晋人，这是不争的事实。六朝文人儒雅中和，同道往来，论书说文，乃是常态。王羲之的书法成就至今无人望其项背，所撰《兰亭序》一文，也是旷世杰出，历史上的著名文选均有收录。陆机、谢灵运、羊欣等诗文盖世，其书法同时被史家称道。

唐人尚法，推崇理性，也没有妨碍文人书法的自由发展。贺知章、李白的墨迹，与唐时的最高书法水准难分伯仲，为时人折服。一言难尽的宋朝，遍地都是学富五车、才高八斗的书法家。宋代文人习惯品茶清谈，说书论诗，他们常常相聚一堂品评古人诗书作品，以陶冶心性，悟禅达道。苏轼、蔡襄、秦观、黄庭坚是其中的杰出代表。苏轼《黄州寒食诗帖》，诗书相映，情绪起伏，堪称绝唱。董其昌说："余生平见东坡先生真迹不下三十余卷，必以此为甲观。"蔡襄撰《茶录》二卷，上卷论茶，下卷论茶器，名噪一时。黄庭坚与苏轼共栖北宋文坛、书坛，生活方式惊人的相同，诗文、书法均被世人称颂。明、清亦然，徐渭就说自己"吾书第一、诗二、文三、画四"，至于何是第一，何是第二，姑且不论，但从中可窥明代文人的丰富多彩。文徵明、董其昌，书画之名和诗文之名等量齐观。对于中国传统文人来讲，书法是"高深学问的代号、玄妙精神的别称"（姜澄清语），诗文则是兼济天下、求取功名的本领，感喟自然，抒发情感的手段。两者缺一，就无完整可言。清一朝，前有傅山，后有康有为，集文人书学思想的精髓，无视"卫圣道""成王统"的所谓主流理念，高举自由、个性之大旗，有"宁丑"思想，提卑唐之论，使书学与文化相融，进而参与社会发展的进程，赋予书学更多的社会内涵。傅山、康有为的艺术成就是多方面的，书法仅是其中的一个环节。傅山治诸子百家，擅诗词创作。康有为有独立的政治立场，投身改革，推动社会进步，甚至他的卑唐尊碑之论，也打上了鲜明的政治思想烙印。

辛亥革命以后，绵延千余年的科举考试制度完结，中国开始向现代社会转变。以西方教育模式为主体的现代教育，以及学习工具的改变，社会分工的细化，割断了中国的教育传统，书学式微，从此，写字、写作，成为不同的行为方式，作家（文人）书法的辉煌终于结束。

二、在传统与现代之间：作家书法的得与失

五四运动以后，陈独秀、胡适、鲁迅等文化先驱，倡导语言革命，白话文始成为社会主要语言，国家的文化结构、新闻出版、教育方式、学术研究

等发生本质性变化，同时导致中国传统文人素质的改变，作家书法与以往的文人书法出现了历史性的分离。

鲁迅是新文化运动的旗手，但他是在旧式教育中成长起来的中国杰出的作家，也是重要的书法家。他的书法有趣味性和书卷气，其中的文化气息，与职业书法家继承传统的精确、严谨，有着显著的不同。郭沫若似乎比鲁迅幸运，他活到 20 世纪 80 年代，政治地位显赫，无形中提升了自己的书法影响。作为我国现当代重要的作家，应该说他的书法具有专业水平，因此郭沫若也成为我国现当代重要的书法家。郭沫若与鲁迅一样，书法的传统血脉清晰、纯净，再得益于他们深厚的文化积淀，艺术格调自然不同凡响。茅盾又比郭沫若幸运，他清劲、博雅的行书，在郭沫若辞世以后，不断出现在寥寥可数的重要媒体上，并且有机会参加了改革开放以后所举办的中国第一届书法篆刻艺术展，深得书法界的重视。叶圣陶的书艺水平体现在他对图书杂志名称的题署，沉稳的用笔，精确的结构，食古而灵动，耐人寻味。叶圣陶辞世后，他的篆书逐渐面世，作品的高古、神圣，与作者其人的精神气质十分吻合，引起了书法界、文学界、收藏界的格外关注。《李自成》的作者姚雪垠为当代著名作家，有史学修养，书法也有自家面目。一手舒张、内敛的行书，体现了学者作家的文化功底。但是，从书法艺术的整体性来看，姚雪垠的书法已经与鲁、郭、茅、叶的书法产生了一定的距离，前者对书法的系统性学习，奠定了雄厚的专业基础，即使无意当书家，提笔写字，自然流露出传统翰墨的韵致与风采。相比之下，姚雪垠就显得单一了，他为写毛笔字而写的毛笔字，尽管蕴藏了一些文化含量，终因笔墨表现系统的简单，导致书法作品的浅显。周而复担任过中国书法家协会副主席，由此可见这位作家在书法界的影响。可是，中国书法家协会副主席一职，未能掩盖周而复书法的缺陷。他的书法与姚雪垠书法一样，传统功力匮乏，直接削弱了笔法的准确与丰富，所书字体呆板，线条无力，气韵不足，章法又缺少变化。

　　介于鲁、郭、茅、叶和姚、周之间的是小说家李準、诗人刘征。李準是当代重要的作家，以《不能走那条路》成名，从《李双双小传》到《大河奔流》，从电影《牧马人》到《高山下的花环》，影响了至少两代中国人。晚年的李準参加了20世纪中国书法大展，同时又将北碑书风的书法摆到"荣宝斋"画廊，标出不低的卖价，成为作家书法走向市场的第一人。李準出生于河南孟津县。因家贫，到洛阳谋生，与著名的龙门石窟相遇，开始临习《龙门二十品》。北碑独有的风格，引起了李準的共鸣，开张的结构，近于笨拙的笔意，凸显出民间朴素的情感，给人一种幽远而丰富的想象。从《龙门二十品》开始，他遍览魏碑名拓，对《张猛龙碑》《张黑女墓志》格外看重，常读常写。他习碑，不在刀痕上做文章，注重书写的"笔意"。"笔意"浓郁，表达才能通畅、自然，才能有情可抒、有意可达。刘征以寓言诗、杂文、旧体诗享誉文坛。他与李準的人生道路不一样，在中小学期间，他接受了完整、系统的旧式教育，自己又酷爱诗书画，拜名家为师，书艺迅速提高。他重视文学与书法的关系，他说："诗与书不仅如同比翼鸟，还如同连理枝，两者的血脉是相通的。优秀的书法作品，那纵横起伏流转跌宕的笔画，是从书家的血管里奔流出来的，体现着书家对艺术的追求和理解，体现着书家的个性和文化素养，有时还体现着书家的悲欢。"刘征指明书法的复合价值，那就是字与诗、文的通感。书法的审美属性体现在这样的通感之中，也就是中国传统文化的复合价值体系里。不管用什么体类的文字印制的诗词都可以单独欣赏，但是，再优秀的书法家们写的虚假、空洞的标语口号，也不会给人审美的愉悦。

　　作家书法对书法本体的接受，在李準、刘征以后发生了变化。作家书法的传统文化价值遭到颠覆，写毛笔字的作家再也不会像李準、刘征一样拥有对传统书法的专业判断能力和临帖的时间与心情。作家书法终因社会生活方式的改变，社会分工的差异，变成了无古可寻的名人字，以一种中国式的特殊面貌，走入我们的世俗生活。

三、名人字：作家书法市场化的社会学理由

正当书法市场日渐成熟的时候，李準撒手人寰，不无遗憾地离开了我们。刘征以书遣性，以诗达情，一本《刘征诗书画》集，不仅令文坛瞠目，就连书界宿老沈鹏、欧阳中石也撰文称颂。

收藏热的持续升温，书法市场价值的迅速提高，社会对作家书法的喜爱，使得越来越多的作家提笔习字，试图续写作家书法的往日辉煌。据不完全统计，作家中享有书名的有近百人，其中的代表性人物是唐达成、汪曾祺、贺敬之、张贤亮、舒乙、贾平凹、赵丽宏、熊召政、朱向前、何申、马识途、陈世旭、汪国真等人。唐达成、汪曾祺辞世，贺敬之、贾平凹、马识途、舒乙、汪国真等，开始执作家书法之牛耳，备受推崇，甚至形成了较好的市场价值。贾平凹在大庭广众标出书法润格，其经济收入可以与写作的收入等量齐观。马识途的题字遍布成都的大街小巷，其势头不在职业书法家之下。汪国真之"墨宝"，常常刻石于风景名胜，自己也投入大量精力，摆弄笔墨，渴求诗人以外的另一种荣耀。贺敬之与舒乙的身份比较特殊，前者曾官至中宣部副部长、国家文化部代部长，又是家喻户晓的著名诗人。后者是老舍之子，著名文学活动家、作家，常有惊世骇俗之论见于报端，社会影响较大。因此，种种附加在他们身上的另外一种价值符号，无形中扩大了他们的书法价值。

可是，研究当代作家书法，我们遗憾地发现，以往与传统有着血缘关系的文人字已经变异成缺少文化根基的名人字，其中的差异在于当代作家不了解中国传统书法的艺术特性，没有投入一定的时间深入临帖，写字的艺术感觉和技巧停留在粗浅的感知层面，因此他们的字迹就变得单调、随意，缺少文化根据，没有章法、意境可言。唯一可以称道的，就是其中的趣味性。这是由于作家文学修养、人生阅历客观带来的一种艺术情调。

李準、刘征以后的作家书法，很难称其为书法，以名人字替代似乎更具

有合理性。贺敬之的草书漫无边际，不遵守传统草法，单字的结构多有商榷之处，信手写来，仅气韵可言。贾平凹的书法稍好一些，含蓄，趣味性强，略有文人字的端倪。可是，因作者笔法过于雷同，使书作风格千篇一律，难以承受读者的反复阅读。笔者翻过《贾平凹书法集》，一本厚厚的集子，收有贾平凹近百幅作品，可是，读几页就没有兴趣继续翻下去，那种极其相似的对联、少字条幅，实在缺少书法艺术丰富的内涵，难以让人产生艺术欣赏的愉悦。马识途擅隶书，他亲自对我讲述过学书的经历。这位品性高尚的老人，不断强调自己的书法"没有功夫"。他早年参加革命，长期担任领导职务，公务缠身，又写小说，没有更多的时间临古人的字帖，一直视书法为业余爱好。马识途所说是谦虚，也是事实。从他的书作可以看出来，他临过汉碑，只是没有正确掌握隶书的笔法，导致书作线条的软弱。汪国真因自己诗歌的通俗易懂，曾在全国范围内掀起"汪国真热"，成为诗歌领域的一大品牌。知天命的汪国真也许写不出小花小草式的小诗了，开始以书法问世，广开财路。可是，汪国真中年习书，难以破解传统书法的真实含义，费九牛二虎之力涂抹的草书不脱俗格。

以贾平凹为代表的作家书法家，为什么能够产生较好的市场价值，其市场化的社会学理由究竟是什么？原因并不复杂，首先他们是文学名人。文学与书法有着历史性的文化联系，作家写字，本身就是一种美好的行为，自然产生一种人文的魅力。其次，书法是人格化较强的一门艺术，文学名人写字，容易得到社会的广泛接受，并形成普遍认同的商业价值。第三，名人是一个重要品牌。作家们以文章为自己赢得了大量读者，现代传媒又不断提升作家的世俗影响，为他们书法的市场推广营造了舆论的空间。

作家书法的市场价值，不等于说作家书法的成熟。名人字与书法传统的分裂，书写过程的信马由缰，直接影响了作家书法的艺术质量。仅凭作家的社会地位和文学成就，也难以保持作家书法的文化意义。文人字最后让位于名人字，这是中国文化一次悲惨的牺牲。

中编：笔路心路

好句清如湖上风

——我看钱谦益

    清代学者书法是独特的文化存在，书卷气、人文色彩浓郁，颇值得认真研读、欣赏。钱谦益的书法就是其中的代表。

    钱谦益（1582—1664），字受之，号牧斋。生于明神宗万历十年（1582）九月二十六日。明末清初苏州府常熟县人。钱谦益出身于书香门第，祖父钱顺时，字道隆，嘉靖末进士。父亲钱世扬，字景行，万历辛卯（1591）中榜。著有《古史谈苑》若干卷。钱谦益秉承家学，聪颖异常，年幼即能写诗作文。葛万里《牧斋先生年谱》中说，钱谦益15岁作《顾端文淑人朱氏墓志》，博得好评，"盛谈其神奇灵怪"。钱谦益曾说，自己十五六岁时喜读《吴越春秋》，受启发，作《伍子胥论》，老年阅读，仍"吐舌击赏"。明神宗万历三十八年（1610），钱谦益以一甲第三名进士及第，授翰林院编修。邓之诚《清诗纪事初编》（卷三）记载，当时为叶向高当权，初拟钱谦益为第一，韩敬为第三，因韩敬行贿，"密辇四万金奉内帑，互易之"，这样，韩敬为第一，钱谦益为第三。

　　读书做官是常理，做官争斗乃常情。明熹宗天启元年（1621），钱谦益典浙江乡试，历左右春坊。第二年，有人举发嘉兴籍举人钱千秋乡试卷中有"一朝平步上青天"之句，钱千秋遭难，钱谦益因此受到牵连。崇祯元年（1628）恢复原职，不久担任詹事府詹事、礼部尚书兼翰林侍读学士。当时朝廷选拔内阁大臣，钱谦益不愿与"浙党"礼部尚书温体仁、侍郎周延儒同列，主张摈弃温体仁和周延儒。事为温体仁得知，于是追论钱谦益当年典试浙江"贿卖关节"之事，致使钱谦益被免职，隐居乡里。史称为"阁讼"。

　　钱谦益读书广泛，学识渊博，《清史稿》称其"为文博赡，谙悉朝典"。郑方坤《东涧诗钞小传》认为钱谦益"名满天下，王夷甫琼树瑶林，韩昌黎泰山北斗，不是过也"。可见钱谦益在文坛的影响。钱谦益是清初著名学者，诗坛"江左三大家"之首，《东涧诗钞小传》说他的诗"一以少陵（杜甫）为宗，而出入于昌黎（韩愈）、香山（白居易）、眉山（苏轼）、剑南（陆游），以博其趣。……本朝诗人辈出，要无能出其范围"。钱谦益著作等身，有《初学集》《有学集》《投笔集》《列朝诗集》《楞严经蒙抄》等数百卷。钱谦益也是一位著名的藏书家，曹溶《绛云楼书目题词》说钱谦益的藏书"所积充牣，几埒内府"，可见钱谦益的藏书之富。可惜，钱谦益的藏书毁于火灾，他痛心疾首地说："甲申之乱，古今书史图籍一大劫也。吾家庚寅之火，江左书史图籍一小劫也。"

　　清顺治二年（1645）五月，清军平定江南，爱妾柳如是劝钱谦益以死殉节，钱谦益拒绝，随即降清。

　　显然，钱谦益不是职业书法家。但是，作为一名经历丰富、才华出众的学者、诗人，显然他又有一手高妙的书法，冠以文人书法家应该是恰当的。清初，康熙推崇董其昌的书法，使学林以学董字为时尚，一时间，董字风采弥漫了当时的书坛。钱谦益与董其昌是同时代人，论文学才华，他又在董其昌之上。因此，他不会去赶时髦，到董其昌面前去"称臣"。在政治上钱谦益可以降清，但在精神上他又要保持相对的独立，一名谙熟经史子集的人，他的视野当然不同。作为从明朝脱胎换骨来到清朝的钱谦益，他的书法不可避免地带有明朝书法的一些特点，即改变传统书法线条的品质，加强或减弱运笔的节奏，在墨法上大胆突破，自觉表现作者的个性、思想、情感。

钱谦益的书法源流在魏晋，深谙钟繇笔法，对那一时期前后五百年的书法了如指掌，并根据自己的喜好，分阶段、分朝代、分书体予以临习，奠定了自己坚实的书法功力。钱谦益学习书法，与其他人不同的是，经世致用的目的远远高于献身艺术的目的，他的着眼点是用毛笔写出的文字，包括文章、诗歌、奏章，以及写给当时色艺双全的柳如是的情书。也因为如此，我国书法史出现了一个值得思考的现象，由于用毛笔写字是读书人唯一诉求和表达的方式，即使无意成书家，因其渊博的学识、伟岸的人格和在另一层面的杰出表现，书法价值凸显，后人自然会冠以书法家之名。钱谦益属于这类书法家，他是清初学术界、文学界的代表人物，又因其在晚明王朝中的地位，受世人瞩目是情理之中的事情。写字时，钱谦益也许没有苛求什么，但是，他所谈的文章之法、诗歌之法，反过来又影响到他的书法。不同艺术之间的融合，使他的书法形成了一种隽永、练达的风采。正如钱谦益的论词诗所言："草衣家住断桥东，好句清如湖上风。近日西陵夸柳隐，桃花得气美人中。"

著文作诗，钱谦益强调灵心、世运、学问三要素，即"诗文之道，萌折于灵心，蛰居于世运，而茁长于学问"（钱谦益《题杜苍略自评诗文》）。灵心的审美核心本于性情，钱谦益要求性情与言志相结合，"诗言志，志足而情生焉，情萌而气动焉"。世运，即主张文学艺术应反映时代盛衰、国家兴亡、个人体验。学问，即广泛学习古人，推崇杜甫"读书破万卷，下笔如有神"和"别裁伪体亲风雅，转益多师是汝师"的精神，钱谦益认为这是"下学之经术，妙悟之指归"（钱谦益《冯已苍诗序》）。如此立场，自然影响他的书法创作。钱谦益写字，也是从灵心、世运、学问出发，笔墨、章法为诗文服务，不刻意追求游离于诗文以外的"书法价值"，他把实用性的书写和文学创作、文字表述加以巧妙结合，使字迹与含义融合，形成强烈的文人书法的人格特征。历览清代学者书法，这一人格特征清晰可见。从顾炎武、黄宗羲、王夫之、李穆堂，以及后代的曾国藩、刘熙载、章学诚、章炳麟等人的墨迹里，可以感受到学者书法家与职业书法家的细微差异，以及学者书法文书辉映、意蕴深远的美学特点。

做学问、写诗、写字不同凡响的钱谦益，一生也充满了传奇。顺治五年（1648）四月，凤阳巡抚陈之龙捉拿抗清志士黄毓祺时搜出总督印和"悖逆"诗词，因黄与钱谦益有交往，钱曾答应帮助黄毓祺筹款招兵，噩运降临，遭逮捕，押到南京受审。钱谦益极力为自己辩护，恰巧举报人逃匿，黄毓祺又病死在狱中，死无对证，钱谦益得以自由。康熙三年（1664）五月二十四日，病逝于江苏常熟家中，享年83岁。著名历史学家陈寅恪对他与柳如是的姻缘和命运兴趣浓厚，晚年的时间基本耗在了钱柳姻缘研究和《柳如是别传》的写作之中，并取得了丰硕的学术成果。由此不难看出钱谦益在现当代学术界和文坛、书坛的意义。

初读俞樾

从书法的角度看俞樾，便看到了他的不凡。他擅长隶书，留给后人的隶书墨迹与碑刻不计其数。我对隶书有点偏爱，因此对清人的隶书葆有热情，经常阅读，也经常临习。对俞樾的隶书有好感，一是他的隶书整饬、庄严，二是他的身世坎坷，学问渊博。后来我注意手札，我惊异地发现，俞樾的手札特别，文采飞扬，隶书书之，味道奇特。

我们见到的手札，均是行草书为之。俞樾不然，把隶书引入手札，给士子文人的文化习惯带来了别样的趣味。

作为书法家的俞樾，给我们的印象不同凡响。由书及人，我们又发现，作为读书人，他依然不同凡响。道光三十年（1850），他进士及第。考试过程中，面对"淡烟疏雨落花天"的题目，他以"花落春仍在"回答，深得主考官曾国藩的赏识。这位胸有天下的学者型政治家感叹道："此与'将飞更作回风舞，已落犹成半面妆'相似，他日所至，未可量也。"对于读书人，他的机会来了，有曾国藩的肯定，他的考试成绩由第十九名移至第一名。正如曾国藩所言"未可量也"。

　　俞樾的命运充满戏剧性。第十九名到第一名的变换，是一出戏的序幕。高潮部分，也许是在河南学政的任上被弹劾，削官为民。150年前的中国，给读书人的机会不多。俞樾抓到了机会，遗憾的是，这个机会转瞬即逝。他不得已从体制中退隐，以布衣之身，读书、写字、著述。曾国藩寄予厚望的"未可量也"，本来是修身齐家、治国平天下的"未可量也"，这时候，他只能把"未可量也"放到自己的几案，让诗文、让书法、让学识来证明。命运如此跌宕，是让俞樾沉沦，还是让俞樾飞翔，我的答案是后者。

　　俞樾是中国读书人另一种浓缩，看久了，看深了，能看出许多门道。书法是认识俞樾的第一道门，通过这道门，我们还会看到他的许多心思。

　　我读书，目的性不强。读俞樾的《春在堂随笔》，也是觉得这本书需要读。曾临写过他的字，再读读他的文章，挺有意思。我读书看字，往往是读人看人。在俞樾的书法和文章中，总想体会一下他的上下起伏的命运，他的冷热交织的心情。从权力的平台下来，俞樾没有倒下。也许古训"达则兼济天下，穷则独善其身"给了他力量，他漠然离开中原大地，于苏州赁屋读书、写字、著述，打造一个读书人全新的个人生活。也许不适应，但是，这是我们所有读书人需要面对的现实，也是我们可能的抉择。

　　我清晰记得临写俞樾隶书的时刻。临写汉碑，心情平静。汉碑上的字，就是一种叫作隶书的字体，何人所书，不知道。临习汉碑，是对一种字体的学习，对遥远岁月的礼敬。可是，面对俞樾的隶书，总觉得是与一位熟人的对视对话。一笔一画，会想起俞樾的诗文，甚至还要猜想罢官后的俞樾如何找到回家的路。俞樾，与书法、与文章的关系扑朔迷离。

　　回到民间的俞樾，还原成真正的人。这是俞樾离开官场的最大收获。他敢于讲心里话，哪怕有缺点，也是肺腑之言。比如论学，俞樾认为不管某种观点成立的理由多么不充分，只要能获得至少一条材料的支持，就应该两存其说。他对一个问题可以找到多个答案，他的著作既存在两存其说的情况，也存在据孤证以立异的情况，还存在自我否定的情况。我们可以对俞樾的治学方法提出异议，但是，我们也需要尊重俞樾的判断能力。这毕竟是俞樾的一家之言。

俞樾的书法影响与治学之成就颉颃。乾嘉考据之学的兴盛，使俞樾的艺术眼光聚焦金石。他的篆隶格调不凡，可以言说，又无法看透。原因多方面，重要一点在于其人生经历的坎坎坷坷，在于其学，在于其坚定的意志。叫书法家的人汗牛充栋，那种见钱眼开，见权屈膝的模样，无论如何写不出清刚雅正的字。尽管堂而皇之地得一点功名，久了，就能看出破绽。那功名，实在轻薄。俞樾戏剧化的人生，有文学思考的介入才好。机遇、命运，选择、抗争，修行、创造，希望、绝望……

俞樾，读不完；俞樾，需要用一生的时间去读；读俞樾，也是读自己。

笔路即心路

——梁启超的手札与题跋

1926年秋，梁启超拖着沉重的身体，饶有兴趣地在清华学校教职员书法研究会上做了一次书法演讲。他说："今天很高兴，能够在许多同事所发起的书法研究会上，讨论这个题目。我自己写得不好，但是对于书法，很有趣味。多年以来，每天不断的，多少总要写点，尤其是病后医生教我不要用心，所以写字的时候，比从前格外多。今天这个题目，正好投我的脾味，自己乐得来讲讲。"

梁启超谙熟国学，对西方文化也不陌生。在这次演讲中，他结合自己的学术研究和临帖实践，阐明了书法现代美学思想，引起人们的广泛关注，被称为中国现代书法研究的一次超越。

学生周传儒记下了梁启超的演讲，同年，以"书法指导"为题，刊于《清华周刊》第392期，后收入《饮冰室合集·专集》102卷。这是现当代书法史的重要文献，它证明，当时，有世界眼光和天下情怀的学人，是关注书法命运的。

对梁启超手札的研读，不能脱离他自制的笺纸，也就是梁启超用来写手札的载体。对中国历史烂熟于心的梁启超，不放过中国历史上任何一个细节。笺纸，是中国文人喜闻乐见的文玩，也是工具。写在上面的文字，既有实用功能，也有审美意义。有趣的是，单单收藏一张笺纸也是风雅之事，如能得到文人的手札，则是值得骄傲的收获了。一张笺纸，牵动着中国文人细腻的内心。

梁启超自制了许多种笺纸，他集汉碑、魏碑字体印于笺纸一端，"饮冰室用笺""启超封事""集张博敦碑"，诠释着梁启超的文化趣味。他奇崛的字，书卷气浓郁的字，或楷或草的字写在上面，写出了一个时代的酸甜苦辣，写出了一位有抱负的政治家、学者、文人的广度和深度。与江庸"比缘事滞"札就是写在"任公封事"的信笺上，也是梁启超手札的代表作。这通手札写于梁启超任北洋政府法务总长时，受札人是法务次长江庸。手札结构赓续魏晋，起笔叙事，受信人写在手札后端。文言文辞，合辙传统手札韵律。谈公务，交代部署工作，梁启超政治家生涯的点点滴滴可窥一斑。

> 比缘事滞，晚车乃归，又劳公延竚矣。部中来缄呈阅，兹事想已知之。应派何人，已拟定否？自当以派参事最宜。惟徐既南下，王又告假，余则新到，究竟参事中有可派者否？若无之，则派何人？能查前此与该法案有关系之人否？望以今夕拟定，明晨告彼，俾得早为预备。弟恐须（未定）至总统府，或不能早到部也。又八议员事谒总理后结果如何？请顺见告。翊云我兄启超。

梁启超"余事做书家"。众所周知，梁启超是现代中国改良主义的代表人物。1898年戊戌变法，梁启超与他的业师康有为成为改变社会进程的中坚力量，轰轰烈烈的改良，最终以悲剧结尾。但是，19世纪末的那一场变革，的确给中国人带来了希望。事与愿违，康梁失败了，他们远走他乡，依旧鼓吹变革。他们希望的改良化为泡影，直到1911年的辛亥革命，他们目睹了一个王朝的灭亡。

手札是一个人修养、品质的体现，是一个人思想、感情的表达。梁启超的书法，是文人书法，是学者书法，也是士大夫书法。对于书法的学习，梁启超一刻也没有懈怠。1890年，18岁的梁启超来到康有为创办的万木草堂，他接受康有为的教导，在孜孜以求经世之学的空隙，向康有为讨教书法问题。1910年，梁启超所写的《双涛阁日记》，记载了他羁居日本时读书、写作和临写碑帖的情况。细腻的广东新会人，似乎格外看重自己的砚边生涯，他仔仔细细地记下了每一天的写字过程，临写什么碑帖，临写了多少，感觉是什么，一一记录。他对《张猛龙碑》喜爱有加，临写了数十遍。1911年9月，他看到自己一份满意的临本，在尾端写了一段题跋：

> 居日本14年，咄咄无俚，庚戌辛亥间，颇复驰情柔翰，遍临群碑，所作殆成一囊。今兹乌头报白，竟言归矣。世务方殷，度不复有闲情暇日以从事雕虫之技，辄拨万冗，写成兹卷，其末四纸，则濒行前一夕醉后之作也。

显然，与江庸"比缘事滞"札的书法，碑意明显。康有为抑帖扬碑，对梁启超会有影响。因此，他对北魏碑刻、摩崖、墓志用功尤勤。与江庸"比缘事滞"札，用笔凝重，转折、映带，因果关系明确。宽博的结字，上下、左右的和谐与流畅，清晰感觉到梁启超与传统手札的血脉关系，以及驾驭手札书写的高超能力。

1918年，曾在中华民国政府担任要职的梁启超告别政坛，回到书斋，开始了他最后的人生十年，也是颇有文化光彩的十年。这十年，书法一直是他的最爱。2006 年，浙江古籍出版社出版了《梁启超旧藏碑帖精选》，这是彰显梁启超作为金石学家风采的当代出版，其中有《祀三公山碑》。我喜爱这块汉碑，2016 年 11 月，还专程前往河北，登封龙山，到卧佛寺一睹《祀三公山碑》真容。只是寂寥、孤独躺在一间破败小瓦房里的《祀三公山碑》，由素布遮盖，如同可有可无的物件。我在一旁看着，心酸落泪。然而，1925 年的梁启超，面对《祀三公山碑》拓片，思接千载，工工整整地写了一段话：

> 观此碑则知吴之"天发神谶"并非创格，盖以隶执作篆合当如此也。因思琅琊、泰山刻石是否毛颖所书，尚属疑问。而李少温一派俗所称"铁线篆"者。昔人或谓须烧秃笔锋作之，即未必尔，然固伤矫揉矣。乙丑立春后三日梁启超跋。

由北魏而来的楷体字，字字精彩。厚重，也见飞扬，细微处，感雷霆万钧之势，没有激越的视觉冲击力，却笔笔含情，字字有声。而文辞涉及碑学"秘籍"，亦发人深省。

手札与题跋，是梁启超书法生涯的重要环节。文人学者，于手札、题跋中所表达和阐扬的各种观点，是需要关心的，其中率性而为的赞扬、恼怒，信口开河的臧否、激动，只要细致思忖，就会发现一个丰富的内心世界，这个世界真情弥漫，空气透明。梁启超的拓本题跋，当然不仅仅如此，还有理性精神，还有美学判断，还有指谬勘误。在《北魏鞠彦云墓志》的拓本上，他写道：

> 龙门造像多出寻常百姓手，非书家之出，谓其别有风味，取备一格则可，谓必如此然后高古，非笃论矣。此志亦然，如山肴野蔌，虽亦悦口，终不足比思伯、猛龙之鼎烹也。

梁启超因肾病开始接受治疗。1923 年 4 月至 6 月间，梁启超在北京西郊翠微山秘魔岩养病，每天清晨，梁启超会亲自推开轩窗，让山气徐徐飘入。饮茶、用餐之后，他就在案头翻开一本喜爱的碑帖，一笔笔地临写。他的字写得足够好了，他还要临帖，后来我有了结论，中国文人不间断地临帖，以一生的时间临帖，是有宗教情怀的。正如同他于 1925 年，在《张寿残碑》题跋中写道："此碑丰容而有骨，遒劲而流媚，与我笔路最近，今后拟多临之。"

笔路即心路。

鲁迅的金石学

现代作家序列，鲁迅的艺术趣味最为广泛。他热爱版画，喜好汉画像拓片，大量购买碑帖、墓志，集藏笺纸，参与美术设计……

鲁迅 1912 年到 1922 年的日记，频繁记录自己与朋友到琉璃厂购买金石拓片或在家收购金石拓片的经历——

上午太学守者持来石鼓文拓本十枚，元潘迪《音训》二枚。是新拓者，我以银元一元两角五分易之。（1912 年 6 月 26 日）

下午至直隶官书局购《雅雨堂丛书》一部二十册，十五元；《京畿金石录》一部，银一两。（1912 年 6 月 29 日）

午后往留黎厂神州国光社买《黄石斋手写诗》一册，二角。又至有正书局买《释迦谱》一部四册，七角；《虞世南汝南公主墓志铭》一册，七角。又《东庙堂碑》一册，五角；《元明古德手迹》一册，三角。（1913 年 12 月 14 日）

午后往留黎厂神州国光社买《古学汇刊》第八期一部，一元五分，

校印已渐劣矣。又至直隶官书局买《两浙金石志》一部十二册，二元四角。（1914年4月4日）

午后至有正书局买《黄石斋夫人手书孝经》一册，三角；《明拓汉隶四种》《刘熊碑》《黄初修孔子庙碑》《匋斋藏瘗鹤铭》《水前拓本瘗鹤铭》各一册，共价二元五角五分。（1914年12月27日）

下午往留黎厂买《金石契》附《石鼓文释存》一部五本，《长安获古编》一部二本，共银七元。（1915年3月6日）

下午胡绥之来并赠《龙门山造象题记》二十三枚，去赠以《跳山建初摩厓》拓本一枚。（1915年3月28日）

下午赴留黎厂神州国光社买《神州大观》第七集一册，一元六角五分。又至直隶官书局买《金石续编》一部十二本，二元五角；《越中金石记》一部八册，二十元。（1915年4月21日）

午后往留黎厂买《黾池五端图》连《西狭颂》二枚，二元；杂汉画象四枚，一元；武梁祠画象并题记等五十一枚，八元。（1915年5月1日）

下午往留黎厂买《古志石华》一部八本，值二元。买《赵郡宣恭王毓墓志》并盖二枚，《杨甋志》一枚，《张盈志》并盖二枚，《刘珍志》并阴二枚，《豆卢实志》一枚，《开皇残志》一枚，《护泽公寇君志》盖一枚，《李琮志》一枚，阙侧，共银五元。买《宕昌公晖福寺碑》并阴共二枚，银六元。（1916年1月4日）

午后往留黎厂买《元固墓志》一枚，四元。（1918年1月2日）

午后往留黎厂，得玉函山隋唐造象大小卅五枚，《郜景哲等残造象》一枚，作直四元，以重拓本易之。又得周《王通墓志》一枚，一元。（1918年5月3日）

午后往留黎厂买张俊妻墓专三枚，《王僧男墓志》并盖二枚，《刘猛进墓志》前后二枚，《彭城寺碑》并阴及碑坐画象总三枚，共券十二元。

（1919 年 10 月 17 日）

　　午后往留黎厂买《寇侃墓志》并盖二枚,《邸珍碑》并阴二枚,《陈氏合宗造像》四面并坐五枚, 共券四元。又《杨君则墓志》一枚, 一元。（1921 年 5 月 31 日）

　　晚同裘子元往李竹泉店观唐人墨书墓志。（1924 年 2 月 2 日）

　　这是鲁迅自 1912 年到 1924 年十五篇日记摘要。十五篇日记, 所记鲁迅在北平购买金石拓片的翔实经过, 其中包括所购买金石拓片的名称、价格。其实, 十五篇日记所记鲁迅在琉璃厂的采购经历, 仅仅是冰山一角。这十几年的日记, 屡屡可见他去琉璃厂的经过, 为什么去, 同谁去, 买了什么, 等等。这种看似漫不经心却有备而来的"采购", 让我们看到了一位作家、学者对金石学的浓厚兴趣, 对碑帖、墓志的收藏热情。

　　在《金石录后序》中, 李清照写下了一段荡气回肠的文字:"余建中辛巳始归赵氏……赵李族寒, 素贫俭。每朔望谒告出, 质衣, 取半千钱, 步入相国寺, 市碑文、果实归, 相对展玩咀嚼, 自谓葛天氏之民也。"众所周知,《金石录》一书是李清照的丈夫赵明诚所著。赵明诚收集资料时, 李清照陪伴丈夫左右, 免不了经风沐雨, 耐劳吃苦。为此, 仇鹿鸣指出:"至于《金石录后序》中所描绘的于相国寺购置拓本, 归而展读, 进而撰著题跋, 慢慢集腋成裘, 这种研治石刻文献的方法, 亦成为传统金石学研究的标准形态。"

　　鲁迅读过《金石录》, 对金石学探究的兴趣, 是不是从此开始, 不敢妄下结论。不过, 他探究金石学的路数正如仇鹿鸣描述的那样:购置拓本, 归而展读, 进而撰著题跋, 慢慢集腋成裘。

　　金石学是国学的组成部分。研究对象为古代铜刻与石刻, 核心部分是铜刻与石刻上面的文字。"金石学"作为一种学问在清代正式正名, 涉及文字学、历史学、文学、书法等学科。因此, 有识之士又说, 金石学是综合性的学问，它需要与其他学科融合。

也许，金石学的"开放"形态，触动了鲁迅问学求知的欲望，他在讲课、写作、翻译、治学的过程中，在自己的内心深处，为碑帖墓志找到了一处安置的地方。有了这个地方，鲁迅就"肆无忌惮"了，他几乎每周都会去琉璃厂，遇到中意的旧帖新拓了，就一掷千金。

鲁迅所采购的碑帖拓片是否有学术价值，他是不是有选择采购，回答是肯定的。作为学贯中西的作家、学者，他对中国的文化传统了如指掌，因此，他判断碑帖墓志学术、艺术价值的高下，对名拓的传承，对拓片文字的谙熟，均是那个时代的佼佼者。通过对摘录的十五篇日记的分析，我们可以得出如下结论：第一，鲁迅在琉璃厂购买的碑拓和墓志，庶几为名品名作。诸如《石鼓文释存》《龙门山造象题记》《云峰山石刻》《瘗鹤铭》《谷朗碑》《西狭颂》《石门颂》等，《汉碑曹全碑》《张迁碑》《华山碑》等，唐代《虞世南汝南公主墓志铭》等。第二，鲁迅对墓志的兴趣更大，一方面，他对出土时间较长的墓志格外珍视；另一方面，他对新出土的墓志也表现出十足的兴趣。

上文提到，金石学是综合性学问，它需要与其他学科融合。道理很简单，金石学的研究对象是铜刻、石刻及其文字，其中涉及的学术问题十分复杂，答案也不是单一性的。石刻文字一项，既有石、碑、造像、画像、经典诸刻、纪事诸刻等内容，同时链接典章文献、文字进化、文字规范、书法风格、雕刻工艺。因此，我们可以认同金石学是综合学科，专门家会望而却步的。鲁迅是视通万里、思接千载的文化人，他对社会现实冷静观察、犀利批判，推动社会文明的不断进步；同时，他对学术、考据，对美术、书法，依然有着浓厚的精神需求。他有能力识读金石拓片的形式美感，也有能力穿越数百年、上千年的时光，看懂古代人的现实生活。进入金石学，鲁迅的想象力给了他无尽的光彩，他一次次猜想墓志的主人，男人、女人、王侯、百姓，夭折还是正常死亡，似乎一个小小的问题，他会沉思一天。鲁迅的金石学是他自己的金石学，对古器物的欣赏，对碑文、墓志铭的研读，对书法的临习，所得到的收获不仅仅是学术收获。对作家鲁迅而言，围绕古器物、碑文、墓志铭周围的人物命运的跌宕起伏，还有藏在其间的不易察觉却妙趣横生的细节，让他的小说创作陡增历史文化的含量。他没有留下系统的金石学著作，但是，他把自己的金石学研究的成果，体现在他的写作中。他对传统审美意识的审视、对中西美术的发言，对书法、手札、笺纸的判断，均能看到金石学修养的影响。1935 年，鲁迅写给版画家李桦的书信讲道："就绘画而论，六朝以来，就大受印度美术影响，无所谓国画了；元人的水墨山水，或者可以说是国粹，但这是不必复兴，而且即使复兴起来，也不会发展的。所以我的意思，是以为倘参酌汉代的石刻画像，明清的书籍插画，并且留心民间所赏玩的所谓'年画'，和欧洲的新法融合起来，许能够创出一种更好的版画。"鲁迅的意见基于对汉画像的收藏。汉画像精美的造型，流畅的线条，政治、宗教、历史、文化、艺术的附载，与鲁迅的知识和思考相结合，由此得出的政治结论、艺术评价，自然有自己清晰的理路。

这样的影响，在他的小说创作中也有体现。墓志关乎死亡，从每一张墓志铭的拓片上，都能目睹一个生命的出现和陨落。以探知生命意义和生活意义为己任的小说家，对墓志铭的敏感一定超过任何金石学家、收藏家、书法家。专门家面对墓志铭拓片，会出现"瞎子摸象"似的感觉，从自己的需要出发，解读出自己需要的内容。这没有错。金石拓片，本身就有这样的文化深度。对于鲁迅而言，他会发现一张墓志铭拓片的捶拓年份，明确它的文物价值、商业价值，对它的文辞与书法，更是一目了然。这样的功夫，金石学家都有，没有的是对墓志主人命运的关怀，对生与死形而上的思考。这一点，陈丹青看在了眼里，他说："鲁迅饱读古籍，是从历史中刻意解读死亡的人。他的解读总归同时兼有两面：一是比常人敏感而惊痛，一是比常人看透而冷峻。"不错，鲁迅在《忆韦素园君》一文中所写的一段话就是证明："自素园病殁之后，转眼已是两年了，这其间，对于他，文坛上并没有人开口。这也不能算是稀罕的，他既非天才，也非豪杰，活的时候，既不过在默默中生存，死了之后，当然也只好在默默中泯没。"写这篇文章的时候，鲁迅的脑海里，一定出现了他所收藏的墓志铭拓片，一张拓片，一个生命，来来往往，便是岁月。写《忆韦素园君》的前后，鲁迅为韦素园写了《韦素园墓记》——

　　君以一九又二年六月十八日生，一九三二年八月一日卒。呜呼，宏才远志，厄于短年。文苑失英，明者永悼。弟丛芜，友静农，霁野立表；鲁迅书。

短短的墓记，浓缩了韦素园短暂的一生。第二年，鲁迅又给镰田诚一写了《镰田诚一墓记》——

　　君以一九三〇年三月至沪，出纳图书，既勤且谨，兼修绘事，斐然有成。中遭艰巨，笃行靡改，扶危济急，公私两全。越三三年七月，因病归国休养，方期再造，展其英才，而药石无灵，终以不起，年仅二十有八。呜呼，昊天难测，蕙荃早摧，晔晔青春，永闶玄壤，忝居友列，衔哀记焉。
　　一九三五年四月二十二日，会稽鲁迅撰。

表面是写墓记，实则感伤青春生命的流逝。韦素园与镰田诚一属于英年早逝，他们流星般的生命形态，让鲁迅看到了生命的脆弱，未来的无望。这一点，他收藏的数以千计的碑帖墓志给了他深刻的启示。每一个墓志的主人就是我们的过去，我们也将是未来的墓志主人，一代代传承，需要诘问世界、家国、尊严、文明、财富、价值、痛苦，究竟具有什么意义。

墓志铭拓片激发的生死之问，让鲁迅不会轻松。1936 年，鲁迅写了一篇题为《死》的杂文，留下一句名言：让他们怨恨去，我也一个都不宽恕。很鲁迅的一句话，是不是他自己为自己写的墓志铭呢。

相比较而言，金石学带给他的书法欲念，让他最轻松。他收藏碑帖墓志拓片有多种用途，其中之一，就是书法临习，提升自己的书法修养。在他收藏碑帖墓志拓片的高峰时期，有两个人与他的联系非常密切，一个是沈尹默，一个是陈师曾。鲁迅日记是流水账，他记下了沈尹默来来去去的身影，不记他们想了什么，说了什么。我发现，每一次沈尹默到鲁迅的家，都是鲁迅从琉璃厂采购归来的时刻，鲁迅手中的名碑重拓，一定会在沈尹默的面前展开，沈尹默或许对碑文的历史意义没有兴趣，但对书法会本能地喜欢。他们面对碑帖墓志的拓片，焦点是书法。沈尹默在诗坛已有名气，于书法用功尤勤，年轻时代，书法家的形象渐渐清晰起来。沈尹默与文坛的关系密切，也写出许多脍炙人口的诗篇，后来独钟书法，为什么？他在《书法漫谈》一文讲得清楚：

二十五岁左右回到杭州，遇见了一个姓陈的朋友，他第一面和我交谈，开口便这样说：我昨天在刘三那里，看见了你一首诗，诗很好，但是字其俗在骨。我初听了，实在有些刺耳，继而细想一想，他的话很有理由，我是受过了黄自元的毒，再沾染上一点仇老的习气，那时，自己既不善于悬腕，又喜欢用长锋羊毫，更显得拖拖沓沓地不受看。陈姓朋友所说的是药石之言，我非常感激他。就在那个时候，立志要改正以往的种种错误，先从执笔改起，每天清早起来，就指实掌虚，掌竖腕平，肘腕并起的执着笔，用方尺大的毛边纸，临写汉碑，每纸写一个大字，用淡墨写，一张一张地丢在地上，写完一百张，下面的纸已经干透了，再拿起来临写四个字，以后再随便在这写过的纸上练习行草，如是不间断两年多。

"姓陈的朋友"就是陈独秀。脱俗的办法是临习汉碑和六朝碑版。这样的选择与鲁迅有没有关系呢，不见沈尹默陈述，从鲁迅日记中，可以感觉，能够意会。

陈师曾诗书画印俱佳。鲁迅的若干方印章，出自陈师曾之手。他的书画，也是鲁迅的最爱。他有胆量向陈师曾索画，也经常在手札中与陈师曾讨论碑帖墓志的问题。"在鲁迅沉溺于抄写古碑的时候，北京画家陈师曾是他的挚友——陈师曾的弟弟，即游学欧美的陈寅恪——这又是他与左翼青年相对公开的艺术关系之外，比较传统的私谊。"（陈丹青语）遗憾的是，47 岁的陈师曾因病去世，鲁迅十分难过。他去琉璃厂，见到《师曾遗墨》就买回来翻阅，自 1924 年 5 月到 1925 年 2 月，他先后买了第一集到第四集的《师曾遗墨》。他阅读陈师曾遗墨，怀念故人，也在体察书法。由金石学到现实生活，由古人到今人，鲁迅与书法的距离越来越近。

政治人物·学者·书法家

——浅谈叶恭绰

作为晚清政府内阁议和处的参议，他参与了清廷退位的若干次阁议，目睹了辛亥革命带给中国的变革。与孙中山相识，拉开了政治人生的序幕。在孙中山组阁的政府担任过财政部部长和交通部部长。著有《交通救国论》一书，他深信"交通救国"。遗憾的是，身处波谲云诡的时代，政治舞台的尔虞我诈，让他有了寒冷的感觉，孙中山逝世不久，他便隐退，到文化、学术领域大显身手了。

士大夫、学者、诗人、收藏家、书画家集于一身，绝对耀眼。作为公众人物的叶恭绰以潇洒姿态写字画画，将是彼时的新闻。

其实，叶恭绰早就是收藏界的风云人物了，毛公鼎是他的收藏作品，几百个宣德炉，魏晋唐宋书画，如王羲之的《曹娥碑》、王献之的《鸭头丸帖》、唐高闲和尚的草书《千字文》、褚遂良的《阴符经》，敦煌卷子，北宋燕文贵的《武夷山色卷》等等，俱是国家文化重器。这些文化重器何以来到叶恭绰的家，叶恭绰说得明白："四十年前余收藏颇富，其时故宫及诸旧家散出之物，纷纷出国，余与诸友发愿同截其流，因此所得精品不少。……余昔收书画，本为拟编《中国美术史》藉供研考，故标准颇与人殊。"何止是收藏家了，分明是学者，是书画家。

的确是书画家。走近叶恭绰，了解叶恭绰，启功的文字很重要。1987 年 7 月，他为《叶恭绰书画集》写了一篇序言，其中的几段话，似乎是叶恭绰的基因密码——

解放初，先生来京，于武进赵药农教授家观其所藏成容若手札，卷后有功所尘点之长跋，竟蒙戏赏。一日获谒于广坐间，先生首举此跋，多所勖勉。此后请盖升堂，获闻绪论。见先生于中华民族一切文化，无不拳拳注念。每谓民族兴衰，文化实为枢纽。而伦理道德，科学技术，罔不在文化之域中。未有无知无识，独能卓立于强邻之间而不遭覆灭者。乃知先生深心之所在焉。先生亦曾收集市上散佚之文物，常钤小印，文曰"玩物而不丧志"，此其意之所寄也，岂戏语哉！……先生体短而神清，食少而气旺。每见米饭只用半盂，面包只拈一片；盛宴之上，亦但取肉边之菜。而文章浩瀚，韵语丰穰。书法则天骨开张，盈寸之字有寻丈之势。谓非出于异禀，不可得也。

启功没有虚话，他对叶恭绰的"速写"简练而真实。似乎最后一句话"谓非出于异禀，不可得也"，少许夸张。然而，只要细细品味启功的评语，再细细品味叶恭绰的书法，就会发现启功的概括没有半点虚情假意。

叶恭绰为《清代学者象传》第一集所写的"楷书序言"。序言之文，可媲美鲁迅为《北平笺谱》所写的序言，意深语俊，理畅情浓。遗憾的是，鲁迅《北平笺谱》序言仅见其文，未见其"墨"。我想，如果鲁迅之序的"墨"得以见面，会颠覆民国书法史的。好在叶恭绰序文的墨迹存留，这是考察叶恭绰中年书法创作的重要依据。作为民国年间崛起的书法家，何谓"谓非出于异禀，不可得也"呢？我想，这是叶恭绰书法观念使然。叶恭绰的堂妹叶恭绍对自己的家族定位准确："叶氏家族，自祖父至先兄世为前清官宦。以文章才学进身。"文章之功，端赖读书。经史辞章烂熟于胸的叶恭绰，对书法的认知一定迥异于别人。书法史有时间惯性，它会强迫学书者对一种模式的认可甚至信赖。书法的封闭性结构和书法审美的局限，导致这种现实的形成。毕竟到了民国，我们的生活有了现代景致。学习书法、判断书法、欣赏书法，有了微妙的变化。时贤对民国书法推崇备至，原因之一，便是民国书法家价值观念的改变，文化视野的开阔，艺术精神的解放。叶恭绰知行合一，他有管理国家的行政能力、有深厚的家学、有通古博今的眼光、有生命气质、有艺术才华。"谓非出于异禀，不可得也"，缺一不可。

叶恭绰的"楷书序言"，首先是学者写的字，是实用性的字，是中国书法的原生态。当代书法的遗憾，在于书法成了书法家的事，为书法而书法，忽略书法的学问与性情。"楷书序言"是功能性的书法，它是对《清代学者象传》的解释，文书一体。文章当然典雅，言古谈学，没有学术功底和澄明的心境不行。文字是载体，书法是表现，合二为一的结果，是叶恭绰一件书法代表作的诞生。文书一体的书法是不同凡响的书法，许多人不理解。书写别人的辞章和书写自己的诗文，感觉不一样。叶恭绰以楷书书之，既延续了中国学术的传统，也契合了中国书法功能性的实践。首先，叶恭绰调动了自己书写的最佳潜能，一丝不苟，厚意深情，慢慢写着。楷书多凌厉、整饬之状，寒锋逼人。"楷书序言"不同，叶恭绰用笔极其自然，宽博的结字，徐缓的运笔，写出了楷书的趣味性和亲切感。另外，碑学筑基的楷书，形式感强，却不近人情。叶恭绰不然，他的楷书有魏晋的强大张力，不拘小节的细节呈现，见诸笔端。这是叶恭绰"化"的能力，是"异禀"，是文人间平等的对话与亲切的问候。

　　楷书紧易、松难。叶恭绰的"楷书序言"的"松",可以为当代楷书创作带来启发。

　　叶恭绰书法创作另一个亮点是手札。这也是功能性的书法遗存,是中国书法的常态。

　　迩来叶恭绰与龙榆生的手札不断被发现。他们之间的话题宽广,也有深度,是重要的文史资料,当然也是重要的书法作品。据初步考证,这批手札写于 1950 年前后,叶恭绰已近古稀之年。文章开头部分提及的"关于词"手札,就是其中的代表。这通手札是行草书,劲拔、飘逸,学养、才华,对手札形式的熟稔跃然纸上。叶恭绰有强大的碑学功底,用笔如刀,一波三折的线条,横向取势的字形结构,起笔的精心,收笔的沉着,映衬出书法家叶恭绰驾驭笔墨的高超能力。衰年写字,往往是格调有余,笔力不支。漫漶与模糊,随性与放纵,常常引来诟病。叶恭绰不然,在启功眼里,虽然"体短"却"神清",虽然"食少"而"气旺"。因此,"文章浩瀚,韵语丰穰,书法则天骨开张,盈寸之字有寻丈之势"。

　　的确,叶恭绰的书法"天骨开张,盈寸之字有寻丈之势"。这一点,他的对联、中堂、扇面,体现得更为明显。叶恭绰心胸开阔,没有门户之见,只要有助于自己的毛笔书写,不管是帖学名作,还是碑派小品,一样尊重、领悟、学习。他的书法信息丰富,不见一家一帖的影响,却看得见书法的全部气息;既看得见书法的全部信息,还能看到一个人的心性与个性。应该说,叶恭绰的书法是高度个性与人格化的结合,是承继传统又不断创新的楷模。叶恭绰的书法创作,对我们的启示也在这里。

"孤"与"不孤"

——陈独秀书法浅解

陈独秀《题刘海粟古松图》一诗在读书人中间流行一阵子:"黄山孤山,不孤而孤,孤而不孤。孤与不孤,各有其境,各有其图。"

讨论陈独秀书法,在这首即兴题诗中参悟到许多东西。陈独秀面对的是刘海粟的画作,其实,他面对的是自己的内心。

陈独秀在中国历史中的短长和深浅,不是这篇文章所要关注的。但有一点再清楚不过,他的命运与他写给刘海粟的题诗十分契合,与他的书法也遥相辉映。可见,陈独秀的一生凸显文人本色。

对陈独秀的书法,我们嗅到了历史的沉香。一、他是旧学熏陶出来的革命家,诗教书学,伴随他的一生;二、他对书法有深入的体察,书法的风格,书写的技巧,他都有过发言,其中的一些观点,在书法史中熠熠闪光。

对书法,陈独秀没有懈怠,其传记,记载了他与妻妹高君曼私奔的故事,那是 1910 年,两个人反叛礼教,携手往杭州居住,1911 年结婚。恰是在这段年月,他与沈士远、沈尹默、马一浮相识,谈诗论书几成常态,陈独秀还

"总要每天写几张《说文》上篆字，始终如一。比我们哪一个人都有恒心些"（马一浮语）。

在杭州，陈独秀与沈尹默相识。沈尹默在《书法漫谈》一文里记载了他与陈独秀的书法缘。①

陈独秀反对俗气。在他看来，书法审美，俗即"不孤"，不俗则"孤"，所谓的"气骨挺立"。

辛亥革命前后，陈独秀对书法的研习，有文化的要求和学术的准备。他临写了许多篆隶名碑，对"石鼓""二袁"有独特的理解。1932 年，陈独秀为友人写了一副篆书对联"行无愧怍心常坦；身处艰难气若虹"，较好体现了陈独秀对篆书的深入理解。清人陈炼在《印言》中说："大凡伶俐之人，不善交错而善明净。交错者，为山中有树，树中有山，错乱成章，自有妙处，此须得老手乘以高情；若明净则不然，阶前花草，置放有常，池上游鱼，个个可数，若少间以异物，便不成观。"从这样的视角看陈独秀的篆书，我们的感受是深刻的。"行无·身处"篆书联，字势灵动，不受原拓束缚，用笔沉实、平正、老辣、凝练，对接了中国篆书的骨架和灵魂，表达了作者尊古崇法的创作态度，无疑是书法理性主义者的自觉追索。

古厚、苍拙，是陈独秀书法的文化基调。因此，陈独秀的书法作品，克服了他极力反对的"其俗在骨"的浅媚、流畅，以他对传统艺术的认知，展现了他的情感书写、个性书写和复古书写。在政治上，他领域标新；在书法创作上，他稳健前行，"不孤而孤，孤而不孤"。

考察陈独秀的书法创作，极其艰难。作为中国共产党的创始人，他的人生和他书法一样，处在矛盾和悖论之中。不过，他与沈尹默的交往，与台静农的友谊，让他在不经意间，给民国的书法理论提供了重要的艺术思想资源。

---

① 详细内容见本书《鲁迅的金石学》一文所引。

陈独秀有篆隶的功底，这是陈独秀作为书法家的重要基础。同时他的行草书也具有浓郁的魏晋遗韵，遒劲、恢宏，达观、飘逸，富含文人书法的精神品质。

台湾某研究机构整理编辑的《近代文哲学人论著丛刊》，其第六种《台静农先生珍藏书札（一）》，收陈独秀致台静农手札102通，又陈氏手书诗文稿及书艺等一卷。无疑，这是研究陈独秀书法的资源库，也是陈独秀书法创作的集大成。其中一通手札谈到书法，又涉及对沈尹默的评价。此时，与当年批评沈尹默书法"其俗在骨"的时候有三十年的遥远距离，陈独秀经历了人生无数的磨难，提及书法，依旧坚持当年的立场，似乎政治风雨并没有淋到他的头上。以此可以看到陈独秀的定力。

> 静农兄：十日手示敬悉，馆中谅无意将拙稿付印，弟已不作此想矣。……尹默字素来工力甚深，非眼面前朋友所可及，然其字外无字，视卅年前无大异也。存世二王字，献之数种近真，羲之字多为米南宫临本，神韵犹在欧褚所临《兰亭》之下，即刻意学之，字品终在唐贤以下也。尊见以为如何？此祝，健康。弟独秀四月十六日。

从"其俗在骨"，到"字外无字"，显然，陈独秀对沈尹默书法评价近于苛刻了。我们不谈沈尹默书法的本质意义，也不谈沈尹默书法是否如陈独秀所言"字外无字"，重要性在于，陈独秀的书法美学观与他的人生信仰、人格构建究竟有着怎样的关联。

首先，陈独秀反对庸俗气的书法。庸俗意味着肤浅，肤浅意味着审美价值的薄弱。对艺术而言，宏大、深邃，中和、风华的性质与气象，才能拨动人的心弦，才能让人感动，才具有永恒的艺术价值和久远的审美意义。

第二，陈独秀强调个性。学习书法，需要保持对古人的尊崇，但不能泥古不化，做冬烘先生。作为一个时代的文化旗手，陈独秀对艺术有着历史性的把握，为此，他坦言"存世二王字，献之数种近真，羲之字多为米南宫临本，神韵犹在欧褚所临兰亭之下，即刻意学之，字品终在唐贤以下也"。怎么办，学到古人的真髓，要有创新精神和个性表达。

第三，强调书法的人格化。"字外无字"中所提到的两个"字"，有着不同的含义，前者指的是文字，后者指的是学养、操守、人格。尽管沈尹默的书法"工力甚深"，但是因其"字外无字"而显得苍白、浅陋。

陈独秀的书法判断对现实有启发。当代书坛，"工力甚深"者不乏其人，甚至某些"十日一笔，月数丸墨"者，狂躁至极，超越了古人，也不至书法之佳境也。"字外有字"，是书法的高境界，是书法技近于道的过程，是书法家的内心孤独和"天行健，君子以自强不息"的人格实现。

最后的士大夫

——章士钊其人其书

一

初冬的一天，应朋友之约步入东总布胡同一栋老房子，与朋友们吟诗写字。晚饭后，我沿着东总布胡同向西步行，穿过一条繁华的街道，进入西总布胡同。城市现代化，一点点剔除一座城市遥远而温暖的陈迹，机动车，乱搭乱建，把这条屡屡出现在文人士大夫书信和日记中的地标性胡同日趋通俗化了——没有可以连通历史的人物居住，些许权贵走马灯似的来来往往。通过这里，没有旧日时光的暗示，也找不到"一人之谔谔"的面孔。

过去不是，过去这里居住了很多学识渊博、人格伟岸的人，章士钊是其中之一。

我进入西总布胡同，是到章士钊住过的老房子凭吊。章士钊淡出人们的视线以后，他的子女继续在这里居住，章含之辞世，房子被国家收回。

我在章士钊住过的老房子门前伫立，平复一下复杂的情绪，就从原路返回。

我一直被章士钊充满戏剧性的人生迷住，曲折、凄迷，拟或是显赫、风光，都不能概括他的全部。他是政治活动家，从晚清到民国，从民国到新中国，他与所有左右中国命运的政治家有交情。他是学人，在大学任教，主编杂志，撰写文章，沉迷书法，宛如一位生机勃勃的文人，深入思考，植根现实，参与社会进程。

"苏报案"中的章士钊可以看出一个人的生命端倪。《苏报》，1896年6月26日在上海创办，胡璋主办。1900年，陈范接办。1902年，南洋公学的退学风潮，《苏报》及时报道，以"学界风潮"为栏目，深度报道退学风潮的缘由，深得读者赞赏。1903年，《苏报》聘请章士钊为主笔，聘请章太炎、蔡元培为撰稿人，刊发进步文章，主张政治革命。《苏报》的立场，自然引起当局警觉，清政府以《苏报》"悍谬横肆，为患不小"为由，于1903年7月7日将报馆关闭，逮捕章太炎。邹容不畏牺牲，自动投案，以示不屈。1904年5月，章太炎、邹容被租界法庭判处3年和2年徒刑，禁止中国人在租界办报。《苏报》被封之后，章士钊、陈去疾等人续办《国民日报》，又因"放肆蜇言，昌言无忌"，再一次遭到清政府的查封。

清末，中国知识分子对政治体制改革的强烈愿望和具体实践，成为中国读书人勠力进取的证明。毛泽东记得《苏报》，也记得章士钊、章太炎、邹容。20世纪60年代初，他与章士钊养女章含之谈及章士钊，对"苏报案"中的章士钊给予积极评价。

这位曾受惠于章士钊的政治巨人，语重心长地对章含之说："他给我们共产党的帮助哪里是我能用人民币偿还得了的呢？你们那位老人家我知道一生无钱，又爱管闲事，散钱去帮助那许多人。他写给我的信多半是替别人解决问题，有的事政府解决不了，他自己掏腰包帮助了。"（见章含之《跨过厚厚的大红门》）

章士钊"爱管闲事"，究竟给毛泽东写了多少封信，不得而知。不过，为了高二适，章士钊写给毛泽东的信自然载入史册，至今被人探究。

二

章士钊为高二适的事情致函毛泽东，是广为人知的事情。这件事涉及彼时的学术争鸣，关乎对王羲之《兰亭集序》的历史认知。1964年至1965年间，南京出土了《王兴之夫妇墓志》和《谢鲲墓志》，两块碑的碑文是用隶书写成，率真、苍茫，别有一番风味。"王谢"是指王兴之和谢鲲，前者是王羲之堂弟，后者则是谢安的伯父。作为东晋的贵族和政治强人，他们的墓志出土，引起考古学家和书法家的重视，在这两块墓志中开始破解积存的历史与艺术难题。碑文是隶书，郭沫若便以此为由，做出自己的判断——王羲之的《兰亭序》的书写没有隶书笔意，行书《兰亭序》"既不是王羲之的原文，更不是王羲之笔迹"，《兰亭序》的文章和墨迹均是王氏第七代孙——隋代出家禅师智永"所写的稿本"。郭沫若把自己的"研究成果"写成论文《由王谢墓志的出土论兰亭序的真伪》，刊于1965年第六期《文物》杂志。

时为江苏省文史馆的馆员，在学术界和书法界较有影响的高二适看到了这篇文章，他不同意郭沫若的观点。很快，他写就了与郭沫若的商榷文章《〈兰亭序〉的真伪驳议》，提出"《兰亭序》为王羲之所作是不可更易的铁案"。他试图以此文与郭沫若讨论《兰亭序》的真伪问题。其实，对《兰亭序》的质疑，郭沫若不是第一人。清末学者李文田率先指出《兰亭序》的"漏洞"，他说《兰亭序》"文之题目与内容，与《世说新语·企羡篇》刘孝标注本所征引不同，是梁以前之"兰亭"，与梁以后之"兰亭"，文尚难信，何有于字？"这还不算，李文田又作四首七绝，烘托自己对《兰亭序》的判断，其中一首写道："唐人未甚重《兰亭》，渊圣尊崇信有灵。南渡士夫争聚讼，后来都作不刊经。"

郭沫若时任全国人大常委会副委员长、中国科学院院长、中国文联主席，在学术界的权威地位无人抗衡，敢于与他商榷，的确需要胆识。

高二适有丰富的人生经历，对国情不陌生，他知道国内报刊不敢刊发《〈兰亭序〉的真伪驳议》。于是，他想到了自己的恩师章士钊。

章士钊比高二适长 23 岁，民国期间，高二适向章士钊主编的《甲寅》杂志投稿，文章得到章士钊的赞赏，还向于右任做了推荐。正为标准草书谋划的于右任看了高二适的书法，称之为"书有家"。抗战期间，章士钊与高二适住在重庆，两个人"朝夕相依，最为投合知己，唱酬挟策不绝，留下诗篇颇多"。

1949 年以后，高二适被冷落，得到章士钊的关心。他手书推荐信让高二适面见南下视察的董必武，可惜不遇；继而谋调高二适进中央文史馆，还是不果；最后推荐高二适任江苏省文史馆馆员。在重庆，高二适曾任立法院秘书，"反右"期间，又是章士钊力保，高二适才得以避免"右派"的帽子。"文革"期间，高二适的家被抄，图书字画被洗劫一空，章士钊依旧不忘旧情，不断询问，所抄书籍字画才完璧归赵。高二适之子结婚，章士钊吟诗祝福；高二适夫人病重，章士钊知道后寄款 50 元。这样的友情，延续着章士钊对高二适的理解，他阅读了高二适的《〈兰亭序〉的真伪驳议》，支持高二适的观点。在西总布胡同的住所，章士钊提笔致书毛泽东，他知道，与郭沫若的商榷文章，没有毛泽东的支持是不会发表的。在信中，章士钊诚恳地说道：

……江南高生二适，巍然一硕书也。专攻章草，颇有发明，……此钊三十年前论文小友，入此岁来已白发盈颠、年逾甲子矣。然犹笃志不渝，可望大就。乃者郭沫若同志主帖学革命，该生翼翼著文驳之。钊两度细核，觉论据都有来历，非同随言涂抹。郭公扛此大旗，想乐得天下劲敌而周旋之。（此论学也，百花齐放，知者皆应有言，郭公雅怀，定会体会国家政策）文中亦涉及康生同志，惺惺相惜，此于章草内为同道。该生来书，欲得我公评鉴，得以公表……钊乃敢冒严威，遽行推荐。我公弘奖为怀，惟（望）酌量赐予处理，感逾身受。

毛泽东青年时代就与章士钊熟悉。1920年，毛泽东为湖南革命运动，也为了一批革命青年去欧洲勤工俭学，找到章士钊筹钱。章士钊责无旁贷，依靠自己的影响，帮助毛泽东筹集两万银圆。1946年，毛泽东赴重庆与蒋介石谈判期间，与章士钊见面，征询意见，章士钊在一张纸上写了一个"走"字，劝毛泽东迅速离开重庆，以防万一。深厚的交情，真挚的友谊，使毛泽东对章士钊另眼相看。1965年7月18日，毛泽东看了章士钊的信和高二适的文章，提笔回复：

行严先生：各信及指要下部，都已收到，已经读过一遍，还想读一遍。上部也还想再读一遍。另有友人也想读。大问题是唯物史观问题，即主要是阶级斗争问题。但此事不能求之于世界观已经固定之老先生们，故不必改动。嗣后历史学者可能批评你这一点，请你要有精神准备，不怕人家批评。又高先生评郭文已读过，他的论点是地下不可能发掘出真、行、草墓石。草书不会书碑，可以断言。至于真、行是否曾经书碑，尚待地下发掘证实。但争论是应该有的，我当劝说郭老、康生、伯达诸同志赞成高二适一文公诸于世。柳文上部，盼即寄来。

也是在这一天，毛泽东致书郭沫若：

郭老：章行严先生一信，高二适先生一文均寄上，请研究酌处。我复章先生信，亦先寄你一阅。笔墨官司，有比无好。未知尊意如何？敬颂安吉！并问力（立）群同志好。章信、高文留你处。我复章信，请阅后退回。

毛主席致郭沫若的信函发出的第五天，高二适的《〈兰亭序〉的真伪驳议》，在《光明日报》发表，更为隆重的是，高二适的手稿全文影印发表于1965年第七期的《文物》杂志。

仅半年的时间，《光明日报》等报刊发表了几十篇争鸣文章，启功、张德钧、龙潜、赵万里、于硕（于立群）、史树青等人支持郭沫若，唐风、严北溟、商承祚等人支持高二适。

这场论辩，被学术史称为"兰亭论辩"，影响重大。如果没有章士钊，关于《兰亭集序》的讨论不会存在。也许，这就是毛泽东所说："他写给我的信多半是替别人解决问题，有的事政府解决不了，他自己掏腰包帮助了。"

三

文人士大夫在信函中思考国家大事，讨论社会问题，抒发生命情感，阐明审美理念，是历史性的常态。同时，由于文人士大夫接受了系统而严格的书法训练，笔墨功夫深厚，所书手札氤氲古典气息，雅逸、洒脱，文墨俱佳。但是，不等于说，文人士大夫都可以列入书法家的行列。有的人刻苦临帖，对书法史了如指掌，作文抒怀，墨清字畅，却不以书法闻名；有的人临帖，注重笔法的变化，艺术的追求，谙熟书法创作规律，即使是写一通简单的手札，也会倾注一番心思。章士钊属于后者。

章士钊称得上书法家。

1881年3月20日，章士钊在湖南善化县（今长沙市）出生。祖上世代务农，直到祖父一辈，田产渐增，始有"读书求科名以传其子孙"的治家理念。章士钊兄弟四人，得到家族的悉心培育，接受系统旧式教育，于书法一道，用功亦勤。祖父、母亲辞世后，章士钊为生计所迫，逐步走向社会，先做家庭教师，然后走出湖南，到武汉闯荡。1902 年，他往南京投考陆军学堂。考试作文题目是"无敌国外患者国恒亡"，他深思熟虑，题旨明确，文辞斐然，深得陆军学堂总办俞明震的赏识，自然录取。只是反清革命思潮风起云涌，在江南陆军学堂读书的章士钊不甘寂寞，因反对学堂无理开除学生退学，率领三十多名学生离开南京，到上海参加爱国学社，走上了废学救国的道路。在上海，被《苏报》聘为主笔。"苏报案"后，章士钊成为职业革命家。

文章独树一帜，书法风神兼备，他在不同的政治组织里穿行，此起彼伏，但他的文章和书法，一直被津津乐道。

他是《甲寅》杂志的创办人之一。创刊于 1914 年的《甲寅》可谓一言难尽。章士钊在创刊号发表《政本》，抨击袁世凯的专政理论，主张资产阶级民主政治。十年后，他又在《甲寅》撰文，反对新文化运动。也许，一位名人的成长，悖论伴随始终。

1927 年，淡出政治舞台的章士钊想到《甲寅》。因经济问题停刊的《甲寅》是章士钊的另一条生命。他计划卖字筹款，让《甲寅》起死回生。毕竟是声名远扬的章士钊，他的字得到拥趸，"以三月之力，书菱子千柄，集资万元"，办刊经费解决。

这个细节，是我们观察章士钊书法的一扇窗口。这个细节，也是我们认定章士钊作为书法家的根据。

"以三月之力，书菱子千柄"，菱子，即扇面，是雅俗共赏的书法形式。对于书法，章士钊是专家，他能游刃有余地写菱子、中堂、条幅、斗方、碑志，这些常见的书法形式，是他与广泛社会和不同人群对话的中介。然而，更能发现他的书法才情、文学感觉、思想个性的毛笔书写，是他的手札和诗稿。这是士大夫的文化深度和生命标签。

四

民国时期，章士钊的手札就在政学两界不胫而走。彼时，手札是人与人传递信息的重要媒介，政治人物，文人学士，社会名流，依靠手札研讨问题，交流心得，表述世俗琐事。章士钊是复合型人物，他活跃在政治舞台，游走于学术界、新闻界、法律界之间，结交各界名流，可谓一代通人。

章士钊手札，恪守传统，词语雅驯，书法掷地有声，延续晋唐宋明以来的文化薪火，成为新一代的书法景观。章士钊的行书有金石气，这得益于他对六朝书法的青睐；他的书法更具书卷气，这是读书吟诗的涵养。读破万卷，放眼世界的章士钊，自然气宇非凡，挥笔写字，也不会在一隅拘泥。从他的书法中，可以看到历史遗韵，可以感受到一个人强烈的生命特征、情感形态。因此，读章士钊书法，必须与他的人生经历和文才学养结合起来，我说了，他是通人，他的背景广阔。

1949 年以后，他与友朋交往，依旧保持手札往复的习惯。其中的典型例证，就是与毛泽东的手札往复。遗憾的是，他与毛泽东的手札真迹，作为历史文献，自然封存了，我们无法看到。不过，从毛泽东与章士钊的手札中，可以反观章士钊手札的分量。毛泽东回复章士钊的手札一丝不苟，那通写于 1965 年 7 月 18 日的手札，书法超迈，理据充分，语词信息丰富，可见毛泽东的心理波澜和文化趣味。与毛泽东的手札，我们看到的是文字，语言凝练、古雅，情感真挚、纯朴，礼数周全、细致，那份士子情怀，学人风度，从手札文字中明确感知。只是手札墨迹无从见到，我相信，那通手札的书法，一定谨严、含蓄。

好在与其他友朋的手札是容易见到的，比如写给潘伯鹰、高二适等人的手札。这部分墨迹，是我们研究章士钊书法的基础。章士钊与潘伯鹰关系有一点特殊。潘伯鹰夫人张荷君与章士钊有亲戚关系，是章士钊的"义女"。早年，潘伯鹰从学章士钊，研习逻辑学。潘伯鹰辞章、书法俱佳，深得章士钊信任，被称为"生平第一知己"。1949年，章士钊作为国民政府的和谈代表，潘伯鹰以私人秘书的身份随行。

"连得数书札"，是章士钊晚年写给潘伯鹰的手札——

伯鹰足下：连得数书都未即覆，素性固懒，时亦有迫促之事，无暇作书，想伯鹰能谅之也。近忽有赴港之议，俟周公在人大作报告之后即可成行。昨晚因得一诗如次：《南行柬伯鹰》南行无计过江湄，故旧如君竟久违。耻借残年谢蒐讨，也缘清恙省书诒。早知岁月迁流极，安事文章绮丽为。试乞西窗待归客，秋风一路倘逶迟。滞港之期约为半年，秋风起时欲绕道上海一图良晤，暂亦姑妄言之而已。尊恙来者，言人人殊，然大旨全快可得，喜慰殆不可言。闻荷君侍候心劳，微形憔悴，此之安神闺房，有仲长公，理所不敢忘君，果何福以致之耶。他日当有专篇为荷君先生致谢，暂不一一。手颂痊祉。士钊谨状。三月廿三夜。

只写月日，不署年份，这是手札的惯例。不过，从陈述中，我们可以推论手札的写作时间应该是1973年。前一年，美国总统尼克松访华，周恩来将章士钊的著作《柳文指要》赠送。中美关系缓和，章士钊计划去香港与台湾当局代表讨论两岸统一问题。1973年夏，章士钊启程访港，遗憾的是，年事已高的章士钊已经经不起折腾，酷热的香港让他难以接受，到港后不久突然辞世。

与潘伯鹰的手札，是章士钊生前最后几通手札之一。

清雅萧疏的行草书，宽博、疏朗的字距，真情的陈述，沉郁的诗作，体现了章士钊旧式学问的深挚，手腕的灵动，思维的敏捷。"伯鹰足下"四字，圆润、饱满，所录诗作，一气呵成；"滞港之期"的"滞"，是草书，神采飞扬。"他日当有专篇为荷君先生致谢"，言及潘伯鹰夫人荷君，平阙一格，以示尊敬。

随手札呈诗，或赠答，或求教，是中国文人的雅习。陈寅恪、叶恭绰、马一浮、谢无量、俞平伯、周作人、叶圣陶等人的手札，经常附有诗作，或写在手札正文，或另纸抄录。章士钊与潘伯鹰的手札，随处可见诗稿。在章士钊看来，潘伯鹰是"生平第一知己"，也当是诗的知音。

诗稿《三得伯鹰书》是一首七律，抄录后随手札寄奉潘伯鹰。

> 平生不愿故人怜，端为酬恩碍著鞭。
> 老去才情余黯淡，从亡风味受扳联。
> 三年中兄关诗债，五斗先生为酒钱。
> 吟罢与君成一笑，云山无尽意无边。
>
> 士钊录稿。

诗稿未著时日。书法的苍劲与古拙，预示着写于晚年。诗，陈述了自己的人生感受，表白了与潘伯鹰的友谊，可见道家情怀。书法沉稳，笔锋犹存，"士钊"署名，器宇轩昂。

诗稿《题沪上周吴故事》，是两首七绝，感叹周炼霞与吴湖帆的才情和浪漫故事。

> 惯耳周师入晋阳，奈何中道下吴阊。
> 料知一舸西施去，便与夷光较短长。

二窗微妙旨如何，比并樵风倘较多。

若起弢庵更题句，难言断送几年过。

何以作诗，章士钊写了一段跋语：

　　天佐返京为其周吴近得赁小房子，此定在伯鹰处，闻此消息，似不失为一诗题，因发意写二绝如右，此等诗似不妨持示文通共博一粲。

　　诗起于周炼霞与吴湖帆的浪漫故事，固诗与书法，也轻松活泼。两首绝句空阔、消散，一个字的涂抹，增添了自由的趣味。诗稿墨迹左侧，言明典故和诗兴起因。在章士钊的诗与书中，仿佛看到当年沪上"体态清丽婉转，如流风回雪"一般美丽的周炼霞与"官三代"的沪上才子吴湖帆的花边新闻。以"修齐治平"为己任的章士钊，浪漫的一面昭然若揭。

　　章士钊，最后的士大夫。作为政治活动家，他在半个世纪的时间跨度里，与国共两党的领导人交往，即使是生命的最后一刻，依然为民族、国家的利益奔走。他又是学者、诗人、书法家，他的治学、吟诵、挥毫，注定是中国文化耀眼的一页。

"今朝尘尽光生，照遍山河万朵"

——马一浮的人格与书格

马一浮其人其书都很独特。先说其人。最近发现"蠲戏老人鬻书约"，这是一份铅印文件，老宋体，繁体字，黯淡中不乏生命的灵光，看着，如同看着马一浮的一生。"蠲戏老人鬻书约"，就是马一浮卖字的一纸声明，只是这纸声明有别于其他书法家的例行润格，其中有遥远年代知识分子以工取酬的方式和方法，有读书人笔耕现实的权益与底线。

细读"蠲戏老人鬻书约"，似乎读着马一浮的手札。虽然"书约"是铅印的说明书，却有着书写的血脉，墨痕的节奏，感情的起伏。马一浮谈商业之道，却有着文章的寓意，"书约"宗旨，可见一斑——

平生学道，性不工书，偶尔涉笔，聊以遣兴。而四方士友，缪谓其能，数见征求，不容逊谢。吾已炳烛之年，无复临池之遐，以是为役，难乎有恒。友朋之好我者，咸谓与其拂人之情，不如徇其所请，润而应后，老复何心敢望，以秕糠见宝，润例如下。

对现当代书法史稍有了解的人皆知"蠲戏"就是马一浮。"蠲戏老人鬻书约"的第一项内容，就是字清词畅的宗旨。第二项内容是书法作品的价格，不同形制、不同尺幅的书法作品，所售价格有高下之别。第三项内容是自己可以写什么，不能写什么。这一项对当代书法家有启发。一般情况下，书法家鬻书，来者不拒。马一浮不然，他鬻书却有着苛刻的条件——碑志寿序市招一概不书，劣纸不书，没有介绍人不书，不在赝品碑帖、赝品书画上题跋。一份"书约"，储存着丰富的生命信息。马一浮"不写"的底线，基于一位有良知的读书人应有的价值准则。我们都知道，碑志是对逝者的缅怀和评价，为尊者讳，碑志习惯性回避人的缺点，以谀美之词概括逝者的一生。寿序是为体面人服务的，不无夸张的联语，工工整整的书法，是寿者家族十足的面子，深得中国世俗文化三昧。市招的商业属性是马一浮本能的排斥。在中国文化长河里沉潜，对读书人的立场、操守，有着深刻的思考。即使卖字，也卖得坦荡、清白。

马一浮的硬气不是空穴来风。作为"一代儒宗"，诗教、礼教、理学三种学养集于一身。今天的马一浮，是历史中的马一浮的延续。时任民国教育部秘书长的马一浮反对教育部长蔡元培"废经"的主张，他坚持"经不可废"，遂与推行现代教育的蔡元培发生冲突，辞职返家，终身致力于传统国学的研究。蔡元培与马一浮都没有错，他们坚持各自的立场不动摇，难得的是，马一浮不为粮秣妥协，敢于牺牲。十多年前，我曾去杭州西湖寻访马一浮故居，目的明确，表达我的敬意。位于西湖花港蒋庄的马一浮的老宅——已是文物保护单位的马一浮故居，连着一条游人如织的主路，两侧植有青竹，斜进一片树丛，再往里去就是一个开阔的庭院和一栋两层的黑色小楼。站在庭院里，仿佛与西湖隔绝，尽管小楼前就是西湖，不过，透过树叶的缝隙望去，这里的西湖仅仅是眼中的一片水。小楼上方挂着一块木匾，上有"马一浮纪念馆"

六个字，系沙孟海所书。大门两侧的对联"胸中泛滥五千卷，足下纵横十二州"，准确概括了马一浮的一生。隽永的对联由林散之撰、郭仲选写，面对西湖，心在以往。马一浮一直活跃在学术里，而浅薄的坊间，却让马一浮活跃在书法里，朴实沉郁、雄奇雅健的马一浮书法，给杭州、给西湖、给中国文化添了一点奇异的颜色。书法易读，表层的形状天生有一种亲近感，这就让懒惰的时人有了空子，日渐夸大作为书法家的马一浮，而"一代儒宗"的马一浮日渐模糊。

简洁的老宅陈设着马一浮的著作、手稿、讲义、图片。墙边挂着马一浮的几幅墨迹，被玻璃罩起来的墨迹笔力扎实，结构精致，看上几眼，便感觉到墨迹里的深情厚意。对马一浮书法，我本能地喜爱。临写他的手札，似乎听他诉说；看他书写的文稿、条幅，耳闻金石的铿锵。从历史深处而来的马一浮书法，与文化的驼铃相伴而行。显然，马一浮的书法，不是简简单单的毛笔字，字里行间渗透"诗教、礼教、理学"的理性智慧和生命痴情。沙孟海与马一浮都在杭州，彼此均是书法巨擘，读沙孟海致龙榆生手札，发现彼时的学者、文人，对马一浮十分牵挂。因此，从沙孟海的眼里看马一浮的书法，更为清楚："马先生的书法，凝练高雅，不名一体。篆书，直接取法李斯。隶八分，直接取法汉碑，不掺入魏晋以后笔法。真行书植根于钟王诸帖，兼用唐贤骨法。独心契近人沈乙庵（曾植）先生的草法，偶然参用其翻转挑磔笔意"。因此，其手泽，被后人如生命般珍视。

在西湖边上的老宅潜心读书，不为外界声音所动，提出"不分今古，不分汉宋，不分朱陆"来看儒学。他还引用唐万回和尚的偈，来表达自己对儒学的情感："我有明珠一颗，久被尘劳封锁。今朝尘尽光生，照遍山河万朵。"在马一浮看来，中华民族的复兴离不开儒学的支撑。世间如何波动，在西湖的马一浮心不动，难得的生命定力，让他一天天地撑起了传统文化的天空。

"一堂温良谦恭的君子人"

——弘一大师及其书法

到泉州，要去开元禅寺谒拜。开元禅寺有御赐佛像，庙宇建筑鬼斧神工，时间悠久，法度深远，气象万千。

从正门步入开元禅寺，迎面的抱柱联进入眼帘——此地古称佛国，满街都是圣人。细长、瘦劲的字形，清高、静逸的书写，像一位道行无边的高士，冷静地与我们面对。

我不由自主地停下脚步，默读联语，如沐清风。

两句话是朱熹所言，出自弘一大师的手笔，自然绝尘。弘一大师其人、其学、其书，魅力无穷，需要我们永久探赜。也是这副对联，让我想起弘一大师，他生命的最后时刻，是在泉州度过，他力挽佛教的悲心，也是在泉州落地。佛教以戒、定、慧为基本三学，戒为根本。佛教传到中国，把专门学戒、持戒的称为律宗。三国时期，戒律传入。唐代，道宣律师推崇《四分律》，著《四分律删繁补阙行事钞》《四分律含注戒本疏》《四分律删补随机羯磨疏》等，称南山三大部，为中国律宗唯一法脉。南宋禅宗盛，律学式微。

直到清末，唐宋律学著作从日本回流。弘一大师值此良机，在佛教界现身，引起广泛关注。

1918年，他在杭州虎跑寺出家为僧，法名演音，号弘一。在灵隐寺受戒期间，马一浮相赠两部律学著作，有明代蕅益大师的《重治毗尼事义集要》，另外则是清初见月律师的《传戒正范》。此后，弘一大师专事学戒，著有《自行钞》《学根本说一切有部律入门次第》《四分律比丘戒相表记》等许多发人深省的文章。1931年2月，弘一大师在上虞法界寺佛前，发专学南山律之誓愿。1933年，集合十余位学者在泉州开元寺尊胜院研究律学，称为南山律学苑。

到开元寺参观，即刻见到弘一大师手书的联语，我深信这是一种暗示和缘分。泉州之行，需要向弘一大师敬礼的。人人都说弘一，熟知又未必真知。佛学深处的弘一大师，细细揣摩，颇有现实深意的。在泉州，弘一大师从事律学典籍的整理，自身也严持戒律。他身处的时代有太多的欲望，而太多的欲望又招致太多的无耻和猥琐。因此，他对自己提出了严格的要求。他认识到，佛门清净应自比丘个人做起，一人一世界，一个人高尚，也是一个世界的高尚。正如《善见律》所言："若人有信心，恒生惭愧，好学戒律者，佛法得久住；是故人欲得佛法久住，先学毗尼藏。"

离开"此地古称佛国，满街都是圣人"的抱柱联，耐心感受开元寺的一砖一瓦，一草一木。主殿是重檐歇山式建筑，上丰下锐，气派稳重。对古代建筑缺少研究，不过，悬有"桑莲法界"匾额的主殿，乃官式做法。建筑一隅，一块细长的汉白玉，雕刻"御赐佛像"四字，字为金黄色，与两侧的佛像、莲花形成庄严。这块汉白玉，这四个字，是对开元禅寺的注释。

开元寺，有弘一大师的身影，难以言说的亲近感，油然升起。

弘一大师的纪念馆就在开元寺一侧。沿着一条婉约的小径，通过一扇木门，就进入纪念馆的大院。院子中央，是弘一大师的半身塑像，我们不约而同齐聚塑像两侧，与"弘一大师"合影。遗憾的是，纪念馆闭馆，我们只好透过窗玻璃，向房间内探望。物件模糊，唯有书法条幅清晰可见。这时候，我们才想起弘一大师另外的身份——书法家。

弘一大师的书法有童子功。叶圣陶在《弘一大师的书法》一文中讲道："弘一法师对于书法是用过苦功的。在夏丏尊先生那里，见到他许多习字的成绩，各体的碑帖他都临摹，写什么像什么。这大概由于他画过西洋画的缘故。西洋画的基本练习是木炭素描，一条线条，一笔烘托，都得和摆在面前的实物不差分毫。经过这样训练的手腕和眼力，运用起来自然能够十分准确，达到得心应手的境界。于是写什么像什么了。"

叶圣陶从写字的技术层面谈弘一大师的书法，条理有序。写好字，不容易。没有苦功夫不行。但是，只有苦功夫也不行。为此，叶圣陶又说："弘一法师近几年来的书法，有人说近于晋人。但是，摹仿的哪一家呢？实在指说不出。我不懂书法，然而极喜欢他的字。若问他的字为什么使我喜欢，我只能直觉地回答，因为他蕴藉有味。就全幅看，好比一堂温良谦恭的君子人，不卑不亢，和颜悦色，在那里从容论道。"

有两个关键词值得思考，一是"蕴藉有味"，一是"一堂温良谦恭的君子人"，以这样的词语和形象评价弘一大师的书法，既有独到的艺术见地，又表现出扎实的传统书学修养。叶圣陶可谓是弘一大师的知音。

弘一大师的书法生涯，与他的现实生活紧密相连。他以毛笔作文，以手札与友朋联系。作为一代学人、文人，他的日常生活须臾不离笔墨。"前邮《放生记》至沪札"，是弘一大师致刘质平的手札，写于1930年农历三月二十一。

　　前邮《放生记》至沪，误写为中华艺术，邮局退还。兹复奉上，乞收入。昨夕返温州，以后为《清凉歌集》事，须常常与仁者通信。若皆挂号，似为未便。拟改寄至尊友沪寓中，由彼转交何如？应寄何处，乞仁者酌示为盼。惠函寄温州大南门外庆福寺弘一收。不宣。质平居士慧览。三月廿一日演音疏。

收信人名字后置，敬语使用得当。此札结构，契合古法。书法平淡安详，不激不戾，含蓄自信，文气弥漫。收信人是弘一大师的弟子。但，弘一大师平等相待，以仁者称之，多次使用"乞"字，以示尊重。手札中的"不具""不宣""不备"，使用时需要分清收信人的身份。上对下，使用"不具"；下对上，使用"不备"；朋友之间使用"不宣"。尽管刘质平是学生辈，可以使用"不具"；然，弘一大师不被礼法束缚，从生命的高度感知人与人的关系，视弟子为友，偶用"不具"，常用"不宣"，精神境界，管窥一二。

作为书法家，弘一大师谙熟"北碑南帖"，对书法作品的任何形式都了如指掌。他的手札堪称书法精品，他的手稿书香充盈，他抄写的佛经意蕴远大，他写的条幅、横批、对联，精严净妙。"集大方广佛华严经对联"，是弘一大师书法的代表作——"已离诸恶道已出诸难处；当为世依救当作世光明。"精深的语词，平缓的书写，道不尽的人生况味。这样的书法形态，是弘一大师书法的常态。中锋用笔，简单起收，不在一笔一字上纠结，而是坦然展开，让文辞、笔迹说话，内敛亦含蓄。这是书法的最高境界，也是对当代书法创作有益的启示。

弘一大师是中国文化史、佛教史独特的存在。作为杰出的艺术家皈依佛门，自然会有超乎寻常的精神呈现。丰子恺与弘一大师友情甚笃，他说，弘一大师对唐代军事家裴行俭所言"士之致远者，当先器识而后文艺"，非常推崇，以此自律并告诫弟子必须重视人格养成。弘一大师晚年为青年释子讲授书法时，坦言反对"人以字传"，他不厌其烦地说："须知出家人不懂得佛法，只会写字，那是可耻的。"

同样，书法家没有文化，只会写字，一样是可耻的。

"亦儒亦侠"

——黄宾虹与南社

"慷慨歌燕市，从容作楚囚。引刀成一快，不负少年头。"这是汪精卫刺杀摄政王未遂，被捕后吟诵的诗句。开始，我认为这是他在特殊时刻、特殊场域、特殊心情下的高调道白，与诗没有多大关系。后来得知，汪精卫不是空喊口号的人，对诗的欣赏和创作真是内行，作为南社成员，1923年他为胡朴安所编《南社丛选》所写的序言中，对南社的意义做了恰当的说明：

近世各国之革命，必有革命文学为之前驱；其革命文学之彩色，必烂然有以异于其时代之前后。中国之革命文学亦然。核其内容与其形式，固不与庚子以前之时务论相类，亦与民国以后之政论绝非同类。盖其内容，则民族、民权、民生之主义也。其形式之范成，则涵有二事：其一，根柢于国学，以经义、史事、诸子、文辞之菁华为其枝干；其一，根柢于西学，以法律、政治、经济之义蕴为其条理。二者相倚而亦相抶。无前者，则国亡之痛，种沦之戚，习焉已忘，无由动其光复神州之念。无后者，则承学之士犹以为君臣之义无所逃于天地之间，无由得闻主权在民之理。且无前者，则大义虽著，而感情不笃，无以责其犯难而逃死。无后者，则含孕虽富，而论理未精，无以辨析疑义，力行不惑。故革命文学必兼斯二者，乃能蔚然有以树立。其致力于前者，则有《国粹学报》《南社集》等；其不懈于前者，而尤能致力于后者，则有《民报》等。

对南社的观察，汪精卫是有眼光的。

南社的发起人是陈去病、高旭、柳亚子。陈去病生于 1874 年，高旭生于 1877 年，柳亚子生于 1887 年，三个人均有扎实的旧学根基。

思想活跃，接受维新思潮，民主、共和、人权、宪政等词汇，常在他们的嘴边滑过。1909 年 11 月 6 日，上海的《民吁日报》刊发了《南社雅集小启》，富有诗意的"雅集小启"出自陈去病的手笔：

> 孟冬十月，朔日丁丑，天气肃清，春意微动。詹尹来告曰：重阴下坠，一阳不斩，芙蓉弄妍，岭梅吐萼。微乎微乎，彼南枝乎，殆生机其来复乎？爰集鸥侣，殇于虎丘。踵东坡之逸韵，载展重阳；萃南国之名流，来寻胜会。登高能赋，文采彬焉；兹乐无穷，神仙几矣。凡我俦侣，幸毋忽诸！敬洁清尊，恭迟芳躅！南社同人谨启。

作为南社发起人之一，陈去病是坚定的反清革命志士和情感丰富的文人，因此，写一则"小启"，也有几分激动。他向世人宣告，1909 年 11 月 13 日，南社成立大会在苏州虎丘召开，会址在绿水湾头的张国维祠。坐落于虎丘山下的张国维祠，又称张公祠，是纪念明崇祯年间任苏松巡抚的张国维所建。清军南下，张国维率兵抗击，失败后投水就义。显然，他是反清抗明的民族英雄。南社在这里举办成立大会，寓意明了，是赓续张国维的爱国精神，驱除鞑虏，恢复中华。

1910 年 1 月，也就是南社成立的一个月之后，社友沈云写七律《读〈南社〉第一集赠柳亚子》，诗中对南社的精神做了描述：

> 海内如君第一流，亦儒亦侠自千秋。
>
> 文章凄丽味愈古，诗律浑成气更遒。
>
> 越剑吴箫骚士泪，绿芜红豆女儿愁。
>
> 天涯知己知多少，莫道无人识柳州。

"亦儒亦侠"，让我感到亲切，也让我想入非非。

在我的眼睛里，画家黄宾虹就是"亦儒亦侠"的文人。不错，南社成立的时候，黄宾虹踩着时代的鼓点来了。

1909 年 11 月 13 日，黄宾虹与陈去病、柳亚子、陈巢南、沈道非等人在苏州阊门外阿黛桥登上一艘画舫，驶往苏州城外的虎丘。彼时，大清王朝已气喘吁吁，新党旧府冲突激烈，新的曙光已在眼前。年仅 22 岁的柳亚子站在船头，看着朝气蓬勃的社友，口占一律：

> 画船箫鼓山塘路，容与中流放棹来。
>
> 衣带临风池水绉，长眉如画远山开。
>
> 青琴白石新游侣，越角吴根旧霸才。
>
> 携得名流同一舸，低徊无语且衔杯。

虎丘是画舫的目的地，19 位气度不凡的青壮年依次来到虎丘山下，合影后，前往张国维祠开会。19 人中，有两人是宾客，南社社员 17 人，他们是陈巢南、柳亚子、朱梁任、庞檗子、陈陶遗、沈道非、俞剑华、冯心侠、赵厚生、林立山、朱少屏、诸贞壮、胡栗长、黄宾虹、林秋叶、蔡哲夫、景秋陆。17 位南社社员，有 14 位中国同盟会会员，从中不难嗅出革命的气氛了。

1936 年，柳亚子写《南社纪略》，他详细介绍了 17 位社员，提及黄宾虹时，柳亚子如此说：黄宾虹，名质，字朴存，一字朴人，安徽歙县人。国学保存会会员，《国粹学报》主笔，现任上海市博物馆临时董事会董事。

《国粹学报》主笔、上海市博物馆临时董事会董事是黄宾虹的关键词。《国粹学报》是什么样的报纸呢？汪精卫在《南社丛选》的序言中说得明白：

> 其一，根柢于国学，以经义、史事、诸子、文辞之菁华为其枝干；……无前者，则国亡之痛，种沦之戚，习焉已忘，无由动其光复神州之念。……且无前者，则大义虽著，而感情不笃，无以责其犯难而逃死。……其致力于前者，则有《国粹学报》《南社集》等。

黄宾虹是《国粹学报》的主笔，他的兴趣、志向，与南社的思想倾向自然合拍。

黄宾虹生于 1865 年，比陈去病大 9 岁，比高旭大 12 岁，比柳亚子大 22 岁。虽然年长，但黄宾虹不摆老资格，以一己之力，协助社务。1910 年 1 月，高旭编辑了《南社》第一集，该书为 16 开本，粉红封面，光纸内芯，线装，在上海正式出版。这本书的印刷事务由黄宾虹负责，这时的黄宾虹笔耕不辍，一系列时事评论深得读者喜欢。作为有新思想的旧式文人，内心暗涌着生命的激情。《南社》第一集出版，向海内外文化名流和反清志士赠阅。湖南傅专看到后颇为震撼，即刻赋诗称颂：

> 静掩银屏更漏长，新诗一夜费平章。
> 何期万木凋零后，尚见南枝数点香。

黄宾虹热爱南社，自己对南社的隐忧，也坦然向柳亚子说明。载于《南社丛刊》第13集的黄宾虹致柳亚子的手札，予以印证——

近惠赐《南社诗文集》，阅悉。采辑宏多，猥以下走恶札，羼刊其间，滥竽之惧，前函本非饰词。先生顾不见谅，且重下走之侃，君子爱人以德，果如是耶！窃以学问、道德、文章三者，皆不可假以虚誉。故古人寻常酬应之作，取入刊集过多，已足损品，况以瓦缶之鸣，而杂笙璈，其必不能动人清听明矣。鄙意文字贵于精美，以关道德学问为归，非此宁阙毋滥，宁鲜毋旧可也。下走学植荒落，无由进德，惟蜷缩尘世中，岑寂如崖谷，仅摩挲古金石书画，间与一二欧友相研求，稍剖前人拘泥穿凿之惑以为快。自谓古人之道与艺，皆于是乎存，而不知其僻隘也。益以世氛日嚣，人生靡乐，故交之士，遭戮辱罹祸乱者，不可偻计，伤何如之！然成务而偾踬。立异而触冒，此非尽庸人，而沈几未深，豪杰与有责焉耳。邦之杌臬，来日大难，先生其何以拯救之！亚子先生道安。质启。

黄宾虹不赞成将平庸之作编入专集，推崇诗文的文采、学识。同时，黄宾虹还反思了中国传统文人的生活与问学方式，三五好友把杯问盏言古今趣事，尽管快活，毕竟"僻隘"。何况当下中国苦难几多，风花雪月，不合时宜。

新旧交替，黄宾虹有兼济天下的责任意识。

1911年9月17日，南社在上海愚园举行第五次雅集，修订南社相关条例，决定入社须社友三人以上介绍；除交纳入社金3元外，岁纳常捐1元；凡社友确有妨害名誉者，候雅集时，公议取决除名；社友有于所在地组织支社者，须于成立以前报告本社地，由本社认可；等等。柳亚子、高旭、朱少屏、庞檗子、俞剑华、宋教仁、陈其美、黄宾虹等 35 人参加，最后，雅集选出职员名单，景秋陆担任诗选编辑员，宋教仁担任文选编辑员，王蕴章担任词选编辑员，柳亚子担任书记兼会计，黄宾虹、高旭、朱少屏担任庶务员。

在此期间，黄宾虹一面参与南社的管理工作，一面为《国粹学报》《神州日报》写关于书画篆刻的学术文章和有关时局的评论。1912 年 12 月是中国近代史的非常时期，武昌起义，上海光复，清帝国土崩瓦解。一则"南社临时召集广告"出现在上海的媒体——

> 启者：自光复以来，本社之凤愿精邃，惟民国初建，一切事宜正资讨论，合应组合社员发刊丛报，以策进行。为此广告，准期十月初四午后一时在上海愚园特开临时大会，务祈同社诸公惠临赐教为要。

黄宾虹是集会发起人之一。集会认为"非有言论鼓吹，不足以统筹全局"，决定编辑出版《黄报》。12 月 27 日，上海报纸刊发《黄报》出见"的广告，并有黄宾虹的联系地址。

1928 年 11 月 7 日，陈去病、朱梁任、柳亚子、朱少屏联名发起纪念南社成立 20 周年的苏州虎丘雅集。关于这次雅集，柳亚子写了一段话：

> ……严格讲起来，年份和日子都有问题。因为南社第一次正式雅集，是 1909 年（清宣统元年），算足周年纪念，到 1928 年（民国十七年）只是 19 年而并非 20 年，相差了 1 年。……结果呢？我因病痁，少屏因病足，都没有到会。开会的地点仍就在苏州虎丘……

这一年，63 岁的黄宾虹已是资深的诗人、学者、画家了。他来到苏州虎丘，参加纪念南社成立 20 周年的雅集。闻名遐迩的南社，与 20 年成立之初时不可同日而语，一些新面孔，一些新想法，一些新诗句，让黄宾虹恍若隔世。好在他见到了当年出席南社成立雅集十七人中的陈去病、朱梁任、沈道非、冯心侠、胡栗长，与他们交谈，犹能看到沧桑的诗心与忧郁的诗情。

风度玄远

——读谢无量书法

"风度玄远，有时近于玩世。"这是马一浮对谢无量书法随口而出的一句话。我无意中看到这句话，开始，没有往深处想，学富五车的人，对任何事情臧否都不足怪，何况马一浮对至交谢无量了。

谢无量的老师汤寿潜是马一浮的岳丈，这层关系，足见马一浮与谢无量友谊的特殊之处。马一浮悼念谢无量的挽联似乎说明一切——

在世许交深，哀乐情忘，久悟死生同昼夜；

乘风何太速，语言道断，空余涕泪洒山丘。

此种感情，谁有？

"风度玄远，有时近于玩世"，时常在眼前出现，觉得这一句话越来越重，也是对谢无量书法的准确概括。

20世纪80年代，就知道谢无量了，书法家、诗人、学者，四川人。也许，那个时候我们处于识别书法的初始阶段，对谢无量"风度玄远，有时近于玩世"的书法难以理解，或者理解得不到位，误读、误解的时候比理解、喜爱的时候多。一位叫吴丈蜀的书法家不断传达这样的信息："谢无量先生是当代大学者、大诗人、大书法家。他之所以能成为大书法家，和他是大学者、大诗人分不开的。"彼时，书法界处于由竞技主导的展厅时代，格外看重书法的视觉冲击力，对吴丈蜀的这番话没有在意。苍白、浅陋的当代书法，让吴丈蜀失去兴趣，他渐渐从书坛隐退，在安静中阅读谢无量的诗文，研究谢无量的书法，直到离开这个世界。

谢无量给我们留下一道难题：好书法的标准有没有，认识书法的途径在哪里？谢无量刚刚进入我们视野的时候，这样的问题都很模糊。时间提升了我们认识书法的能力，粗放型的书法发展也留下教训，终于，我们知道了谢无量的书法好在何处，高在哪里。

好在何处、高在哪里呢？第一，谢无量深入探究书法的本质。他从文化的角度和艺术的高度，审视书法，理解书法。时有书法的碑学、帖学之争，学人愿意在争论中看到书法的真相。谢无量学书，碑、帖均会让他激动，他在魏晋书法的资源里，看到了士大夫书法和文人书法的合流，甚至在士大夫与文人身份融合与转换中，看到了书法的经世致用和书法的精神意义。书法从来不是以单一面目出现在我们面前的，从一开始，它就是文化的承载者，深度介入人们的政治生活和世俗生活，然后，才开始对我们的人格、心理、气质、素养产生影响。所以说，当代人对书法予以"文化书法""艺术书法"的定位，就是无知的表现。

纵观中国书法史，魏晋书法的确是一个"前无古人、后无来者"的阶段。谢无量秉笔学书，自然会在此流连忘返。谢无量有一首题咏《宋拓圣教序》的诗："右军风格最清真，貌似如何领得神。浪比俗书趁姿媚，古今皮相几多人。"青年学者杨勇解释："这首诗用'清'和'真'二字概括王右军的书法风格，足可见谢无量对大王书法的认可和欣赏。这两个审美标准也是他在自己作品中所追求的，清净高雅，天真自然。"

谢无量书法，好就好在"清净高雅，天真自然"。若说帖系代表的二王书法是"清""真"品质的象征，那么，北朝碑刻的铿锵悦耳，何尝不是"清""真"的诠释呢？他在《题张猛龙碑》的跋语中写道："或大或小，或仰或欹，藏棱蓄势，发为貌奇。虽存隶法，亦挟草情，美媲中岳，兼嗣兰亭。神行乃妙，皮袭为下。旧拓可珍，敢告知者。"北魏碑刻的天真烂漫，可知可感。

与谢无量有着数十年交往的学者刘君惠，熟识谢无量书法的艺术特征，他说："谢先生书南北兼收，碑帖并取，筋骨不露，锋芒尽韬。兴酣落笔，神姿挥洒，柔克绕指，而劲气内涵。苍润沉雄，如幽燕老将；明珰翠羽，如华鬘天人。艺舟诚亦有楫，无量先生之书法，谁可执楫以航者？沉雄俊逸的气氛，虚淡萧散的气度，固难以迹象求索。"1939年，刘君惠与谢无量相识，彼此"诗歌酬答，笺札往来"，因此，对谢无量书法的判断，刘君惠的观点有代表性。

第二，谢无量的学问与诗才，让腕下书法有了清晰可感的书卷气，也是谢无量书法格高一筹的特征。首先，谢无量试图以事功证明自己的价值，他追随孙中山，投身革命。1923年，孙中山的广州政府成立，谢无量被聘为大元帅府大本营参议、特务秘书。不久，孙中山因病逝世，他退出政坛，一心治学著述、写诗作书。其次，谢无量的学术研究，加深了他对书法的判断。2011年，中国人民大学出版社出版了《谢无量文集》，其中收录了谢无量十多种著作，包括《孔子》《韩非》《佛学大纲》《中国哲学史》《中国大文学史》《罗贯中与马致远》《中国妇女文学史》《实用文章义法》《古代政治思想研究》《中国古田制考》《诗学指南》《词学指南》《骈文指南》《诗经研究》《楚词新论》《朱子学派》《阳明学派》《王充哲学》等，涉及历史、政治学、哲学、文学，可谓学识渊博，著作等身。这是谢无量数十年的学术研究成果，也是谢无量作为学者书法家的证明。中国书法与学问、文章是一个整体，谢无量与他的好朋友马一浮一样，赓续了这个传统，他们用毛笔写作，挥毫过程中，学问又在滋养毛笔，赋予字迹独特的生命节奏和文化特性。对此，我有理性的认知，于是我不断强调，好书法是学问养出来的，好书法是能够阅读的。

治学以外，谢无量又以诗闻名。他用毛笔写诗、改诗，他诗稿的书法意义渐趋凸显出来，让我们研究书法家谢无量有了新的依据。我喜爱谢无量的书法，对他的诗稿尤甚。谢无量是现当代能够与古贤等量齐观的书法家，读他的诗稿，不由得想到苏东坡、徐渭、傅山、王铎、何绍基、张伯英、郑孝胥等人的诗笺手稿，他们都是文墨兼优的人，而文墨兼优正是对书法家的必然要求。读"二十年一俊人"诗稿，仿佛听到刘熙载所言"涵茹到人所不能涵茹为大"的境地，心如止水，波澜不惊。写诗，需要情感牵引，这份诗稿，能看到生命的起伏，情感的节奏。错落有致的诗行，浓淡干湿的笔墨，开阔、松弛的结构，铺陈了诗人淡泊、辽远的内心世界。从儒家起，再经过法家，最后一定是回归道家。谢无量也不例外。他的夫人陈雪湄深情地说道："无量病卧北京医院，那时已神志不清，我在护理他的一年中，重温《庄子》以自慰藉。当我提到庄子时，他仍会会心一笑。"

写诗的谢无量，常常是"会心一笑"。"湖上书来日放光""逝者良已矣"诗稿，自然洒脱，不见丝毫作态，信笔由之，笔墨有了轻重缓急，有了映衬对比，读之，心悦诚服。这就是真正意义的书法，我们难以为之了，依然要看到它的高度、厚度和深度。对于书法家而言，必须具备勇于超越自己的勇气，任何满足现状和自以为是的行为，都是极其浅薄的。

再说高二适

——以此文纪念高二适逝世40周年

求雨山不险峻，不巍峨，对于我来讲，求雨山的魅力，在于金陵四老的纪念馆，闻名遐迩的林散之、高二适、胡小石、萧娴的纪念馆，建在求雨山上，十多年了，这几位在书法、学术领域具有历史性影响的人物，默默接受着后来人的拜谒。

六朝古都多文人骚客，即使是当代的南京，一眼望去，也会看到如此隆重和奢侈的精神集合。求雨山上的文人方队，是南京的骄傲。

山路通畅，在山岚氤氲的画意中前行，有诗意的感觉。金陵四家的纪念馆建在求雨山的山坳里，彼此可以相互遥望。时间有限，我愿意在高二适纪念馆和高二适墓地更多地停留。金陵四家没有庸常之辈，我似乎更喜欢高二适，更愿意向他表达我对历史的理解。

往高二适纪念馆的路上，途经林散之、萧娴的纪念馆。从外观欣赏，每一个纪念馆都有创意，只是我不懂建筑，说不出所以然。高二适纪念馆的建筑有点奇崛，高低、宽窄、色调、形状，所呈现的是冷调子。这是不是高二适人格化的体现？

走进高二适纪念馆，看到了章士钊所书的"万古云霄一羽毛"，这是一个单元的标题。想必是纪念馆的策划者也看到了这句诗之于章士钊和高二适的特殊关系。

"万古云霄一羽毛"，这是杜甫的一句诗。杜甫《咏怀古迹五首》之五："诸葛大名垂宇宙，宗臣遗像肃清高。三分割据纡筹策，万古云霄一羽毛。伯仲之间见伊吕，指挥若定失萧曹。运移汉祚终难复，志决身歼军务劳。"陈述了诗人对诸葛亮的崇敬之情。显然，在历史深处摇羽毛扇的诸葛亮，在杜甫的眼中智慧而艰辛。

高二适纪念馆"兰亭论辨"单元，述说着陈年旧月的争鸣，在灰黄的照片和漫漶的字迹里，呈现着各自的辛酸。陈列柜和墙壁上的旧文旧照，蒙一层当年的尘土。疲惫不堪的《文物》杂志，纸张脆黄的《光明日报》，如一位禅师，不语，却心思万千。

走出高二适纪念馆已是傍晚，接连几天的雨停歇了，天空厚厚的云层缓缓向西移动，疲弱的阳光，吝啬地涂在山峦、树冠、屋顶。放眼望去，总算有了轻松的心情。

至今，"兰亭论辨"余音袅袅，对郭沫若和高二适的文章肯定者有之，否定者也有之。

"兰亭论辨"过去半个世纪了，依旧是学术界的话题，因此，高二适自然成为当代著名学者、诗人。其实，高二适的书法与他的文章一样，高冷、奇崛、挺拔。行书条幅"石门铭题跋"就是例证。此幅写于1952年，是对汉代摩崖隶书《石门颂》的题跋——

石门颂气势深厚，以之炼笔力便似天骨开张，腾挪跳踯，有不可向迩之概。日夕揣摩，其乐无既云。

对于学者而言，所写题跋也是其心声。高二适评价《石门颂》，也是对一种书风的阐扬，这种书风在他的书法作品中隐现。高二适书法，体系宏大，不拘泥一家一碑。从艺术美学而言，"神思象通，情变所孕"。刘勰的两句话，可以概括他的书法特征。"神"，即"神思"，是艺术家的想象；"象"，即"意象"，是艺术的境界；"情"，即"情志"，是表述感情。在当代书法家中，高二适的学养与他的激情做到了最好的链接，他能够十分理性地思考历史与艺术问题，也会在想象与激情中忘我作书。草书"孤桐老人"，抄录自己为章士钊89岁生日写的祝寿诗。这是中国书法创作的常态，写自己的诗文，言述个人情感，因此，下笔自如，感情丰沛。当代书法创作多技法，少情感，是致命的缺憾。而高二适的草书，不仅技法娴熟，线条畅达，行笔之间洋溢着对恩师章士钊先生的敬仰和祝愿，笔墨间是浓浓的生命情感。依我看来，草书"孤桐老人"，既是高二适书法作品中的代表作，也是当代中国书法创作的代表作。从中会参悟到许多书法学习和书法创作的问题。

学者，又是书法家的高二适离开我们整整40年了，他在我们心中依然是楷模。已辞世的冯其庸，生前在《怀念高二适先生》一文中说道：兰亭论辨"不仅仅是一种书迹的真伪问题，更重要的是我们要造就一种什么样的学风和文风，我们能不能树立一种惟真理是从的良好风气。"的确，那时代文学与学术，无不存在政治化的倾向。看似偶然生发的兰亭论辨也是波谲云诡的。历史的复杂性，艺术问题的复杂性，无一不让我深陷沉思。但是，让我精神抖擞的是高二适的人生姿态和学术良知。庆幸的是，高二适没有选择沉默，他觉得安全地读书、世故地写字，于他是一种侮辱。于是，在那个沉闷的年代，我们听到了一种富有个性的声音，听到了一位老人疲惫的呐喊。

铁如意与铁如意馆主

——张宗祥漫谈

2015 年，两次造访浙江海宁，两度往张宗祥故居拜谒，对张宗祥的了解有了新视角、新发现。

海宁与杭州仅 70 公里的距离，模式化的高速公路，奔驰的汽车，生命的转移，是没完没了的反复，不会让人有新奇的感觉。如果沿钱塘江上行，直抵海宁，恐怕就悬念迭起了。汹涌的江水扑面而来，变幻莫测的浪潮如锦簇的花团，高矮不一的堤坝，如同钱塘江的心电图，逶迤着一条江的生命律动。

浙江的任何一座小城市，其历史文化都足够我们琢磨一辈子，海宁亦如此。远的不说，现当代的王国维、徐志摩、张宗祥、金庸、钱君匋等人，均是值得我们仰望的文化星宿，对今天依然具有重要的影响。

第一次到海宁，参观了王国维、徐志摩、张宗祥的故居。与王国维、徐志摩相比，张宗祥不够"大众"，但对于了解张宗祥的人来说，张宗祥不同凡响，我们有重新发现与认识的必要。

我是通过"一俗一雅"的不同标签知道张宗祥的。他是第三届西泠印社社长。这个"俗名"体现了他在治学、书画创作领域的重要存在。另外，是他的随笔《记铁如意》，真实展开了一位读书人的胸怀。这篇短文用文言所写，语言平实，情感真挚，简要述说了自己收藏的铁如意自宋至今的曲折历程。冷静、沉稳的张宗祥，明确了铁如意曾是抗清志士周青萝所藏，他怀着崇敬的心情复述：

> 先生姓周，名宗彝，字重五，号青萝，崇祯己卯科举人。甲申变后，乙酉，兵科给事中熊汝霖率义兵入海宁，青萝先生亦率乡人起义保硖石，筑垒东山距守。八月望，清兵自嘉兴南犯，破硖。妻卜氏，束其子明侲于身，及妾张氏、王氏，婢某，弟妻冯氏，随先生投园中池水死，即今所谓"青萝池"者是也。

乡贤周青萝的铁如意，其实就是青萝先生的人格。与其说是对一件旧物的青睐，毋宁说是对青萝的敬仰。张宗祥四十岁后，刻制"铁如意馆"，他的随笔短文汇聚《铁如意馆碎录》《铁如意馆杂记》，由此不难看出铁如意在他心中沉重的程度。

到海宁，自然想看一眼让张宗祥魂牵梦绕的铁如意。上午，海宁上空凝聚着铅色的云团，樟树宽阔的树冠，让黯淡的光线又弱了几度，匆匆路人，似走在没有朝阳的黎明之中。张宗祥故居在一条小河边上。从故居的大门，能看到那座古桥。我站在故居的院子里，透过铁栅栏，伫立看桥，那是张宗祥走过的桥，站在桥上，可以看见海宁的风景。而旧时的风景，与张宗祥一同去了远方。

张宗祥故居是两层小楼，简朴而亲切。如同所有名人故居一样的陈设，形象、立体地讲述主人的一生。书画、印章、抄录的旧书、砚台笔墨，像小说中的细节，烘托张宗祥异常生动的形象。

我看见了铁如意。我激动起来。的确，眼前的铁如意，就是张宗祥笔下的铁如意："铁如意，长二尺许，面嵌杂花，背嵌回文'卍'字，皆银丝。"

由眼前的铁如意，联想到海宁人周青萝一家的视死如归，觉得自己矮小、萎靡。

张宗祥似乎也有这种感觉。他得到铁如意，本想筑室"为之制座、配匣，刻记座上，俾人知史实"，然而，日寇入侵，"乡园沦陷，间关跋涉，远走重庆"，计划未果。

读《冷僧自编年谱》，始知"张宗祥"名字的由来。"予谱名思曾。是年，始应书院课，一论一策。完卷时，当书名。时，方读《宋史》文丞相传，敬其为人，遂命宗祥。榜发，第一，因而未改。"由文天祥到张宗祥，是拿云心事，是济世情怀。这是1898年的事情，这一年张宗祥年仅17岁。

"一俗一雅"的标签，是我了解张宗祥的窗口。对于张宗祥而言，这个"窗口"显得窄小了，不能看到他的全部。两次到海宁，两次拜谒张宗祥故居，终于看清了一个完整的张宗祥。他是学者，是特别传统的学者；他能办事，又是具有现代精神和动手能力的社会活动家。他校勘三百多种古籍，先后出版了《说郛》《国榷》《罪惟录》《越绝书》等。对医学、戏曲、书法，有独到的研究和著述。他曾担任浙江教育厅厅长、浙江图书馆馆长、西泠印社社长、浙江省文史研究馆副馆长等。担任文澜阁《四库全书》保管委员会委员期间，"对该书在抗战中安全转移和胜利后运回杭州出力甚巨"。

张宗祥担任过西泠印社社长，我们愿意放大他作为书法家的一面。的确，这个角色在金石书画领域举足轻重，社会影响、道德品质、学术地位、书法才能差强人意，何来拥趸。

《冷僧自编年谱》有多处言及书法学习和书法欣赏。1913年记："益肆力临北海书。得明拓《思训碑》，'夫人窦氏'极明晰。自此之后，一变'平原'（颜真卿）之习，略能悟唐人用笔之法矣。"1915年记："得《麓山》《法华》诸碑，恣临之。又以为力薄。遂临《龙门造像》《张猛龙碑》，兼习汉隶《史晨》《华山》。自是岁始，至三十八岁，皆各碑参互临习。"

这是书法家的必经之路。从这条路走过，笔墨才有分量。

"禅榻茶烟略得清趣，古梅修竹爱此天真"，此联是张宗祥1924年的作品，用笔简净，收放自如，略有中年才俊的放达。此前，他对李邕有功尤勤，深得《李思训碑》三昧，流畅之间，亦有思虑。"禅榻""古梅"收敛，"茶烟""修竹"松弛，"略得清趣""爱此天真"开张。从收敛、松弛、开张，能体会到一副书法对联的节奏，也会感受到一名学者、官员内心的波澜。草书元稹《赠乐天》书于1963年，波澜起伏的人生，晚境的滞涩，使他与元稹共鸣了："莫言邻境易经过，彼此分符可奈何。垂老相逢渐难别，白头期限更无多。"他的草书也是从唐代来的，易见颜真卿的气势。然而，毕竟"白头期限更无多"了，心中的沉郁和对世事的思考，让他的笔势奔放起来。也许，这是张宗祥无声的低鸣。1964年所书毛泽东词《菩萨蛮·大柏地》，依然可以看到李邕的影响，只是耄耋之年的张宗祥渐渐复归平静，他不再"松弛"和"开张"，政治运动，阅尽人间铅华，让他含蓄、沉默起来。往日对自作诗的抄录，所集对联，似乎不合时宜。他抄录毛泽东的诗词，以应社会之需。别无选择的选择，是他晚年的心结。他在1962年，在自编年谱中写道："为知识分子者，更应当一心一意为国服务，切不可又来争权夺利的一套，更不可有一毫权威思想存在胸中。而且更希望能够多多接受意见，时代是前进的，学问是无尽的。"

1965年8月16日，张宗祥辞世，终年84岁。他留下遗嘱"应为人间省一块土地"，要求把自己的骨灰盒放在母亲的墓中。

这一笔，也有"出处"。1950年，章太炎辞世，其妻到杭州，邀请章太炎生前好友组成治丧委员会，以十七亩土地为章太炎建墓。张宗祥主张"一棺容身，寻丈之土，容棺足矣。人之传与不传，岂在坟墓大小"。他建议把更多的土地归公，"留数弓以建墓"。这是极其珍贵的现代思想，与他的著述、书法相比，更具有现实意义。

高韵深情与坚质浩气

——叶圣陶和他的书法

叶圣陶是我文学阅读绕不过去的作家，少年时代他的童话《稻草人》让人百感交集，少年时代在语文教科书中看到了他的长篇小说《倪焕之》的片段；青年时代所了解的叶圣陶立体了，不仅是作家，还是教育家、社会活动家，是民主党派的领导人，并担任过全国政协副主席一职。

经常在报刊上看到叶圣陶的照片，风清气正，儒雅和蔼，一副圣人的形象。

对于文学青年而言，叶圣陶很遥远。他的文章宁静安详，他的言语不激不厉。在愿意把文人以左右分而论之的时代，我不知道他是"左"，还是"右"，他保守，还是激烈。总之，作为作家的叶圣陶，在我的心目中是美好的象征。

本世纪初，常去北京大望路一家小众书店——光和作用。那里有咖啡，买几本书，在临街的桌子上一边读书，一边喝咖啡，很享受的。记得在光和作用书店——当然，今天已经关张了，买了叶圣陶的《旅途日记五种》，即刻阅读，对叶圣陶的了解深入了许多。《旅途日记五种》，分为《蓉桂往返日记》《东归江行日记》《北上日记》《旅印日记》《内蒙访问日记》，是叶圣陶几个人生侧面的记录。

从《旅途日记五种》开始，对叶圣陶的日记体文章喜欢起来了。那时，对文人书法留意，读叶圣陶日记，想看看书法在他生活中的位置。遗憾的是，他的日记，记录的基本是编辑出版的工作，写作旅行的过程，甚至与友朋饮酒的趣事，没有写到书法。也许，写字是惯常，无须写进日记。

何以想看看叶圣陶在日记中对书法所持的态度呢？彼时，叶圣陶的书法经常出现在报刊，他的信函，他题写的书名，他的书法，以著名作家、教育家、出版家，也以民主党派领导人和国家领导人的名义与读者见面。记忆特别清楚，高韵深情，坚质浩气，寓刚健于婀娜之中，行遒劲于婉媚之内，映衬了一位文学家、教育家、出版家的高贵人格。由于对叶圣陶的书法有着深刻的印象，撰写相关文人书法的文章时，不断提及叶圣陶，我把他列入当代文人书法家的行列。

我的感觉没错。尽管在他《旅途日记五种》之中，未见他对书法生活的描述，后来与刘征谈起叶圣陶，似乎看清了叶圣陶作为书法家的一面。

刘征，当代著名诗人、作家、教育家、书法家。他在人民教育出版社担任过编辑、副总编辑，在文学界、教育界德高望重。叶圣陶曾任人民教育出版社社长，他发现了刘征在语文教学上的才干，调他到人民教育出版社工作。他讲叶圣陶，有理有据。叶圣陶极其认真，他要求读者和群众给他的任何一封信都不能截留，他亲自看，亲自回复。有时用钢笔回复，有时用毛笔写回信。刘征看在眼里，敬在心中。

因为工作，刘征常去叶圣陶家中拜望。叶圣陶宽敞的书房，有许多碑帖，叶圣陶会经常翻看，也常临写。"文革"前，刘征向叶圣陶索字，叶圣陶愉快应允，书写条幅以赠。"文革"期间，叶圣陶的书法丢失，刘征再次请叶圣陶写字，叶圣陶依然。从这件事，我与刘征谈到叶圣陶的书法，刘征说，叶老的书法朴厚、沉实，骨肉相见，内涵丰富。我信口询问《旅途日记五种》为什么没有写到书法。刘征笑起来，他说，叶圣陶先生这代人，都有一副好笔墨。笔是工具，字是载体，用笔用字，写成的文章才是他们的热爱。

的确，《蓉桂往返日记》所记多是他的读写过程，比如"晨起将《项羽本纪》中《鸿门宴》一节译为白话，拟入'国志'。""到馆。校书记所抄《初中国文进度表》，并作'中教'之征稿信。""十二时半至一时半演说。其主持人嘱作修养方面之语，遂申敬业之义，语不甚畅。""夜饭仍小饮。灯下作七绝一首。来重庆后只觉喧嚣不宁，而昨夜醒来，众响毕绝，惟闻雨声与杜鹃声，此境不可不记也。诗曰：终日驰车不见津，滔滔江水未归人。渝州万籁一时绝，夜雨鹃声听到晨。"

读书、写作、演讲、吟诗，是叶圣陶的重要生活。他的毛笔书写，是功能型的，目的性极强。日记中也常看到他给友朋亲人写信，对中国文人来讲，用毛笔写信，既是实用，也是无意为之的书法活动。主观传递世俗境况，客观留下笔笔飞鸿，成为有美学意义的物证。叶圣陶致龙榆生的手札，就是证明。

叶圣陶致龙榆生的手札，写于20世纪50年代，讨论出版、诗词等事项，文辞清新，书法"高韵深情，坚质浩气，寓刚健于婀娜之中，行遒劲于婉媚之内"，代表了叶圣陶毛笔书写的最高水准。叶圣陶《旅途日记五种》，忽略个人的毛笔书写，想必叶公以后的日记，也不会记录自己的写字体会或与他人手札的书法构思。作家、教育家、出版家、社会活动家，他似乎告别了传统士大夫的书法心态，一心一意投身新的国家教育体制改革，新的教科书的编写，新的文化理想的实现。然而，毕竟是饱读诗书的传统读书人，从弱冠开始的笔墨体悟，以及对毛笔书写的痴迷，叶圣陶会默默感受书法的文化力量，可以不去纵论，但能够沉入。

刘征在《叶圣陶关于编写中学语文教材的论述》一文中写到叶圣陶的选文标准：文质兼美，堪为模式，于学生阅读能力写作能力之增长确有助益。这句话，可以帮助我们理解叶圣陶的书法。供学生学习的范本必须"文质兼美"，文人写字则是"文墨兼优"。叶圣陶在"文革"前为刘征书写的条幅，所录的两首词作《采桑子》，就是自己创作的作品。第一首是：

> 札兰屯爱无边绿，榆柳虬枝，杨树高姿，静映清溪尽倒柳。塞垣八月吹飞絮，淡影轻移，飘坠涟漪，错认江南四月时。

第二首是：

> 山亭揽胜临空阔，雅鲁河宽，洲渚岩峦，弥望清明万树园。数声汽笛飚轮过。轨道徐弯，列载龙蟠，输送良才出宝山。

重新书写，叶圣陶还写了一段跋语：

> 一九六一年游札兰屯作采桑子二首。曾书赠国正同志。近得来札，言此幅失去已十余年，希重为书之。雅意可感，欣然命笔。一九七八年四月二十七日也。叶圣陶。

言学、言事，"雅意可感，欣然命笔"，就是叶圣陶书法的本质。他与龙榆生的手札，谈论龙榆生著作的出版问题，也谈到自己阅读龙榆生文章的感受，平和、冲淡、见情见理。其中有一句话论述图书插图，也特像是议论自己的书法："……插图须注意时代，器物、服装皆立有据，画笔又须优美，本身亦为艺术作品。"

手札，是文人书法的代表。叶圣陶的三通手札，可以领会一代文人、学人的文化深度和精神风貌，从书法视点看去，其中的"高韵深情，坚质浩气"，特别值得我们深思。

傅雷的另一支笔

我们知道的傅雷是翻译家、艺术评论家，殊不知，他也是书法家。

"自一九五八年四月底诬划为'右派分子'后，傅雷接受挚友翻译家周煦良教授选送的碑帖，以此养心摆脱苦闷，并开始研究中国书法的源流变迁，既习练书法又陶冶性情，此后写信、译稿一律用毛笔誊写。"这是傅雷研究中一段著名的话，描述了傅雷在反右派期间与书法所建立的联系，进而陈述书法对傅雷精神生活的介入。其实，这句话并不完全真实，尤其是"并开始研究中国书法的源流变迁……此后写信、译稿一律用毛笔誊写"，显然忽略了傅雷青少年时代对中国传统书画的热爱，以及傅雷早年使用毛笔的书写习惯。

1908 年 4 月 7 日（农历三月初七），傅雷出生于上海市南汇县周浦镇渔潭乡西傅家宅（现南汇区航头镇王楼村五组傅家宅）。家族中长者以其出生时哭声震天，取名"怒安"，源自《孟子》"文王以怒而安天下之民"。

傅雷七岁正式开蒙。出生于耕读人家，自然把教育看得十分重要。虽然 1915 年的中国已进入中华民国时代，伴随着晚清洋务运动的惯性，为数不菲的知识精英开始在北京、上海等文化中心城市开展或轻或重的新文化运动。

但乡村中国一如既往地沿袭着千百年的文化传统，傅雷与中国文化的首次见面，依旧是毛笔、砚台，依旧是《三字经》《百家姓》《千字文》，依旧是唐诗、宋词。在斗南公的指导下，傅雷临写晋唐楷书，不日窥见门径。1927 年12 月，傅雷在上海黄浦江码头，登上法国邮船"昂达雷·力篷"号，前往法国求学。这时候的傅雷，较全面地掌握了中国传统文化的基础知识，练成了一手清雅、简淡的行楷书。凭着这种文化实力，他在巴黎才没有迷失方向。

1961 年 4 月，傅雷在致演员萧芳芳的一通手札里，谈起了书法——

> 旧存此帖，寄芳芳贤侄女作临池用。初可任择性之近一种，日写数行，不必描头画角，但求得神气，有那么一点儿帖上的意思就好。临帖不过是得一规模，非作古人奴隶。一种临至半年八个月后，可在（再——作者注）换一种。
>
> 字宁拙毋巧，宁厚毋薄，保持天真与本色，切忌搔首弄姿，故意取媚。
>
> 划平竖直是基本原则。
>
> 一九六一年四月怒庵识

这通手札，是傅雷学习书法的经验之谈，同时，也准确体现了中国书学的核心思想。第一，临帖求神似，得一规模足矣，不做古人的奴隶。第二，字宁拙毋巧，宁厚毋薄，保持天真与本色，切忌搔首弄姿，故意取媚。傅雷无疑受到了傅山的影响。傅山的"宁拙勿巧，宁丑勿媚，宁支离勿轻滑，宁真率勿安排"的阐述，揭示了中国书法的美学观。作为学贯中西的翻译家、艺术评论家，傅雷完全支持傅山的艺术观点，将此看成艺术坐标，并告诫晚辈领悟恪守。

致萧芳芳的手札清纯、雅致，线条遒劲，结构松弛，于法度中可见自如、散淡。这是傅雷随意写成的，没有完全遵守传统手札的平阙形制，仅是为了告诉萧芳芳"保持天真与本色，切忌搔首弄姿，故意取媚"的写字的规则。

其实，这也是做人的规则。1961年的傅雷已被划为右派，属于社会中的另类，但他并没有降低自己的道德要求，依旧读书、译书，依旧给远在异国他乡的儿子傅聪写长长的家书，告诉他做人的道理，学习的目的。只是写信的工具改变了，从开始的毛笔，变成了钢笔。

傅雷是习惯用毛笔写信的，这是中国文人的风雅。

1933年，已在法国完成学业的傅雷，正在上海美专教美术史。该年的12月1日，他写给时任上海中华书局编辑所所长舒新城的书札，即是以毛笔书就。此后，他的多数信函，基本沿袭着传统手札的形式——以毛笔书写，起首、正文、结尾，修辞、遣句，表意、抒情，不越古人藩篱，博雅、圆融、洞达、空灵，洋溢着中国文人的精神风尚与诗意才情。十年以后，傅雷开始与黄宾虹通信，他在十年时间里写给黄宾虹的117通手札，不仅是傅雷书法作品的集大成，更是傅雷人格、思想、才干、修养的具体体现。

中国书法史中的经典作品，如王羲之的《快雪时晴帖》《寒切帖》《姨母帖》《十七帖》，陆机的《平复帖》，颜真卿的《争座位》《祭侄文稿》，杨凝式的《韭花帖》《夏热帖》等等，都是作者的尺牍，并不是以艺术创作的自觉心态所实现和完成的书法作品。北宋《淳化阁帖》中的魏晋南北朝书家作品，几乎全是各类尺牍。

傅雷熟知中国艺术史，他深知，对世界艺术的解读不能脱离中国书法。即使写《世界美术二十讲》，他也是用毛笔书就。显然，傅雷对书法的尊重是一种文化自觉，正如同他本无意做书法家，却在自己的文化生活中承续了书法的正脉，成为一个时代无出其右者的书法家。

由于傅雷具有丰厚的传统文化修养和高度的文化自信，他写尺牍的确动了"心机"。他于1943年至1952年写给黄宾虹的尺牍笔锋墨润，格调高迈，既考虑到受书人的文化素养，也时刻注意到自己的文化形象。字迹清朗，语言古雅，说理时逻辑谨严，叙事时前后贯通，不著废字，不煽滥情。那一年傅雷年仅35岁，"傅译"还没有成为一个国家的文化事实，叫傅雷的年轻人仅以《中国画论之美学检讨》《观画答客问》《论张爱玲小说》等一系列艺术评论文章，在上海崭露头角，但傅雷的气势已锐不可当。

一个无可争议的文化精英，对自己的尺牍更加重视了。《傅雷家书》是傅雷致黄宾虹尺牍以后所写的又一批尺牍作品，也是傅雷尺牍书法中的经典之作。1954年1月18日、19日，傅雷给傅聪写了第一通手札，毛笔，竖写，语言烦琐，情感细腻，承接着傅雷尺牍的传统。此后，傅雷写给傅聪的所有尺牍，均亲自编上号码。

由于傅雷基于现实目的和理意表述，没有刻意追求尺牍的未来意义，极大拓展了尺牍的表现空间。这一点，他致黄宾虹的尺牍体现得尤其充分。1935年傅雷与黄宾虹定交于刘海粟家。此后，人画俱老的黄宾虹成为青年才俊傅雷的偶像，傅雷也成为黄宾虹心目中识画懂画的知己。

傅雷是年35岁，比黄宾虹小45岁，有两代人之差异。傅雷游学法国，治西洋美术史，对中西艺术的短长有真知灼见。他坚决反对以西洋画的画法来改良中国画，同样，对中国画的陋习也不宽宥。

傅雷与黄宾虹的尺牍的内容综述如下：第一，坦陈自己对黄宾虹的敬仰；第二，筹办黄宾虹画展前后的行政事务；第三，经纪黄宾虹书画的账目往来；第四，探讨中国书画艺术，包括对当下个别书画家的批评。

傅雷书法胎息魏晋，二王意趣浓郁，萧散、稳健、精致、隽永，具有极高的审美价值。傅雷准确领悟了以二王书法为代表的帖学的艺术核心，也就掌握了中国传统尺牍书写的技术要领和艺术特点。傅雷写给黄宾虹的尺牍，严格遵守传统尺牍的平阙形制。另外，傅雷惯于使用侧书，行文涉及自己，必以小字写于右侧，以示谦逊。平阙形制，首先是强调等级、长幼尊卑。

傅雷严格恪守传统尺牍的道德规范和技术要领，张弛有度、笔力轻缓、情绪起伏中，准确传达着自己的诉求、识见，留给我们一通又一通古意盎然、简远飘逸、旷达超脱、理清意重的尺牍作品。

李瑞清说："学书尤贵多读书，读书多则下笔自雅。故自古以来学问家虽不善书而其书有书卷气。故书以气味为第一，不然但成乎技，不足贵矣。"楚默也说："书卷气是文士以其识见、学养寄寓于书的结果，因而书卷气与创作主体便有了紧密的关系，'书如其人'也便有了流行的温床。"

傅雷尺牍，技道一体，技巧娴熟的小行草书和文辞优雅、意新语俊的行文，统一了傅雷的人格与思想、理性与感觉、学养与技巧，形成了傅雷尺牍不可复制的个性特征和清刚雅正的文化意义，让我们感受到尺牍的完整和尺牍的博大。

当代书法乐见尺牍的简净与超迈，纷纷效仿。遗憾的是，把尺牍的书法意义，停留在尺牍外在的神采，从而忽略尺牍内在的文化精神，粗语浅意，何见尺牍的感情与思考、凝重与深邃。

沙孟海的四通手札

　　1992 年，沙孟海离开了我们，倏忽 26 年。值得我们深思的是，离开我们的沙孟海没有因为远离了权力中心或话语中心就变得寂寥了，相反，他以"沉雄茂密，俊朗多姿"的书法，以博大精深、缜密细致的学识，以曲折、坎坷的人生经历，让我们一直缅怀，一直追忆，一直探求。因此，离开我们的沙孟海永远活在我们的记忆深处。

　　在杭州，往沙孟海故居拜谒，对他的了解加深了。沙孟海先生原名文若，以字行，1900 年 6 月出生于浙江鄞县。早年从冯君木先生学诗和古文，随吴昌硕先生习书法篆刻，同时自学文字、金石之学。与前辈学者况蕙风、朱彊村、章太炎、马一浮先生等，多所过从，请益探讨。新中国成立后，历任浙江大学中文系教授、浙江省文物管理委员会常务委员、浙江省博物馆历史部主任、中国书法家协会副主席、西泠印社社长等职，学问渊博，是当代屈指可数的文人型书法家之一。

　　从书法艺术的角度观照沙孟海，我们自然发现，沙孟海进入书坛之前准备充分，不管是伏案临池，还是文史积累，均达到了一位文人、学者书法家的高标准。恰是因为这样的高标准，沙孟海从青年时代，直至暮年，始终显得与众不同。本文从沙孟海青年时代的四通手札入手，探讨沙孟海书法的文化意义。

对于手札的实用功能和审美意义，彭砺志先生说："在古代，尺牍是人们话语交流的书面形式和信息传达的重要媒介，它综合反映了不同时代的政治制度、礼仪规范、交际关系以及审美方式。汉魏以降，工尺牍、善书翰被视为世族士人立身的艺能，尺牍也以其书法之美成为世人宝爱藏之的对象，并催生出魏晋书法灿烂之观，蔚为后世帖学的渊薮。同时，不同时代的社会文化和书仪规范在客观上又成就了尺牍大小错落、长短参差和虚实相映等复杂多变的形式美感。书疏当面，迹乃含情，人们赏悦尺牍，正是综合了形式与内容两方面的因素。"

显然，手札对书法家尤其是文人型、学者化的书法家产生巨大的文化诱惑。

沙孟海与当代著名书法家有许多不同之处。首先，他以文化的智慧把握书法，其毛笔书写，基于自身文化的表述，而不是将书法看成简单的技艺呈现；其次，沙孟海一专多能，其书法自有历史根基，亦有学问熏陶，高古而凝重；第三，作为学者的沙孟海，用毛笔写下了大量手札、文稿，这些随性而书的文字，一方面是沙孟海学术研究、诗词创作的成果，一方面是沙孟海书法艺术的客观表现。

沙孟海写于 20 世纪 20 年代的四通手札，让我们对青年沙孟海的书法研习和书法创作有了新的了解，对于研究沙孟海一生的书法创作更有裨益。

《与谢镇涛书》是沙孟海写于 1920 年的手札。这一年沙孟海年仅 20 岁。此通手札系行楷书，用笔谨严，书写自如，有多处涂抹、插行，文通字顺，书卷气浓郁。书法胎息二王，文气郁勃，英姿飒爽，显然出自青年才俊之手。此手札系沙孟海对谢振涛提出"古人命字之法"问题的回答，在娓娓道来中，我们感受到沙孟海对古典文献的熟知，他列举春秋、汉唐、宋明时期的名人，阐明"古人命字之法"的规律和特点。说古论今，强调："近世命字，多失古意，汶汶冥冥，与号相混，虽巨儒名师，亦漫不加省。以章实斋之博洽，都自以斋为字，其他则又何说。恶紫之夺朱也，恶郑声之乱雅乐也，凡某山、某湖、某斋、某庐字而类号者，皆吾党所不敢苟同也。"

写《与谢镇涛书》的沙孟海20岁，仅论书法，沙孟海也是青年中的翘楚；再品内容，我们自然会被沙孟海老到的文笔和条理清晰的阐述折服。

如果说20岁的沙孟海写字小心谨慎，那么，三年后的沙孟海就从容多了。《与吴公阜书》是沙孟海写于1923年的手札，依笔者看来，这是沙孟海青年时代的代表作，甚至也是沙孟海书法创作生涯的代表作。从1920年到1923年，沙孟海又临习了哪些碑帖，尚无从考据，不过，比较《与谢镇涛书》和《与吴公阜书》，不难推断，沙孟海于行草书用功甚勤，对魏晋书翰心追手摹，渐入佳境。此札舒朗隽永，神采飞扬，意新语俊，格调高雅，字里行间洋溢着作者耀眼的才华，独特的识见。

沙孟海认为，书法不能游离于学问之外，书法家首先是一名学问家。在沙孟海看来，"书法为了表现宇宙生命和人生的理想，必然要把自然和人生之美反映到书法中来，因此它奠定了中国书法审美的三大特征：一是崇尚天地的自然化审美；二是崇尚学问的人格化审美；三是崇尚道德的伦理化审美"。《与吴公阜书》，沙孟海谈到一个具有现实意义的问题，即古人的东西需要分析，古人的字不都是具有学习价值的，对泥古者当头棒喝——"兄印谱曾叔老处半月，顷始取归。叔老说进步之速非所忆及，将来正未可限量也。又说全册都好，惟胡吉宣三字白文印，胡字不雅。弟意用古人须有分刌作文刻印一例，此字虽古人有之可学与否，尚待考量也。兄以为然否？"

手札是一个人心性的表露，也是一个人思想的呈现。也许一个不经意的看法和一个即兴的判断，便具有理论的价值。

1930 年 1 月，沙孟海在广州所写的《与朱赞卿书》，叙述了自己在岭南的生活和交游。据《沙孟海年表》记载，沙孟海于 1929 年与包稚颐结婚，同年 7 月，应广州中山大学邀请，赴广州担任中山大学预科国文教授。《与朱赞卿书》，首先谈了自己对友朋的关心，如对吴公阜、朱赞卿的惦念——"公阜病未愈，亦殊可念。兄事有无消息？结束否？倘仍杳然，不日锡邕南来，为学校事当托，可又面促之。"第二，沙孟海陈述了自己在广州工作、生活的状况——"南方生活程度并不高，弟用途之省，约为往时在沪在杭所未有。顾历年家庭经济亏耗太巨，补助不遑，家母又衰。病忧苦，弟为娱亲计，只将辛苦所入先行寄家。"第三，沙孟海提及了与南社社员蔡哲夫的交谊——"近日与蔡哲夫相识，即送两巨石来，属为其夫人谈月色女士制印，并允以谈女士画梅为报……蔡哲夫日前发起展览会，书画不过如此。此外古物甚多，兹将该会特刊寄上半张，此乃十分之二也。"

1931 年 5 月，沙孟海转至南京中央大学任秘书，结束了在中山大学的教授工作。因此，1930 年《与朱赞卿书》一札，是考据沙孟海在广州交游的重要史料。

此札的书法价值极大。三十而立，沙孟海享誉书坛、印坛、学界有年，这一时期的书法作品日臻成熟，个人风格已见端倪。对《圣教序》一往情深的沙孟海，早已不满足对帖系的浸淫，为实现高远辽阔的艺术理想，他开始探寻新的艺术之路。他曾说："我的'转益多师'，还自己定出一个办法，即学习某一种碑帖，还同时'穷源竟流'，兼学有关的碑帖与墨迹。什么叫穷源？要看出这一碑帖体式从哪里出来，作者用怎样方法学习古人，吸取精华？什么叫竟流？要找寻这一碑帖给予后来的影响如何？哪一家继承得最好？举例来说：钟繇书法，嫡传是王羲之，后来王体风行，人们看不到钟的真帖，一般只把传世钟帖行笔结字与王羲之不同之处算作钟字特点。"

"转益多师""穷源竟流"，印证了沙孟海探寻书法艺术堂奥的哲学思考。

《与朱赞卿书》系行草书，魏晋印迹，兼杂北碑笔意，同时汲取黄道周奇崛的结字特征，收放自如，线条生动。作者陈情述事，情感起伏跌宕，笔随心动，字响调圆。此札与沙孟海晚年雄厚浑穆、苍劲挺拔的书风紧密相连，勾勒出沙孟海一以贯之的审美思想。

1932年《与王个簃书》也是沙孟海的代表作之一。1926年，沙孟海与王个簃相识，同年，拜吴昌硕为师，与王个簃同门。《与王个簃书》谈生活琐事，草书，平阙，形式感强。古今手札作品长短不一的行款形式古代称之为"平阙"。此形制全面形成始于唐代。作为现当代杰出的书法家、考古学家、鉴定家，沙孟海对手札的历史演变非常清楚，自己写手札，基本采取传统方法。《与王个簃书》——"两语删去较为庄重，尊见何若，乞裁酌为幸"，从"裁酌为幸"另行提行。此札书法劲朗，气韵贯通，时露偏锋，笔意沉实。可谓现当代手札作品中的精品。

古调今弹

——丰子恺书法印象

　　杭州"创作之家"，坐落在灵隐寺附近，一年中的每个季节都会有来自全国各地的作家到此休息、采风、写作。几年前，我到"创作之家"小住，曾随几位作家到桐乡丰子恺故居拜谒。记得在杭州通往桐乡的路上，我与杨匡满老师谈丰子恺，我说，这个人厉害，能书能画，还写一手好文章。杨匡满点头，告诉我，他的书画、文章特色鲜明，真的不同凡响。

　　与所有文人的住所一样，丰子恺居住过的房子有一个亲切的别名：缘缘堂。这栋房子坐落在桐乡石门镇，一侧是水流纤细的运河，离河岸不远，是几棵笔挺的杉树，靠近房子，是婆娑的桂树。正是秋天，树冠开张，色泽的深浅一目了然。一侧，就是丰子恺故居。步入丰子恺故居，看到院子里的景致，自然想到《缘缘堂随笔》《缘缘堂再笔》等读过的书，倍感亲切。缘缘堂是丰子恺的家，他不断在缘缘堂中写作、画画，有时，还要用文字和画笔一同描述缘缘堂，由此可见丰子恺与缘缘堂的情缘。据说，他与李叔同同住上海江湾永义一间出租屋里，一天无事，他在若干纸条上写了一些可以相互搭配的文字，团成一团后放到供奉释迦牟尼的供桌上，拿了两次，打开后显示的都是"缘"字，于是，就把自己的书斋命名为"缘缘堂"。

"缘缘堂"一角，有文字介绍丰子恺，其中写道"丰子恺是现代著名文学家、美术家、音乐家、教育家"，其实，他也是独具匠心的书法家。

我们喜欢读丰子恺的文章，就把他视为著名作家；我们愿意看他的画，又把他看成著名画家。的确，多才多艺的丰子恺一言难尽。"缘缘堂"随笔系列，读者广泛，他担任过上海美术家协会主席，当然是声名远播的画家。最近，读丰子恺致龙榆生的手札，以及他抄录的唐宋诗词作品，看到他沉郁、奇崛的书法，免不了又会把书法家的帽子戴到他的头上。

"兰烬落，屏上暗红蕉。闲梦江南梅熟日，夜船吹笛雨萧萧。人语驿边桥。""楼上寝，残月下帘旌，梦见秣陵惆怅事，桃花柳絮满江城。双髻坐吹笙。"这是唐代词人皇甫松的两首《梦江南》。丰子恺在龙榆生选编的《唐宋名家词选》吟诵，信笔录之。读丰子恺的书法"兰烬落"，免不了想到当前书法创作的难题之一，即书写与文辞的关系。一些书法家认为，文辞是书写的对象，书法就是写字，不该夸大文辞在书法创作过程中的作用。这是短见，更是浅陋。书法是综合艺术，文辞是其骨骼、灵魂，书写是肌肤、血肉，两者之间是互补，是融合，缺一不可。只是当代书法家文化修养不足，没有认识到这一点，便匆忙下结论：书法就是写字，或者说书法的形式就是内容。这样的论点何其浅薄。

丰子恺的书法"兰烬落"，让我们看到两个问题：其一，这是丰子恺阅读龙榆生编辑的《唐宋名家词选》，有感而发，提笔书之，并寄呈龙榆生交流。传统书法创作，应该是这种形态。其二，书写的书卷气，皇甫松的两首词意境幽深，描述了作者梦醒时分的回忆与惆怅，对江南景物的细腻描写，陈述了词人的人生忧伤。丰子恺沉入其间，秉笔书录，感慨万千。这是传统书法的常态表达，也是文化深度的客观体现。词作与书法，彼此渗透，情感含蓄，相互共振，力透纸背。

丰子恺与李叔同是好友，书法均有别彩：不拘一格，个性鲜明，与自己的人生梦想和艺术追求如出一辙。

丰子恺的书法具有坚韧、凝练的气质。用笔老辣，撇捺沉重，结字疏可走马、密不透风。在精神气象上，感情外露，一泻千里，不着世俗粉尘。书法"兰烬落"，就是说明。同样不着世俗粉尘的李叔同，所追求的是内敛、淡然，看似弱不禁风，却是看破红尘的坦荡。两种不同的艺术风格，精神内核惊人一致。

关于他的书法，朱光潜说："子恺在书法上曾下过很久的功夫。他近来告诉我，他在习章草，每遇在画方面长进停滞时，他便写字，写了一些的时候，再丢开来作画，发现画就有长进。"关于自己的书法，丰子恺如此讲道，自己临习了多种北碑名拓："以前临这些碑帖，只是盲从先辈的指导，自己非但不解这些字的好处，有时却心中窃怪，写字为什么要拿这种参差不齐，残缺不全的古碑来模范？但现在渐渐发觉这等字的笔致与结构的可爱了。"

灵动的笔致与宽博的结构，是丰子恺书法的语言特征。这一点，他致龙榆生的两通手札就是例证。"交大会秘书处札"，未标年月，从内容推断，应该写于20世纪50年代初。

榆生先生：惠示奉到，信已于今日交大会秘书处，送陈市长，勿念。因今日市长未到会，故未能亲交，日后见面时当为提及。专复。即颂日安。弟丰子恺叩。

我觉得这是丰子恺的书法代表作，笔致真的灵动，如小溪潺潺，洗练而畅达，结字时宽时紧，笔笔到位，草法准确，赏心悦目。手札中提到的陈市长，就是陈毅。研究龙榆生，也看到了若干陈毅致龙榆生的手札。

"光明日报札"也是写于 50 年代，他在《光明日报》看到一篇词论文章，剪裁寄龙榆生。这通手札笔调生辣，颇具北碑气势，古调今弹，生气盎然。

我多次说过，能写手札者，必然是书法高手。丰子恺的手札既有传统手札的精髓，也有艺术家的生命放达，一眼看去，表里如一。

很久没有去桐乡石门镇了，那栋重修的"缘缘堂"一直让我们惦记。读《缘缘堂随笔》时，缘缘堂的门窗不断在想象中开启，似乎丰子恺矮小、精干的身影就在眼前。

最后的手札

——龙榆生友朋手札浅释

由中国现代文学馆、中国作家书画院主办的"字响调圆：龙榆生藏现当代文化名人手札展"，甫一亮相，就引起读者和观众的共鸣。历时 20 天的展览，观众络绎不绝，他们对龙榆生的坎坷命运唏嘘不止，对龙榆生的友朋手札叹为观止。2017 年的春天，这个极具人格化、个性化的展览，让北京的学者、文化人回味悠长，中国艺术研究院的一位年轻学者感叹道：展览是中国文化史一段优美的乐章。

这句话让我陷入沉思。何以是中国文化史一段优美的乐章，龙榆生的友朋手札，具有什么样的象征意义？我为《人民日报》所写的"策展手记"中说出了我的感受："承载学界、词坛盛名的龙榆生，以手札与那一时代的同人联系，延续着一个绵长而坚硬的传统。学士、文人，与士大夫的身份转换，丰富了社会文化信息，因此，手札往复，陈述的不仅是私谊，也是一个阶层，一种眼光的认知。"

"延续着一个绵长而坚硬的传统"，有一点笼统，也令人费解，需要笔墨详述。传统手札不同于现代信函。前者有复合型意义，后者的功能相对单一。既然存在着复合型意义，那么，对手札的认识与理解，就有社会属性，就有文化内涵。手札，也称书札、尺牍，称谓繁多，预示着手札外延的宽阔性和多义性。民国时期的教育，设有"尺牍"科目，这堂课有尺牍结构分析，尺牍写作训练，对尺牍作品的学习。于此可以确定，手札是中国抒情散文的源头。记事陈情，高台化教，言文述史，风花雪月，手札一一占尽。汉魏六朝，手札的实用性较强，也许是国政飘摇，文人手札直言俗务，难见闲情，理性大于感性。唐宋以后，手札的天地格外宽阔，文人手札形而上趣味浓郁，既谈"江山"，也谈"美人"，丰富的情感，典雅的文辞，神逸的书法，面对大自然的激动情绪，凝视历史的生命感喟，予手札以新的文化分量。唐宋期间的手札，形成了实用文体与审美旨趣的全面衔接，每一位文人的手札，都渗透着浓郁的人文馨香。

在文学史家的眼睛里，手札文辞是一个时代散文创作的表现。刘勰在《文心雕龙·书记》中说："观史迁之《报任安》，东方朔之《难公孙》，杨恽之《酬会宗》，子云之《答刘歆》，志气盘桓，各含殊采；并杼轴乎尺素，抑扬乎寸心。逮《后汉书》记，则崔瑗尤善。魏之元瑜，号称翩翩；文举属章，半简必录；休琏好事，留意词翰；抑其次也。嵇康《绝交》，实志高而文伟矣；赵至《叙离》，乃少年之激切也。至如陈遵占辞，百封各意；祢衡代书，亲疏得宜：斯又尺牍之偏才也。"刘勰在手札中所看到的就是文学价值。此后的文论家，基本沿用刘勰的视点论述手札。

文墨兼优，是手札复合型意义的体现。书法史中的手札，则有另一番隆重的"礼遇"。手札，是中国书法的一个起点。流布至今的经典书法作品，庶几是古人的手札。历史上第一件流传有序的法帖墨迹，有"法帖之祖"之称的陆机《平复帖》就是一通手札。作为章草名作，一直是后人学习的范本。被乾隆皇帝视为拱璧的王羲之的《快雪时晴帖》，王献之的《中秋帖》，王珣的《伯远帖》，均是手札。在乾隆书房"三希堂"里，"三贴"不仅是历史文物，更是有着无限审美魅力的艺术珍品。《平复帖》《快雪时晴帖》《中秋帖》《伯远帖》，相隔的时间很近，它们以自身无与伦比的高贵，穿越了时间壁垒，成为书法艺术的策源地和制高点。陆机、王氏父子、王珣，与政权关系密切，但他们文章盖世，也是文人群体中的代表人物。中国书法有这样的策源地和制高点，便确定了中国书法一以贯之的传统——文墨兼优，生命意义，精神需求，责任担当。

此后的文人，赓续着这种传统，从意气风发，到自我反省；从悲吊岁月，到憧憬未来；从豪情千丈，到痛不欲生；从批评时政，到干谒书的流行；手札文章，俨然是中国文人的人格史和精神史。波谲云诡的命运，起伏跌宕的情感，左右了毛笔的书写。"先文后书"的结果，让我们看到了一个人的情绪对书写的影响。陆机《平复帖》的滞涩，王羲之《兰亭序》的神与物游，颜真卿《祭侄文稿》的激烈，是理解书法美学的最佳读本。

科举考试的终结，新文化运动的开展，白话文章的普及，新的书写工具的使用，手札寿终正寝。从新时代的立场上回眸手札，会有一万条可以控诉的理由——形式感曲高和寡，笺纸过于考究，文辞不无虚伪的成分，书法必须合辙……手札即信函，如此繁缛，影响信息传达。革命就是硬道理，一个新社会赖以存在的理由，就是对旧式生活方式的清算，当"德先生"和"赛先生"成为新的意识形态，手札一类"旧物"，就可有可无了。因此，把"字响调圆：龙榆生藏现当代文化名人手札展"中的作品定位为"最后的手札"，是合乎情理的。

"最后的手札"依然是手札，它保持了手札最初的形态。尽管这批手札写于20世纪中期，所陈述的依然是上一世纪的手札语言——传统形式依存，笺纸勚力讲究，文辞还是古雅。现代信函时髦且简陋的词语，离这里很远。相比较而言，这是一块净土，是中国传统文人最后的家园，当然狭小，不过，从厚厚云层泻下的一缕阳光，让这里无比明媚。看得出来，这些怀有文化理想的人，用他们的毛笔，顽强守护着这个家园。面临破产的家园，是他们永恒的精神财富。

陈三立（1853—1937），江西义宁（今修水）人，陈宝箴之子，陈寅恪、陈衡恪之父，满腹经纶，风流倜傥。与谭延闿、谭嗣同并称"湖湘三公子"，与谭嗣同、徐仁铸、陶菊存并称"维新四公子"。陈三立诗书兼擅，诗名尤重，为近代同光体诗派重要代表人物。戊戌政变后，与父亲陈宝箴双双革职。1937年，日寇侵占北平，陈三立绝食五日，愤愤而死。

龙榆生是现当代著名学者、诗人，1902年4月26日出生于江西万载，1966年11月18日病逝于上海，系现当代著名学者、词人。其词学研究成就与夏承焘、唐圭璋并称。龙榆生的先生朱彊村病重，把自己用惯的砆墨二砚授予龙榆生，希望弟子继续自己未了的校词之业，还托夏映庵先生替龙榆生画了一幅《上彊村授砚图》。朱彊村辞世，龙榆生以不同方式纪念自己的恩师，并请恩师的友朋写诗题跋。陈三立致龙榆生手札，其中写道"亦以此，彊邨同年题签写上，恐不可用。其铭幽之文，他日当勉为之"。显然，龙榆生所请写诗题跋的恩师友朋中，陈三立名在其列。推论陈三立致龙榆生手札的时间，为1932年。张晖著《龙榆生先生年谱》记载："是年（1932年），先生仍任教于上海暨南大学及国立音乐专科学校。一月，仍为朱彊村后事忙乱。'拟辑其遗事为一卷，年谱一卷，附遗著刊行。又拟组织刊印先生遗书会。'十四日，夏承焘赴暨大访先生于寓所，先生言彊村'身后传布之事，欲勉任之。'并示新刻印章'受砚楼记'。"这年冬天，陈三立为《受砚图》题写引首，同时撰写题记，云："榆生受词学于彊村侍郎。而侍郎病垂危，以平昔校词双砚授之，期待甚至。吴君湖帆因为作图志其遇。余以侍郎词冠绝一代，盖与其怀抱行谊风节相表里。榆生探本而求之，他日所树立，衍其绪而契其微者，必益有合也。壬申冬日，散原老人陈三立题记。"

陈三立与龙榆生手札言及的"铭幽之文"，应该就是这则题记。

陈三立之子陈寅恪，与龙榆生交情不浅。家学影响，陈寅恪对手札文化记忆犹新。他隽秀的字迹，手札文辞与诗句的合璧，是中国学人修养与文人趣味的体现。传统学人的诗词造诣较高，手札往复，诗词唱和是一种常态。如果说手札文辞多俗务，诗词中的言志寄情，则是一个人的精神向度。马一浮、俞平伯、赵朴初、钱锺书等人的手札，常常附有诗笺，有时，手札书法与诗笺书法为同一书体，有时，手札书法为行草书，诗笺书法为楷书。书体的区分，强调手札与诗笺不同的形态，前者着眼现实，后者在意精神。

写诗是精神活动，需要灵感。唱和的心情不是随时可以生发，为此婉谢，也是常情。马一浮与龙榆生经常唱和，一次婉拒，也见诗情——

> 榆生仁兄：先生前荷寄示悼毅成词，顷又获读咏兰二阕，兴寄弥深，但有赞叹。湖上一春多雨，花时已阑，颓老闭门，无复吟兴，恕不能屡和。啬庵亦久竟书，浮病目益昏眊，并笔札亦废矣。属写冒君扇面，率尔涂鸦，直不成字，今以附还。春尽犹寒，诸唯珍卫。不宣。浮白。己亥三月十六日。

马一浮（1883—1967），当代著名学者、书法家。刘梦溪说，马一浮是中国唯一一位读完《四库全书》的人。可见学问之深。马一浮书法平实中隐现倔强，含蓄中蕴含放达，对当代书法构成重要影响。马一浮谙熟书法史，对碑帖有独到的见解。他把学问、文章、书法有机结合起来，恰到好处，遂成一代书法巨匠。他与龙榆生往来手札数十通，谈学论诗，笔法纷飞，线条灵动，可谓书法杰作。

郭沫若、叶恭绰、谢无量、叶圣陶、赵朴初、沈尹默、潘伯鹰等人的手札，与马一浮手札一样，具有高度的审美价值。研读他们的手札作品，会看到当代书法创作的薄弱，也会为当代书法家文化修养不足而抱憾。

我们抱怨当代画家写不好毛笔字，因而对当代国画创作总会有保守的评价。龙榆生友朋手札，有一些出自画家之手，如黄宾虹、徐悲鸿、傅抱石、吴湖帆等人，让我们惊喜的是，这几位画家，分明也是书法家。黄宾虹的凝重，徐悲鸿的松弛，傅抱石的谨严，吴湖帆的练达，切中手札肯綮，展现手札魅力。

龙榆生友朋手札，是漫长中国历史中最后一批恪守传统规则的手札了。龙榆生友朋，历经清末、民国、新中国。饱读诗书的一代文化精英，轻易不肯放下青少年时代养成的习惯，在诗书文章中追问历史，在时空转换中忧思现实。随着现代化的大步前进，信息化对人们生活的全面控制，手札以及与手札相行的笺纸、骈体文辞、独有的礼仪，渐渐消失了。最后以史料的身份变成静态的学术，冷冷地出现在我们眼前。这是遗憾，这是我们的别无选择。

龙榆生的"嗜痂之癖"

20 世纪 50 年代，沈尹默与龙榆生书，其中写道："吾兄于拙札有嗜痂之癖，实足怪事。自思了无足取，但增惭惶耳。"

"字响调圆：龙榆生藏现当代文化名人手札展"，是我作为策展人为之自豪的展览，展览作品风华绝代，第一次与公众见面，作者为学界、文坛翘楚，在北京、杭州、上海展出后感叹之声不绝于耳。

这批手札均是写给龙榆生的，"文章合为时而著，歌诗合为事而作"，观世论学，谈诗讲道，一代学术、文坛巨匠的音容笑貌，在文辞平仄和书法起伏中精彩体现。

策展前后，展览过程中，我想，龙榆生何以与这群高水准的学人、文人，乃至政治人物保持手札联系，尤其是 1949 年以后，依旧胎息手札"旧习"，称兄道弟，平阙笺纸，风雅弥漫。沈尹默所言"吾兄于拙札有嗜痂之癖，实足怪事"，似乎不是回答这个问题，但或多或少触及问题实质。龙榆生不只对沈尹默手札有"嗜痂之癖"，对那个时代，那些学识渊博、人格伟岸的人的手札，同样有"嗜痂之癖"。如陈三立、叶恭绰、张元济、郭沫若、马一浮、谢无量、陈寅恪、俞平伯、夏承焘、叶圣陶、黄宾虹、钱锺书等，龙榆生与他们手札往复，几通、十几通、数十通……

龙榆生为一代词学大家，学术成果独树一帜，世人瞩目，深得后人敬仰。有意思的是，一代词学大家，兴趣广泛，浸淫词学研究，又勤力诗词创作，所写诗词"风雨龙吟"，与友朋手札，情真意切，探求前贤手札，乐此不疲。

龙榆生著述体大精深，见解新颖，学界刮目。所谓的正统著述之外，他编著、选注了一些普及性国学读物，如1937年商务印书馆发行的《曾国藩家书选》《古今名人书牍选》，1939年发行的《苏黄尺牍选》等，深入浅出，亲切感人，读后，久久不能释怀。

我在松弛、散漫中读了《曾国藩家书选》《古今名人书牍选》《苏黄尺牍选》，似乎明白了龙榆生对手札的良苦用心。

手札，也称书札、尺牍、书简。手札是中国书法的源头，魏晋以来的书法代表作品，手札占据了半壁江山。龙榆生对手札的最初形态进行了考据，他认为《春秋左氏传》中所言："晋侯不见郑伯，以为贰于楚也。郑子家使执讯而与之书，以告赵宣子。"《文心雕龙·书记》说："书者，舒也，舒布其言，陈之简牍。"其中所提到的"书"，就是手札。龙榆生简明扼要地告诉我们："书信的效用，就是要把个人所想说的话，尽量写在文字上面，叫对方彻底了解他的意思罢了。"

书札、简牍也好，书简、信函也罢，是寻常之物，并不费解。然而，手札一旦成为世俗生活中不可或缺的存在，一旦与精神、信仰，政客、文人沾边，手札最初的意义会扩大，会提升，最终成为一个阶层的专擅。

龙榆生热爱手札，他的一生写了数量庞大的手札，他也收到不计其数的手札，一往一复，就是中国文化的风景。他编辑、选注《曾国藩家书选》《古今名人书牍选》《苏黄尺牍选》，是他研究手札的证明，同时，也是手札经历了新文化运动之后，依然具有文化魅力的证明，文人之间的手札往复，尤其是恪守传统格式的毛笔手札，还在散发着文明的光辉。只是龙榆生不再关注手札的书法品质了，他愿意在手札的文辞之中，挖掘一个民族的心声。

首先，龙榆生对手札的语言问题进行了思考，在他看来，六朝人的手札好极了，但骈偶过多，不免有"文浮于质"的毛病，对于人生方面，缺少指导。这种风气从建安文人肇始，流行到隋唐。唐代韩愈、柳宗元掀起"古文"运动，手札也化骈偶为单行。此后，手札分"骈""散"两体。陈说事理的手札选择散文，敷衍应酬、褒扬赞美的手札就用骈体。第二，手札的书法必须讲究。他推崇苏东坡、黄庭坚，两个人是大文人，也是大书法家。手札需要文辞与书法的结合，他说："我们如果能够把魏晋以来下迄宋、明诸家的小简汇集起来，做写信的模范，再抽点工夫学学他们的书法，那就不愁书信写得不漂亮了。"

什么是漂亮的书信呢。内容要充实，让读者了解做人、办事、立身、处事的道理，以及学术研究的态度和门径。他编注《古今名人书牍选》，立场明确："是希望读者无论要想做个学术家或者政治家，都要拿扶衰拯溺的精神来做出发点，以求有益于社会民生的。所以对于内容不很充实，以及颓废放诞、不切人生的作品，虽然十分漂亮，也只好暂从'割爱'了。"

漂亮的手札和不漂亮的手札，在龙榆生的心中自有定论。

龙榆生推崇苏东坡、黄庭坚的手札。他与商务印书馆合作，他的目光在苏、黄手札上久久停留，无疑，这是重要的选题，他选注了 139 通苏东坡的手札，39 通黄庭坚的手札，出发点简单明确："他们的品性和修养，都有过人的所在，所以他们信笔写来的东西，特别是书信一类，尤其'天趣盎然'。能够打动人们的心坎。"

《宋史·文苑传》言之："庭坚学问文章，天成性也。……尤长于诗。蜀、江西君子，以庭坚配轼，故称'苏黄'。轼为侍从时，举庭坚自代，其词有'瑰伟之文，妙绝当世，孝友之行，追配古人'之语。其重之也如此。"

好一个"苏黄"。

龙榆生是学者，谈任何事喜欢举证。他看重《宋史》对苏东坡的记载："轼生十年，父洵游学四方，母程氏亲授以书，闻古今成败，辄能语其要。程氏读东汉《范滂传》，慨然太息。轼请曰：'轼若为滂，母许之否乎？'程氏曰：'汝能为滂，吾顾不能为滂母耶。'"范滂是东汉最有气节的人，党锢之祸没有让他弯腰。对此，龙榆生感慨良多："我们看了上面的记载，就可以证明东坡的性格是讲究砥砺节操的。"

黄庭坚是苏东坡的学生，苏东坡推举他的诗文："超轶绝尘，独立万物之表，世久无此作。"黄庭坚在官场颠沛流离，又因文字得罪，郁郁离世。黄庭坚与苏东坡一样，讲气节，他遗留的手札，多半是教人治学，讲授做人、做事的道理。龙榆生一语中的："尺牍是应世的文字，而《苏黄尺牍》又是古今尺牍中第一部杰作。两家的风趣，虽然各有不同，而信手拈来，都是作者全部人格和修养的表现，'超凡入圣'，读了可以启发人们的天机。"

曾国藩的手札也"启发人们的天机"。龙榆生当然重视。龙榆生选注了59通曾国藩的手札，可谓"倘若把他当作寻常书信来看，那又不免'失之千里'了"。曾国藩手札，充满至理名言。龙榆生说："在他的家书里，差不多句句都是'药石之言'，处处可以看出他'律己之严'，处处可以看出他'待人之厚'，这就是所谓儒者的真精神，也就是我们先圣先贤遗留下来的固有美德。"

曾国藩从理论到实践，从实践到理论的思想与事功，引起蔡锷将军的重视。他喜欢阅读曾国藩、胡林翼等人的手札，其中关于政治、军事的言辞，对蔡锷影响甚深。他把曾国藩、胡林翼的警言妙语编辑成《曾胡治兵语录》，当作指挥、训练军队的宝典。

对手札的全面研究，让龙榆生看到了手札在中国文化中独有的分量。文辞的世情传递、人生说教，书法的恭谨整饬、自如偾张，平淡、急切、焦虑、忧患中的家国情怀、责任担当，人格化的展现，是中国文化与艺术精彩绝伦的乐章。

亲近手札，龙榆生也是从理论到实践，又从实践到理论。他选注了古人几百通手札成书育人，对手札的历史源流精心梳理，同时，他与彼时社会名流、学界、文坛巨擘保持长时间的手札往复，那些字响调圆、意新语俊的手札，在"龙榆生藏现代文化名人手札展"中部分亮相，倾倒几多学子，陶醉万千观众。

龙榆生也写得一手好手札。他的书法深受尺牍小简的影响，清丽、含蓄、淡雅、幽深。他就用这样的书法，与他的前辈、同道、后学联系，或问学，或言事，或唱和，或问安，一觞一咏，乐在其中。手边有他写于20世纪五六十年代的诗札，格外显眼。诗人手录自己的诗词作品，赠送友人，自己把玩，是传统文人的生活习惯。抄录诗词作品，没有功利目的，写起来从容、自如，纤尘不染。读之，如饮山泉，细品轻风，心境旷达，神驰邈远。

龙榆生的词学研究，学术界越来越重视。也许，我愿意琢磨一位学人背后的故事，就集中精力看他的手札、诗札，看他的师友写给他的手札，那种体会特别回味无穷呢。

才以学济　艺以道通

——我所理解的周退密

一

与周扬之子、作家周艾若谈到周退密，周艾若的眼睛里有了神采，他告诉我，他与周退密先生曾在黑龙江高等院校共事，他教中文，周退密教法文。他停顿了片刻，目光飘到很远的地方，继续说，周退密先生国学、西学的功底都好，诗词、书法都好，很想念他。

这是五年前的事情了。此后，周艾若去上海，与周退密先生相见，两位年龄相差 20 岁的文化老人，不知道说了些什么，遥远的黑龙江，在他们的生命记忆里有着怎样的分量。

黑龙江，与周退密先生联系在一起，让我茫然，也觉得自然。

周退密，1914 年生于浙江宁波。在上海震旦大学毕业后，先后在上海法商学院、大同大学、黑龙江大学、哈尔滨外国语学院、上海外国语学院执教，并参与《法汉辞典》的编撰工作。自黑龙江返回上海工作，曾在上海外国语学院教法语，在语言文学研究所从事比较文学研究，同时涉足法律理论，著有《民法上之赡养义务及其在刑法上之制裁》《限定继承》。20世纪40年代，周退密在上海担任律师，在现实生活中，他知道法律对一个国家和一个人的重要性，因此，一度对法律深入思考。

我还是耿耿于怀他在黑龙江的八年生活。2013年年初，我到上海拜访了周退密，带去周艾若老师的问候，也提到他去黑龙江工作的因由。那是一个阳光明媚的下午，在安亭路一栋洋房里，他谈及黑龙江的往事，表情轻松。1956年，哈尔滨外国语学院请他去教法语。彼时，黑龙江与上海一样的洋气，只是远在东北的黑龙江寒冷异常，是否适应，是周退密的难题。房间里的采暖设备，让他对哈尔滨有了温暖的想象；另外一点，也是重要的人生暗示，周退密的父亲42岁时，曾去哈尔滨考察股票生意，这一年，周退密也是42岁，两代人与一座城市的缘分，充满了巧合，也充满了浪漫的诗意。眼下，在上海安度晚年的周退密依然记得哈尔滨中央大街的石头路，记得松花江翻滚的波涛，隐隐的疼痛，则是60年代的饥荒，那种饥饿感让他感到恐惧。

1964年，周退密被调回上海，在上海外国语学院教授法语。很快，"文化大革命"开始，社会动荡，周退密正常的生活秩序被打乱。1968年，有人提出，英汉有辞典，法汉没有，应该集中法语人才，编写《法汉辞典》。于是，1968年《法汉辞典》编委会成立，地点在上海外国语学院，周退密参与《法汉辞典》的编写工作，其中的法律词条、国际音标，由他审定。自1968年到1979年，历时11年，周退密与许许多多的法语同行，一同完成了《法汉辞典》的编写工作。也许这项工作有某种背景，虽在"文革"期间，但也相对稳定。

一位诗人、书法家的现实生活，在上海、哈尔滨之间漂泊；他内心对文学艺术的热爱，如一条船，载着他的生命理想，历经四季。正如刘梦芙先生所言："盖二十世纪百年间风云变幻，沧海横流，吾国旧有文化所遭劫难尤为深重，处兹礼崩乐坏、学绝道丧之世，知识人士逐名利、隳气节者不知凡几，清介独立、自守家珍如先生者岂易哉！"

从这个角度看周退密，会看到一位诗人、书法家的精神真相。

二

对文字的力量心存敬畏。周退密的诗词与文章，直面人生，剖析自我，辞幽意长。读《漫兴》，我看到了这位老人年轻的思考，沉重的感悟："不涉兴亡事，焉能责匹夫。如川安可防，有罪得同诛。白日走仓鼠，青灯笑腐儒。刑天舞干戚，吾道岂云孤。"

对当代诗词创作，有一点不满的情绪。诗词创作是文学创作领域重要的一环，理应有思考、有分析、有批评、有否定。优秀的文学作品，是需要面对苦难的。可是，当代一些诗词作品，成为简陋的宣传工具，谀世、颂圣，不敢表达对现实的真正理解，却不厌其烦地在平仄、韵律上钻牛角尖，回避诗人的历史责任。周退密的《漫兴》，让我看到一位真正诗人的襟怀。因此，见到周退密，当然会向他请教诗词创作的问题。

2013 年的周退密是 99 周岁的老人了，与他见面，幸福的感觉油然而生。记得我写下这样一段文字——"与周退密先生围坐一张茶桌，面对面地看着他，沐浴生命和智慧的灵光，踏实而富足。先生个子不高，肤色白净，目光温和、明亮。阳光从东侧的木窗逸逸而入，如轻纱披在先生的身上，有一种温暖扑面而来。"那一天涉及诗歌，他谈了两个问题：第一，诗韵问题。他表示，每一个时代的语言风格不同，韵律需要宽泛；第二，诗歌的功能。诗歌是写给朋友们看的，相互看看，才有意思。周退密的语气温婉、清晰，波澜不惊。看似简单的问题，他看到了深处。

与周退密见面之前，我注意到 2007 年他对《南方都市报》记者的谈话，他说："诗歌本来不是这个样子，应该是更加人民化的东西，很接近生活，很接近人生，后来经过读书人这么修饰以后，越来越脱离群众了。现在的诗跟大众关系很少，对国计民生表现很少，看的人也少。现在广州比上海要好，他们敢写。"

他以"敢写"，夸广州的诗人。他对我说，诗歌是写给朋友们看的。不同的场合，所谈的问题殊途同归。我刚刚读完他托唐吟方先生带给我的《退密诗历四续》，其中的一首诗，应该是诗人自己的写照：

> 名利场中无此人，潜修隐德信无论。
>
> 凭君一管生花笔，网得珊瑚颗颗珍。

周退密写诗，有童子功。周退密为《开卷》杂志所写的《我的书缘》是一篇情真意切的美文，其中一段可触摸到岁月温度的——"我和书真可谓之情有独钟了。记得童年时代放晚学回家，就向母亲要了书楼的钥匙，独自一人上楼开启书橱，有时并不是为了看书求知识，而是去闻闻从古籍中间散发出来的一种氤氲香味。这可能就是人们常说的书香门第的书香吧。开启书橱以后，常常抽出一部看看翻翻，立即又把它放回原处。有时只是立着看看书的标签，摸摸刻本的书根也会觉得有一种说不出来的快乐，真可谓之爱书爱到发痴的程度，真的和书结下了不解之缘了。"

与书的感觉写到这种程度不多见。周退密童年入私塾清芬馆习诗文，读儒经。在《捻须集》的序言里，周退密描述了学习的状况："先君授读唐诗'松下问童子''打起黄莺儿'诸首以及古诗十九首，此情此景，历八十年而记忆犹新。"启蒙、吟诵、读书、思考，一个人的人生渐渐开阔起来，这是基于诗教、诗爱的人生，是以诗的视角感受现实，认识世界的选择。毕竟进入了20世纪，"庚子事变"后，中国进入动荡期，政权更替，时代开放，社会结构开始历史性调整，传统文化危机四伏。周退密不可能像他的前辈一样衣食无忧地在书斋里读书写字，他要进入现实社会，而迎接他的现实社会需要贸易和法律。他学法律，他当律师。多么接地气的职业啊，周退密在内忧外患的中国，艰难地奋争。接踵而至的反右、"文革"，写诗的心情烟消云散，他像所有中国知识分子一样，万分小心地行进在脆弱的冰面上，直到改革开放的到来。

1981年，67岁的周退密退休。他离开上海外国语学院，专注诗词与书法。从有话要说，与朋友们默默交流的学者，到诗坛士林的耆宿；从法文教授，到浮想联翩的文人；周退密的晚年，创造了生命的奇迹。这一点，他103岁的年龄能够做证。

对于周退密先生的诗词创作，我同意这样的美学概括：仁者胸襟与高士品格，忧患意识与批判精神。周退密诗词创作题材丰富，有精心佳构，有信手拈来；有记事，有抒怀；有唱和，有赠答……总而言之，遵循文学创作规律，寄情言志，把对历史的思考，现实的审视，自我的反省，以及对他人的祝福，对自然的热爱，熔铸进自己的诗句。周退密先生96岁时曾赐手札给我，言之诗词，表示自己的诗词不求有为而为之，是一个人的声音而已。他的声音怎样，这一年，他作《八和遨公述近所患痛风状》，一句句诗，如重锤击打心扉：

我生东海滨，非鱼不媚口。

忆过鲍鱼肆，鳞介靡不有。

欲攫爪伸猫，欲吞嘴张狗。

终于食鲥鱼，引发痛风陡。

迷阳行却曲，起立撑双手。

缓若蜗牛爬，疾惭蚂蚁走。

上策三十六，极限九十九。

愿将千金裘，换彼太白酒。

愿登千仞冈，效作狮子吼。

一吼阊阖开，再吼混沌剖。

急挽天河水，一洗人间丑。

海客谈瀛洲，怪力夫子否。

从生活出发，这是文学创作的根本。对生活的审视与思考，有着超越生活本身的认知，才能产生审美价值。看似弱不禁风的周退密，生命的意志如此顽强。

因此，刘梦芙对周退密诗词的评价有代表性："余则以为先生诗词中极可贵者乃上承千古诗人之真精神真气质，旷达之情怀不掩其疾恶疾俗之锋颖，超逸之气格时见其忧国忧民之仁心。"

三

2007年，我和斯舜威担任策展人的"心迹·墨痕：当代作家、学者手札展"巡展在北京首展，展品系当代作家、学者的手札、诗札，甫一亮相，争鸣声不绝于耳。周退密是这个展览的特约作者，也是最年长的作者，他的手札和诗札同时展出，引起观众极大的欣赏兴趣。应该说，周退密的手札、诗札作品，是展览的亮点。手札形式契合古法，诗札的诗歌和书法同样典雅，从书法的角度看，无可挑剔，从文辞的方面欣赏，也会心满意足。"手札展"先后在北京、石家庄、烟台、东莞、杭州、深圳、大连、营口等地展出，我一路跟随，一是倾听观众的意见，二是感悟作家、学者们的墨迹。每一位作者的作品都有特点，不过，从手札、诗札的完整性上来看，周退密先生的作品无出其右者。如果评奖，一定是唯一一等奖的获得者。

这两件作品足以证明周退密的书法家的地位。这两件作品，也让我得出一个重要结论——周退密是当代书法大家，是文人书法大家，庸庸书界无出其右者。

不把书法作为笑傲江湖资本的周退密，把写字看成一种生活习惯。创作诗词，用毛笔录之，味道不同寻常。毕竟是从髫龄而来的修为，对书法的认知，是有文化深度的。因此，他书法的文化格调可望不可即。从"手札展"开始，我专注周退密的手札研究，我觉得，当代书法家的手札就是用现代汉语写的书信，不讲规矩，没有方圆，仅仅传达了世俗信息。周退密不然，他的手札由考究的文辞支撑，敬语、平阙、收尾，不离传统手札的格式，可谓字清意长。周退密是复合型文化人，他作诗写字，他研史读经，清代吴云的《两罍轩尺牍》，是他的枕边书，难怪他写手札下笔如神。

中国书法的名作庶几是手札作品，能够从手札的内部出发，窥探书法，做到读写自如，是需要刮目相看的。周退密的书法生涯如此铺陈，其落在宣纸上的毛笔字，有文化内涵，有艺术感觉，再正常不过了。

关于书法学习，周退密在不同的文章中有过陈述，在《我的闲章》一文说："我自幼爱好书法，好像一生中从来未放弃过毛笔。退休以后用毛笔的机会越来越多，抄书、起稿、写信，多半是用毛笔。"在《人去嘉音在思之增惆怅——为纪念施蛰存先生逝世三周年而作》一文中，他谈得更具体："虽然我们两人都爱碑拓，但是目的略有不同。施老主要在于通过碑文作为文史研究的一个方面，他的《水经注碑录》就是一个例子；而我的目的则很单纯，只是想通过碑文上的不同风格书法作临摹、参考，使我的书法能够博采众长，融会贯通，精益多师，为我所用。免得墨守一家，成为三家村里的老学究：'不知有汉，无论魏晋。'"

显然，周退密书法筑基深厚。我有幸听他谈学习书法过程：从欧阳询入手，上溯二王，临写《兰亭序》《圣教序》几成日课。隶书从《华山碑》起笔，转至《礼器碑》，后对清代篆隶发生兴趣，研习朱彝尊、郑谷口等人的作品，力求书法语言的凝练，书法风格的凝重。周退密对清代隶书的青睐，我的心为之一震。清代隶书是中国书法发展史重要的一环，艺术魅力不断被重新发现，周退密在清代隶书中看出了不凡，说明中国书法史在他的内心世界里头尾相承。当然，这也是周退密艺术理性精神的体现。

欣赏周退密书法，手札，抑或条幅，行书，抑或篆隶，给人的印象的确凝练、凝重。周退密用笔坚实，笔画沉稳，结字稳固，又不失生动、飘逸。行书，羽扇纶巾，意气风发；隶书，方正豪迈，疏朗宽博。正如他的《墨池今咏》中的一首诗所言："墨海飞腾兴不穷，过庭书谱在胸中。忽然学作簪花格，便有山阴父子风。"另外一首也值得玩味："梅花消息问林逋，疏影横斜骨相殊。能作擘窠书绝妙，挥毫原有旧功夫。"

以年龄论，周退密是当今诗坛、书界第一高寿人，也是具备现代人格的知识分子。他的诗词、书法并峙，是文化高原上真正的文化高峰，值得我们敬仰、学习、珍惜。

诗书相映品自高

——简谈刘征书法

刘征，本名刘国正，1926 年 6 月 9 日生，当代著名诗人、杂文家、教育家、书法家。作为人民教育出版社的副总编辑，数十年从事中学语文教科书的编写工作，指导和参加编写的中学语文教材 100 余册。业余时间勤奋思考，笔耕不辍，先后出版新诗集、杂文集、诗词集、教育专著、诗书画集 30 余部。有 5 卷本《刘征文集》行世。

在文学界、教育界，刘征道德文章有口皆碑。近年，他挥毫雅趣甚浓，又潜心诗词创作，诗书相映，使其书法渐渐逼近"刚健婀娜"（苏东坡语）的美学境地，受到书法界同人的赞许。刘征强调诗与书的血脉关系，注重在诗词的思想内涵和诗人诗词稿本的笔墨变化中捕捉书法的神采和韵律，以宏大的旧学根基为骨架，以现代文化为血液，营造出自己独特的写字作书天地。自然，刘征书卷气与诗情浓郁的书法就成了时下一道独特的文化景观。

一、从四存中学到北京大学

刘征出生于河北省宛平县（今北京大兴区），祖籍辽宁沈阳。1932 年，6 岁的刘征入封建教育的传统形式——家塾，开始接受正统的国学教育。塾师是一位老秀才，教《三字经》《百家姓》《论语》《孟子》一类的书，并教授书法、对联、用文言文作文。七七事变以后，举家迁往北京。

在沦陷的北平，刘征入读以复古读经著称的四存中学。四存中学的"复古读经"虽不合时宜，但对个体者刘征来讲，不仅没有造成消极影响，反而使他打下了坚实的传统文化基础。刘征后来"学者化的创作"与这一时期的苦读有着极其重要的关联。正如同四存中学的"独树一帜"让刘征获益匪浅，四存中学陈小溪老师授徒的"别开生面"，又让刘征的求学生涯锦上添花。陈小溪是齐白石的学生，国画、书法、篆刻功力极深厚，文学受业于桐城派大师吴北江先生，工诗词。当时陈小溪 40 多岁，个性极强，凡他认为有才能的学生，乐于课外指导，不取分文，甚至还要赔上笔墨。他极其推崇杜诗。在他的指导下，一部《杜诗镜铨》刘征读了多次。

在陈小溪的宿舍兼书斋——"希声草堂"，刘征又向这位"隐士式"的知识分子学习书法和国画。

一所极端守旧的学校，有这样一位极端开放的老师，让刘征感触良多。此后，刘征写过许多诗词，如《玄盦师携诸学友游崇效寺，还憩余家》《题玄盦师道情花卉册回首》《呈玄盦师》等，来缅怀自己的师长。玄盦，是陈小溪先生的艺名。

在四存中学毕业后，刘征于 1946 年夏考入北大先修班。次年，因数学不及格未能升入大一，转而考入辅仁大学西语系。1948 年，刘征再考北大，被北大西语系录取，入读西语系二年级。北京大学主张兼收并蓄，有民主与进步传统。在这里，刘征每时每刻都能接触到新思想、新文化、新文学。杨四平对这一时期的刘征颇有研究，他说："北京大学，是刘征思想发生巨变之地；此前，刘征还只能算是一个旧文人；此后，刘征真正称得上一个'现在的人'。"

在北大，刘征获得革命鼓舞以及自我在社会运动中角色的转换。他听过一些名教授的课，但对他有影响的却是中外大诗人的著作，如马雅可夫斯基、涅克拉索克、拜伦、彭斯、惠特曼、臧克家、艾青、田间、李季、胡风等人的作品。在大师们的字里行间，刘征领略到一种全新的精神，对于读惯了古书的刘征来讲，这种精神别有洞天，令人神往。值得一提的是，在北大——这个属于国统区的地方，刘征还读到了毛泽东的《在延安文艺座谈会上的讲话》及赵树理的《李有才板话》，李季的《王贵与李香香》等，这些文章和诗歌，让刘征陷入深深的思索之中。不久，刘征就在北大参加了共产党的外围组织中国民主青年同盟，积极主动地向共产党靠拢。1949 年初，北平解放后，刘征在部队短暂停留后，就到母校四存中学（今北京八中）任教，几年后，又调到教育部人民教育出版社工作，直到离休。三十年的笔墨生涯，融冶了他无涯的笔墨。

二、"余事做书家"

韩愈说自己是"余事做诗人"，刘征则说自己是"余事做书家"。两位不同时代的作家、诗人说的都是事实，因为唐代的诗人大多抱有济世情怀和政治抱负，诗人们不可能仅仅面对山水行吟。刘征是职业教育家，作家、诗人是"余事"，书家、画家，亦是"余事"。

刘征"余事做书家"，依靠的是思想和学识。他是一位学贯中西的知识分子，他对书法的理解与感受是独特的，既没有"国粹"派的夜郎自大，也没有"西学中心论"的虚无。他在人类多元化的文化格局中确定了书法作为艺术的美学要素，在体察和实践中，渐渐把握了书法艺术的本质规律。第一，他认为书法是中国文化的载体，"我国的书法艺术，本质上是与文学相通的。如果有书而无文，再好的书法也不免黯然失色"。学界与坊间都云诗画同源，刘征支持这一观点，但他认为书法与诗词的关系更大。他不否定中国有仅以写字著称的单一书法家，比如智永、怀素和尚等，只是绝大多数书家都是有深厚文学修养的，其中不乏杰出的作家、诗人，比如王羲之、苏东坡等。王羲之的《兰亭序》是中国书法史上的杰出作品，也是中国文学史上的优美篇章，是一篇有哲学思考和智慧光芒的不朽之作。遗憾的是，时下一些书法家可以在王羲之的字迹中领略到书法艺术的魅力，却无法破晓王羲之文学之笔的精妙和深邃。苏东坡一个单一的字看起来似乎没有什么，但是，他的一行字、一篇字，尤其是那些诗、文、书相融的书札、诗稿，如《寒食诗》等，却让人叹为观止。为什么？线条是书法艺术的外在形式，只有同诗文相合、相映，才能完成书法美学的建立。颜真卿的《祭侄文稿》《争座位》，杜牧的《张好好诗》，米芾的《苕溪诗》也都属于这一类作品。从书法的角度，人们太熟悉它们了，从文学的角度，我们对此还知之甚少。第二，刘征强调诗词修养可以促进书法家的创作，成为书法家步入艺术王国的引擎。而书法家文学修养的缺失，将制约书法家的创造，超越更无从谈起。这种现象极其可怕。第三，有文学修养、创作感受的书法家很少有匠气。书法是写字，写字却不一定是书法，其微妙关系在于，不把文学融入笔墨之中，匠气毕现，仅把写字当成书法创作，其作品自然乏味、苍白。文学是书法艺术的内在力量，"腹有诗书气自华"，一个书法家不自觉地主动汲取这种力量，其书必俗。

基于对书法艺术的如此判断，刘征学习书法的方法也显独特。启蒙时期他按部就班地临帖习字，到了中学和大学，则偏向诗书俱佳的墨迹。在学习行草的过程中，他心在晋唐，身在宋明，在王羲之、颜真卿、苏东坡、王铎等人之间不断穿梭。赫赫有名的法帖他看重，诗稿书札又极其喜爱。手捧难得的古人诗稿，他耐心读诗，又潜心习字，领受大师们的文辞结构，注意大师们的率真之笔。他说："笺书多是诗文稿本，通过文字的改动和行笔的疾徐，可以窥知作者文思的流动。"刘征藏有《东坡诗稿》影印本（原本藏于故宫博物院），这是苏东坡自书的墨迹，收有涂改较多的诗词初稿。《东坡诗稿》刘征读了许多遍，他在苏东坡修改的痕迹里悟出遣词造句、布局谋篇的道理，在徐缓沉稳的墨迹里，又得到运笔的启发。读诗兼习书，一举两得，使刘征真正获益。刘征曾说："诗与书不仅如同比翼鸟，还如同连理枝，两者的血脉是相通的。优秀的书法作品，那纵横起伏流转跌宕的笔画，是从书家的血管里奔流出来的，体现着书家对艺术的追求和理解，体现着书家的个性和文化素养，有时还体现着书家的悲欢。"

刘征所言，指明书法作为中国传统文化的复合价值，那就是字与诗、文的通感。书法的审美属性体现在这样的通感之中，也就是中国传统文化的复合价值体系里。不管用什么体类的文字印制的诗词可以单独欣赏，但是，再优秀的书法家们写的虚假、空洞的标语口号，也不会给人审美的愉悦。因此，刘征说，一幅字就是一首用线条组成的诗，诗道与书道相互渗透，相得益彰。

现代社会是一个"减法"的社会。社会分工的细化和人类本身的局限，说明社会发展的单项度指标开始让人们放弃"博大"的知识需求，转而走向专业化、目标化、简单化、功利化的易于求成的捷径。以技术或技巧等手段制造若干幅赢得现实掌声的书法作品并不难，难的是在中国大文化的背景下建立起具有人格化特征的艺术语汇和审美态势。颜真卿、苏东坡、黄道周、鲁迅、于右任、毛泽东、郭沫若、谢无量等人的书法作品极具人格化特征，他们在书法史上保持永恒的生命活力，其人格化是重要的支撑。刘征书法创作带给我们的思考就在这里。他所编辑的中学语文课本培养了几代人，50年代就以寓言诗著称文坛，著名诗人臧克家著文评点，予以充分肯定。七八十年代又以杂文、随笔名噪一时，其深刻的思想，幽默、辛辣的文笔，令读者击节。离休后再次焕发艺术青春，成为诗词创作的翘楚，一时间"刘征诗篇万口传"。写字作画，格调高古，云烟弥漫，欧阳中石称"使转如章，翰彩盈馨"。

当然，丰厚是一种境界，是一种标准，然而，这种境界与标准又不是常人所能达到。钱穆说："诗、文、字、画四项，全要到唐代，才完全成其为平民社会和日常人生的文学和艺术。而唐人对此四项的造诣，亦都登峰造极，使后代人有望尘莫及之想。"博览群书方能博大精深，在传统文化的时空隧道中穿行，才能悟彻艺术世界的冷与热、轻与重。刘征是当代文坛、书坛难得的"复合型"作家、诗人、书法家，他的创作实践值得我们深思。作家不会写字，书法家不会写文章，这是一种普遍现象。但这又是极为尴尬的现象，可怕的现象，它说明精英知识分子的兴趣雅意正在减少，说明我们在传统知识系统面前变得越来越胆怯。

三、"字如其文，书如其诗"

刘征说："书法家固然不必是诗人，却少不得深厚的文化素养，特别是诗的素养；诗人固然不必是书法家，却也最好通晓书法艺术。"刘征是诗人，又是书法家，他书中有诗，诗中有书，以自己扎实的文化功底和娴熟的技巧，合情合理地将自己的诗作和书作熔铸成一个艺术整体。

刘征诗词处女作《庭起闲步，有怀张湛君》写于1941年，时年仅15岁。这个时期刘征诗兴大发，写了许多作品，部分收入《梅苑诗稿》。这时的刘征经过较好的"翰墨熏染"，以中国式的文化心理、审美心理和感觉方式表达自己的人生体验。五六十年代，因众所周知的原因，刘征的诗词创作停滞了，但他仍然偷闲吟唱。"文化大革命"结束后，刘征诗词创作的黄金期到来了，所写作品先后结集《流外楼诗词》《霁月集》《古韵新声》《逍遥游》《画虎居诗词》《友声集》（与臧克家、程光锐合集）在大陆及台湾地区出版发行，受到文坛和读者的瞩目。著名诗歌评论家张同吾认为，就艺术功力和文化底蕴而言，在当今文坛上的旧体诗词作者，能与之比肩者"寥若晨星"。

可贵的是，这样一位诗人又是书法家，他文采飞动的诗词，用毛笔书写在宣纸稿笺上，当然是相互映衬，相互依托，"单纯、淡泊、和平、安静，让你沉默体味，教你怡然自得"（钱穆语）。这种习惯性的操作不是哗众取宠，表达思想与感受的创作方法与多年苦吟古人墨迹诗稿有关，那种真诚的递接与承续，才使刘征有能力独步于今天的文坛、书坛。

刘征常写"笺书"，他的理由并不复杂，笺书多是诗文稿本，通过文字的改动和行笔的急徐，可以窥知作者文思的流动。因作者并非意在写字，字的正斜大小，既可以联而裱之悬诸素壁，又可以裱为册页置之案头，是诗书合璧的一种很好的体式。由此我们不难看出，"笺书"需要作者的深度，也需要作者的广度。只知道临几页帖，抄几首诗的所谓书法家是不敢望其项背的。面对刘征的诗文翰墨，沈鹏深有感触，他说："学养深，犀利而给人回味，他是一位学者化的作家。……我感到意外的倒还不仅是他的'能画'，而是他并不像有些文人那样借涂抹几笔显示自己的'多擅与能'……而老枝新花，枯木逢春，显然追求一种人格力量，一种真趣。"读刘征书法，的确有这种感受，他初习二王，又迷恋颜鲁公、苏东坡、米南宫、王觉斯多年，后再倾向北魏碑铭中奇伟朴拙的行书之趣。他以自己对传统文化的把握与感悟，试图使其有所融合，产生一种别样的美学效果。欧阳中石对刘征书法的认识是："字上没有时尚书家的驰骋积习，没有刻意雕琢的旧馆绝墨，读来只觉字如其文，书如其诗。"不理会潮流和时尚，独辟蹊径，我行我素，这是刘征为诗为书的个性特征。

刘征所藏郑道昭《云峰山石刻》拓本，他题有一首七言绝句："江表清风河朔云，抑扬碑帖论纷纭。欲求刚健含婀娜，中岳何妨盟右军。"这首诗是刘征对《云峰山石刻》的称颂，也是自己的书法宣言，他告诉人们，书法之美在于东坡所说"刚健含婀娜"，书法之高，也在于此。书法是独特而重要的艺术，成熟于魏晋时代。在南北朝时期，黄河流域和长江流域的书法出现"分歧"，南方写在纸上或绢上的行草被称"帖书"，而北方趋楷近隶的字刻在石头上，多用于名山胜地、佛道寺院或名臣贵族的墓志，被称为"碑书"。到了唐代，"南帖北碑渐渐合流，但南方的风格，平民社会日常人生的气味，到底占了优势。从唐以后，字写书画遂为中国平民艺术一大宗。而帖学占了上风，碑法几乎失传。南派盛行，北派衰落。这虽指书法一项而论，但大可代表中国一切艺术演进之趋势"。刘征读透了经史，他当然知道中国艺术的演进趋势，因此，才把碑的"刚健"和帖的"婀娜"看得同等重要，试图将两者融合，形成新的书法语汇。他知道这种追求太高太难，正如同将诗与书融合一样太高太难，他知难而进，知高而上，表现一个不断否定自己又不断超越自己的苦行僧的精神品格。在刘征漫长的学书道路上，他从来不认为自己的书法已经是"刚健含婀娜"了，还认为这是"自知之明"，重要性在于，他在自己的前方设置一个高远的标杆，攒足力气，力争突破和创新，以实现一名艺术家的真正梦想。

……临歧世路悠悠。有数语不堪骾在喉：甚狂来画鬼，惹人生厌；妄谈济世，令子多忧。老合学乖，闷时展纸，但写天凉好个秋。知爱我，只鸦鸣叱咤，未解啁啾。

这是刘征词作《沁园春·赠别败笔》的下阕，读罢，我们就知晓了诗人刘征和书法家刘征的心路历程，对他的"欲求刚健含婀娜"也就不难理解了。

下编：且思且语

胡适为齐白石写传的启示

1946 年秋天，胡适回到北京。他卸下了中国驻美大使的职位，就任北京大学校长。胡适官位、学问两全，可谓"两手抓，两手都硬"的典型。

回到北京的胡适自然忙碌，讲学、待客，读书、写作，游走政学两界，那份尊荣和"充实"，驻美大使的身份怎能知道。

深秋的一天，胡适在家里接待了一位老人，长衫、长须，执一根曲里拐弯的手杖，抱一摞图书，轻手轻脚走进胡适的宅邸。一贯谦和的胡适满面春风，热情恭迎，他搀扶老者，一同步入客厅。落座后，老人把携带的图书交给胡适，开门见山地说：胡校长，请您为我作传。

老者就是画坛英杰齐白石，这一年 85 岁。

胡适微笑着翻看齐白石的材料，与老人寒暄，愉快答应了齐白石的请求。齐白石是世事洞明的人，往胡适府上求传，想必带了画作，或者谈到稿酬。锱铢必较的齐白石，当然明白胡适的分量，感谢的形式，会在心中。

1949 年 3 月，《齐白石年谱》出版。此书得到黎锦熙的鼎力帮助，历史学家邓广铭也为此书做了考订工作。胡适通过分析《白石自状略》，又寻找各方面的证据，确认齐白石的实际年龄与实际有两岁之差。《齐白石年谱》出版几个月后，胡适去了台湾，对这本三万字的著作，依然放在心上，发现新材料，立即补充。

胡适、齐白石的名头足够大，胡适为齐白石作传，惺惺相惜，也是一个佳话。胡适在学术界、文学界、外交界、教育界的影响甚大，是一位复合型的社会知名人士，答应为齐白石作传，实属不易。他不仅答应了，还以史学家的职业操守，订正错误，发现问题，还原齐白石的人生真相。

齐白石也有意思，他请胡适作传，居心何在呢？当然，胡适的品牌无与伦比，胡适治学的严谨精神，老人或许也知道一二。彼时，关于齐白石的评传文章可车载斗量，85 岁的老人，为何还要作传，是不满意这些著述，还是觉得胡适技高一筹？这些问题值得琢磨，也有深意。

胡适的现代思想，照亮了中国的学术天空。他看重传记，曾以平等、民主的观念，主张任何人都可以写传记。他的家，大门敞开，什么人都可以进来。因此，"我的朋友胡适之"不胫而走。任何人都可以写传记，关键是什么样的传记。显赫人物、平民百姓，只要实写真写，都有史学价值。遗憾的是，传记成了小说，虚构、望风扑影，溢美、颂圣，俨然成了一份好人、完人的鉴定。胡适倡导的传记不是这样的，他一而再再而三地说"拿证据来"，他反对伪造，厌恶颠倒黑白，坚持历史真实。

不知道齐白石对胡适求真务实的传记写作立场有何感想，他看着胡适寻找证据，调动其他人寻找证据，是不是感觉到，胡适想写的齐白石是真实的齐白石，而不是经过修剪、打磨、神化的齐白石。也许，他非常高兴，他请胡适作传的初衷就在这里。也许，他始料未及，本想借助胡适的大名让自己更有名，夯实市场，期望自己的画作畅销不衰。胡适的社会影响远远超过齐白石，文化分量，也有轻重之别。不然，他不会亲往胡宅，陈述要求。两种可能都存在，那么，齐胡之间是否讨论过写什么样的传、该怎样写传的问题呢？我想不会的，齐白石是"老江湖"，明晓事理，他确信，只要胡适答应，他就胜利了。

虽然说胡适的家门敞开，但不是进来的任何人都会记得。对于85岁的齐白石，他会感动。一是齐白石对他的尊重，一是齐白石的质朴和率真。毕竟是名动朝野的画家，对他的请求，怎能无动于衷。只是，他不会按照画坛的套路作传——血统优势，师承关系，笔墨秘籍，贵胄商贾的称颂，捧着一位画画的人，前不见古人，后不见来者。画家是匠人，匠人身上自吹自擂的习惯，是一个不光彩的传统，至今犹在。胡适见多识广，自然明察秋毫。他答应齐白石写传，重要的是，他按自己的标准写传。他的标准十分简单——客观、真实。于是，他没有抒情，也不感动，用发现问题的眼光订正谬误，对齐白石年龄的真假进行了考据，破解了因迷信而提高两岁的事实。

胡适作传，齐白石高兴；胡适求真，齐白石不高兴。这是作为画家的齐白石的局限。

当代画家也愿意写传，像小说一样的传，形象高大，情节巧合，戏剧性特强。戏剧性强，就不真实。而不真实的画家的传，是当代传记的大多数，经不起推敲，也没有阅读价值。我们心知肚明，许许多多的传，是商业性的，鼓吹、粉饰的目的，是为了市场份额。而作传的人，与传主一样，只要给钱，让怎么写，就怎么写了，何来考据这一说。眼下的这一景观，必然是我对当代画坛缺少好感的理由。

"臣字款"画作的是与非

意大利的"外援"画家郎世宁大名鼎鼎，一是画艺高，二是在皇宫行走，一生颂圣，自然得到朝廷的褒扬。

乾隆喜欢郎世宁的作品，《平安春信图》《乾隆皇帝朝服像》《哨鹿图》《乾隆戎装像》，记录、描写了乾隆人生的一瞬间，让一朝有为君主志得意满的样子凝固在画布上。史料记载，乾隆暮年常看这几幅作品，有他题跋的作品会让自己陷入沉思。

尽管是"外援"，毕竟在中国的皇宫工作，郎世宁很讲"政治"。乾隆召郎世宁进宫，为他喜爱的嫔妃画肖像。一天，神清气爽的乾隆进入画室，郎世宁放下画笔行礼，请乾隆评判画作。乾隆看着画布上的嫔妃，满脸笑容地问郎世宁：昨天你所画的妃子中哪一个最漂亮？郎世宁低垂眼睑，低声回答：我没有细看她们，我在数陛下房上的琉璃瓦。郎世宁的回答，乾隆觉得很有意思，又问：那么琉璃瓦有多少块？郎世宁即刻回答：30块。乾隆"哦"了一声，叫太监去数，果然是30块。乾隆笑起来。笑声的背后一定诡异。

"主旋律"意识强、也有政治敏感度的郎世宁在"康乾盛世"的中国活得有滋有味。乾隆三十一年六月初十（1766 年 7 月 16 日），在中国生活、工作51 年的郎世宁于北京辞世。乾隆赐予侍郎衔，赏银三百两料理后事，厚葬北京阜成门外的外国传教士墓地。我去过这块墓地，那时，脑子里纠缠"传统"与"现代"的诸多问题，就想起埋在那里的利玛窦。拜谒了利玛窦的墓，又看到郎世宁的墓，那块高大的墓碑，依然在记忆里存留。

青年时代关心利玛窦，中年了，对郎世宁发生兴趣，也是一个诡异的问题。是利玛窦贬值了，还是郎世宁贵重了；是时代不需要思想了，还是器物的价值估高了；原因都有吧。

的确，器物值钱了。郎世宁的画在拍卖行有惊人的市场表现，为此，郎世宁被公共视线捕捉，屡屡提及。我凑热闹，看几眼郎世宁的画，买不起，也觉得沉重，为皇权服务的题旨，让人窒息。高大上、红光亮，歌功颂德，当然有气势，当然豪气冲天。看久了，恍惚中觉得郎世宁是一架照相机，他用画笔"拍摄"了帝王的威仪，权力的骄横，帝国的宫中故事。只是看不到人间的冷暖，生命的感伤，也看不到郎世宁的内心。

"臣字款"的画作，是郎世宁留给人间的重要作品，也是因为这批作品，郎世宁被中国人牢牢记住。所谓"臣字款"画作，即郎世宁的遵命画作，署名款千篇一律，要么是"臣郎世宁恭画"，要么是"臣郎世宁奉敕恭绘"等。名姓前写"臣"字，说明这件作品是为皇帝所绘。胡敬《国朝院画录》收录郎世宁 56 件画作，庶几为"臣字款"画作，其中包括《百骏图》《哈萨克贡马图》《阿玉锡持矛荡寇图》《平安春信图》《嵩献英芝图》《阅骏图》《六鹤同春图》等。看着郎世宁"臣字款"的画作，我目瞪口呆。无疑，这是精心构思的创作，这是主题明确的描写，有史实，稍许夸张的史实还在时间的维度里，经得起推敲。隆重的颂圣，皇帝是每一幅画作的主角，也是灵魂。顶天立地的形象，是帝国的容颜；纵横沙场的将士，是帝国的力量；瑞兽与祥植，是帝国的富有；大地与河流，是帝国的血脉。"臣字款"的画作，裹挟着帝国意志和权力威严，把一个民族的尊荣描画在宽敞的画布上，供一人欣赏。这时，郎世宁是帝国地地道道的工具，是招之即来、挥之即去的工具。即使画嫔妃的肖像，他也是轻看一眼，便去数皇宫的琉璃瓦。于此我们可以推断，画画的郎世宁很冷血，而冷血的艺术家何尝能画出有丰沛感情和生命冲动的艺术作品。概念化，主题先行，为一人服务，会有怎样的创作结果？轻精神，重器物的时代，郎世宁的画很值钱。很值钱的原因也在于概念化，主题先行，为一人服务。崇尚消费的当下，这些条件该是郎世宁的画保值、升值的理由。

我不喜欢郎世宁的画。这就对了。他本来不是为我、为我们画的，我们喜欢，是不是有点矫情。看郎世宁的画，看多了，也会看到稍许顺眼的作品，比如《阿玉锡持矛荡寇图》《阅骏图》，前者描写了一位英勇杀敌的军人，骑马，端枪，义无反顾。马的动态，叫阿玉锡的军人的威武，跃然纸上。《阅骏图》很有诗意，三个人围一匹骏马，品评短长。遗憾的是，品马的地点是在皇家园林，楼阁，树石，湖水，烘托着赏马的人。与马对视的人，也是三人中最高的人，还是乾隆皇帝！《阅骏图》，多好的题目，可惜，被颂圣理念击碎。

相比较而言，郎世宁非"臣字款"的画更顺眼一些。这些画，是给朋友画的，当然，朋友中不乏王公大臣，但与皇帝比较，还是亲切一些，轻松一些。画画的心态，也会自然一些，松弛一些。其实，这种心态，才是画出好画的心态。有趣的是，非"臣字款"画作，骏马题材居多。骏马是丰富的意象，寓意也深。何况郎世宁是画马高手，给求画者画马，不会产生非议。深锁皇宫，郎世宁不易。

饶宗颐有的和我们没有的

百岁老人干什么都吸引眼球，饶宗颐不例外。他的"学艺融通——饶宗颐百岁艺术展"在北京国家博物馆拉开序幕，就引起学界、书画界的注意，佳评有之，质疑有之；激动者有之，郁闷者也有之。这很正常，任何事物，仅有一种声音赞之或毁之就意味着出大事了。正确的绝对性，错误的绝对性，均需要警惕。

不否定对饶宗颐的艺术展抱有好感。首先，他是读书人，他的学问、文章，他的修为、性情，业已成为一个时代的标杆。不管我们有不同的认知与理解，他的著作，他的观点客观存在。我们当然可以有自己审视的目光，但我们绝对不可以有忽略的理由。其次，他的书画有广泛的影响。许许多多书画爱好者，愿意把他的书画作品置于一个精神的高地，并津津乐道。我也是其中之一。

饶宗颐的百岁艺术展有书法，有绘画，也有他的著作。这样的展览鲜有人复制，其原因便是学科的细化，趣味的单一化，导致我们的学者、书法家、画家，在选择的过程中，喜欢尽快实现单一化的成功目标，忘却和舍弃复合型的文化追求。这也没有错误，现代社会的时间紧迫与生命短促，做百年功课需要孤独，需要定力，佛教徒般的苦苦求索不属于每一个人。

也许饶宗颐知道自己的命数悠长，敢于追求广远与博大。单说他的书法，那种简单、沉静，那种淡泊、文雅，让我们无话可说。对饶宗颐书法不屑的人，有着坚硬的依据，觉得老人家的书写笔法不丰富，视觉冲击力也不够，与当代书风有距离。这样坚硬的依据有着平庸的道理，毛笔文化退出文化传播的公共平台，毛笔就是纯粹的艺术展现与展示。于是，艺术书法与文化书法的滥调便流行了一阵子。饶宗颐没有这样的想法，他的兴趣藏在书本之中，历史文献、佛经、敦煌残卷、戏曲剧本等，考验着他的智慧。至于写字，也是秉承传统，写自己的文句，写自己喜欢的诗词，写自己对春夏与秋冬的感慨。这是发自内心的书写，是读书人的日常生活。也许，他知道中国的书法已经进入竞技阶段，一等奖、二等奖、三等奖，制造了当代书法的等级。也许，他不知道，你写你的字，他写他的字，井水不犯河水。

从书法层面来讲，饶宗颐有的，是我们没有的。我们有的，也是饶宗颐没有的。饶宗颐的书法有什么？有胎息久远的气韵，有波澜不惊的用笔，有内敛，有知识，有深度。对饶宗颐书法有着不同意见的人对我说，他的字不会入选当代书法展。也就是说，饶宗颐的书法不可能被我们的书法展评委认可，自然也没有资格入选当代所谓重要的展览。入选、展览与否，不是评价书法好坏的标准。以这样的视角看饶宗颐的书法，当然浅薄。同时，好的书法也可以不去参与竞争，那种煞费苦心的构思与创作，也在破坏书法，降低书法的真实价值。个性、书卷气、涵养，以及一种君子的格调，是真正的宠辱不惊。这是饶宗颐有的，恰恰是我们没有的。

我们有胆量，可以臧否古今书人，也可以臧否饶宗颐。我们以只有我们懂得的艺术的标准，以商人认可的卖点，找出饶宗颐书法的不足，却看不到他的长处，还有书法背后的那份从容、随意，那份深邃、渊博。我们的自信具有排他性，还有一点强悍；我们为了自尊心，顽强坚守固有的写字原则和欣赏习惯，把别人看成矮子，把自己看成巨人。这是我们有的，是饶宗颐没有的。

"有茶中乐，无世外尘"，这是饶宗颐的一副对联，写在红色宣纸上的字迹颇有力量。我远远看着，字内与字外的生命展开，可望，却不可即。

启功是一面镜子

纪念启功，林岫讲了一句意味深长的话："启功先生走了。我们不能仅仅在失去他的时候才感到他存在的重要。"

失去了启功，究竟有谁"感到他存在的重要"？是不是为数不少的人不希望启功活着，不希望慈祥的、却是有原则的启功，以他高贵的笔墨，写就一个时代的人格，写出中国读书人的精神操守？

启功是一面镜子，他能照出许多人龌龊的内心，他善意的目光，悲悯的微笑，会让装神弄鬼的人现出原形。

作为学者，启功没有"宏大叙事"，但是启功在每一个微小的学术细节里，倾注的是毕生的学识。对待伪学术，启功不为功利所动。20世纪60年代，《坎曼尔诗笺》被某学术权威定为出土文物，同时又有众人拥趸。启功沉默了。启功只能沉默。启功以沉默的方式，没有让自己一生的学术之旅遭受污染。1992年，《坎曼尔诗笺》被杨镰识破，学者辨伪的功绩竟然与"不怀好意"相提并论。可见当年启功的沉默是多么可贵。

作为书法家，启功闻名遐迩。爱惜自己的书法，如同爱惜自己生命的启功从不自恋，他让许多喜爱他的人，喜爱他书法的人如愿以偿。巡视凡尘，当年衣衫褴褛的青年，默默无闻的学生，艰难度日的平民，只要有缘与启功见面，就有可能得到启功惠赐的墨迹。

学界名人、帝王后裔、书法家协会主席，本该有一点架子，本该讲一点层级，启功没有。他遵循大道，恪守普世价值，对每一个人都相敬如宾。

从旧中国走出来的读书人，保留了士人那份珍贵的善意与平和。因此，启功的书法作品，频繁飞入寻常百姓家。

游学各地，在许多书法家的家中，看到了启功先生的墨迹。言之墨迹的因缘，主人动之以情，自然忆起青年时代与启功先生的一面之缘，甚至对自己不谙世事、张口索字的鲁莽行为多有忏悔。

这样的历史场景不会浮现了。启功走了的时代，很难再产生大师。

作为公众人物，启功的面前有几条"融资扩股"的渠道。陈垣先生 120 周年诞辰的时候，启功用自己在香港义卖所得的 163 万人民币设立了"北京师范大学励耘奖学助学基金"。他能看见钱，但他眼睛里的钱愿意让更多的人受益。启功不是消费主义者，他是有梦想、有理想、有良知、有道义的文人。

1988 年 11 月，中国文学艺术界联合会第五次代表大会召开，启功先生参加会议，与中国书协部分书法家代表合影后讲道："书坛要树三气。"

启功所讲的三气，即文气、正气、大气。

我们不愿意告诉启功先生，他在 24 年前所强调的"三气"，若隐若现，树立得并不理想。

时下书坛重视视觉冲击力，炫弄笔墨技法，重视市场的感受，似乎书法的创作与审美不需要"文气"加入。有人已经理直气壮地喊开了，文化与书法不是一回事。既然"文气"——这个传统书法审美的核心要素都不需要了，那么，"正气"与"大气"又与书法何干呢。

启功的忧患是新问题。如果启功的"三气"日渐稀薄，接踵而至的肯定还有"三气",那就是"俗气""邪气"和"小气"。

一脸菩萨相的启功,宽容地看着眼前的世界。而他"书坛要树三气"的告诫,表明了读书人启功、文人启功、学者启功对流俗与堕落的不妥协。

启功是一面镜子。

张伯英的与众不同

往徐州参加潘传贤先生书法艺术展，开幕式甫一结束，带着对潘先生草书的深刻印象，就去张伯英艺术馆参观。对徐州了解得不多，但知道徐州有张伯英，此人非同寻常，有机会来徐州，不去张伯英艺术馆看看，枉为书法爱好者的身份。

张伯英艺术馆没有我想象的完整或全面。不过，参观过程中，一个小小的细节，让我的心怦然一动。谈锋甚健的王馆长指着一块碑对我说，碑文由张伯英撰写，字又是他亲自书写的。看看，张伯英的水平多高，学问多好。

的确，张伯英的学问好，字也好。

当天返回北京，在高铁上，脑海里映现出王馆长说"碑文由张伯英撰写，字又是他亲自书写的"时敬佩的神情。王馆长乃文化商人，尚能对文学修养深厚的书法家保持足够的敬意，吾侪何以看不出文学对书法的滋养？时下，当代诸多书法家不断鼓噪书法只谈笔法不谈文化，甚至认为，书法是独立的艺术，书法即笔法。

鼓噪书法只谈笔法不谈文化者，还在"引经据典"，比如，卫夫人、智永、怀素、邓石如等人就不"文化",也不写诗作文,谁敢说他们不是大书法家。

我对卫夫人、智永、怀素、邓石如等人的文学修养也说不出所以然,但是,仅凭这样的例证,说明书法可以与文学分离,书法家可以是会写字而不会写文章的匠人,显然也是一种误区。

正如同持只谈笔法不谈文化一说的人,可以举出几个单薄的例证,我这个坚持"书法文学化"的人,只要轻轻一瞥,便会在中国书法史幽深的长廊里看到饱读诗书的书法家,如何拂动手中的毛笔,书写一个时代的文化尊荣。他们对政治与文化有自己的判断力,他们对文学与艺术有自己的审美眼光,他们把人格修养与书写技巧融于一体,他们的字迹写在任何一张纸上,都会散发出生命的灵光,艺术的情愫。

张伯英就是其中之一。

张伯英(1871—1949),辛亥革命后,曾任北洋政府秘书长。1926年,心情灰暗,退出政界,开始一个人鬻字治印的书画金石生涯。其书法,以北碑为宗,宽博放达;楷书结构内敛,用笔趋方见圆;行书沉静、秀逸。张伯英定居北京宣武门烟袋斜街北官坊口,书斋号为"小来禽馆",典出明代著名书法家邢侗《来禽馆帖》暨王羲之《十七帖》"来禽"等语。

张伯英是书法家,亦是学贯古今的学者。他能诗擅文,其诗清新俊逸,其文优美深湛。1929年张伯英受聘为黑龙江省修志局长,张伯英邀请张从仁、徐东侨、杨秉彝等铜山同乡与黑龙江省人士共襄是举。越三年编成《黑龙江志稿》,自上古至清末莫不详备,全书62卷,140万余字。

写到这里,书法界的聪明人一定会说,拿张伯英说事,哗众取宠了。是的,张伯英的民国,如他一样的人物也不多见,何况当下。有道理,不然,在书法界见多识广的王馆长,怎么会对张伯英啧啧称奇。

其实,我对书法界没有多高的要求,一是我没有辽远的目光,二是我不具备精深的文化判断力,但种种常识告诉我,纯书法的观念是错误的,如果书坛始终弥漫这样的腔调，那么，这个界别一定是没有多少文化和艺术魅力的，它只能与工艺、装潢一类的协会等量齐观。

偶然翻阅《全国第三届青年书法篆刻集》，看见一幅书写岳飞《满江红》的草书获奖作品，这幅作品书写"八千里路云和月"时，把"路"字丢了。就是这么一幅硬伤附体的作品，不仅入选，同时获奖，可见当代全国书法展的评委和作者，只谈笔法不谈文化以后，所闹出的笑话何其多矣。

书法是综合艺术，这一点，也是书法与美术的美学区分。书法艺术与文学须臾不能分离，书法艺术的外在形态是对汉字的书写，然而，仅仅是对没有内涵或苍白、鄙俗的汉字的书写，庶几上升不到艺术的层面。正是如此，那位对张伯英一往情深的王馆长，才在我的面前强调张伯英的与众不同。

乾隆的题砚诗

乾隆这个人挺有意思，当皇帝，文治武功，指点江山，历史评价不差。乾隆酷爱舞文弄墨，用时髦的话讲，特别文艺。据说，乾隆一生写了四万多首诗，留下无数墨迹。诗歌的好坏我们可以不问，那些任性的毛笔字，拿出一幅拍卖，就能奔小康。可见乾隆的任性是有理由的。

我不喜欢皇帝的诗文，一是皇帝的代笔很多，署皇帝名字的诗文，虚情假意者多，真情实感者少。二是皇帝写得好的诗文，基本是在潦倒的时候写的，凄凄惨惨的，没有正能量。但是，这不等于说，皇帝的所有文字都不具备阅读价值，偶尔为之的片言只语，也有些许的意味。比如，乾隆题写的郑思肖端石砚的砚铭，还是屡读不厌的。

郑思肖是什么人呢？

乾隆的砚铭与题诗是否有政治含义？

还是看看郑思肖是何方神仙。郑思肖，生于1241年，卒于1318年，字忆翁，号所南。福州连江人。名与字、号，皆宋亡后所改，"思肖"，肖字暗指赵（繁体为"趙"）宋，"所南"，坐卧必面向南；他题其书斋名

"本穴世界"，将"本"字的笔画十移入"穴"字，就构成"大宋"两字，寓不忘宋室之意。善诗，工墨兰，宋亡后画兰不画土，象征心中之土被夺去，兰根无凭。著有《所南先生文集》暨《心史》。《心史》七卷，系明崇祯十一年（1638）苏州承天寺狼山中房浚井时发现，藏于铁函之中。清徐乾学《通鉴后篇考异》疑为明人所托。

显然，郑思肖是一位有气节，有操守的文人。他以沉重的思考，以坚强的信念，借助诗文笔墨，追忆过去的时光，值得后人尊重。

郑思肖与乾隆相差四百余年，在乾隆的心中，郑思肖自然是古人。看待古人的目光，对古人的判断，以及对古人的臧否，所依据的标准又是什么呢？不妨阅读一首乾隆的砚铭和题砚诗：

砚高四寸五分，宽二寸七分，厚一寸二分，宋老坑，端石也。砚面平直，墨池作一字式，墨光可鉴。上方为沼，通体俱有剥落痕。左侧镌"所南文房"四字，隶书；下有"郑思肖印"四字方印一，右趺天然微侧，左趺亦有刓缺，覆手内镌御题诗一首，楷书，钤宝二，曰"会心不远"，曰"德充符"。考赵昱《南宋杂事诗》引《遗民录》称：宋赵思肖，号所南，福州人，为太学上舍，应宏词科。元兵南下，扣阍上疏，辞切直，忤当路，不报。宋亡后，坐卧不北向，精墨兰，自更祚为兰不著土。是砚当是其所尝用也。匣盖镌御题诗，与砚同，隶书，钤宝二亦同。御制《题宋郑思肖端石砚》：坐惟南向此龙宾，介石千秋尚有神。博学宏词世恒有，罕然叩阍上书人。乾隆戊戌御题。

"坐惟南向"，这是郑思肖的精神姿态。既然家国不存，索性不再回眸。乾隆看重的恰恰是这一点，也就是一个人的不屈服，一个人的信仰，一个人的决绝。

不知道乾隆是否还写过其他题砚诗，单看《题宋郑思肖端石砚》，觉得乾隆有较高的道德标准，至少，所称颂的人是脱离了低级趣味的人，是经得起历史评价的人，是在一定的历史时期有生命光彩的人。相比较而言，我们赞扬的人与事，我们所讲的华丽之词，未免简单、粗糙，基于既得利益的市侩立场，赞扬者和被赞扬者，都有或大或小的空虚感觉。

郑思肖的这方砚台，于敏中主编的《西清砚谱》有记，现存台北故宫博物院。

王世贞与归有光

在不同的艺术门类里，书法是最不能接受批评或是恐惧批评的艺术样式之一。文学、电影、戏剧、音乐等，对批评已是司空见惯。不管是新近创作的作品，还是那些基本有定论的经典之作，无不面对着这样或那样的指责与质疑。陈凯歌、张艺谋，可谓是中国新时期电影的领军人物，几乎他们的每一部新作品，都面对批评家细致的分析和尖刻的批评。尤其对他们取悦市场的商业追求，无不予以热讽冷嘲。电影《梅兰芳》的现实处境，就是最好的例证。

批评是社会之公器，政治批评、经济批评、社会批评、艺术批评等，均是以人类的良知敲响灵魂的警钟，维护人的尊严和大多数人的利益，最终促进并保证人类社会的良性运行。

有可能是赋予书法相对艺术身份的时间比较晚，当代书法家们对批评的理解与认知还达不到应有的准度和高度，他们往往以"小人之心度君子之腹"的狭隘心理，揣摩批评家的"险恶用心"，于是，"坏了我们的好事""胡说八道""写不好字的人才写文章"之类的流氓腔，不加掩饰地、不知羞耻地、堂而皇之地站在了书法批评的对面。

另一方面，我们的当代书法批评，从一开始就没有理直气壮地、客观真实地直面书法艺术现状和书法家本体。而是以一个广告公司的文案写手，写一些歌功颂德、媚俗、不温不火、可有可无的无聊文字，比如，明明是初学书法，偏偏戴上"遍临天下名帖"的帽子；明明是一个普通的书法家，偏偏列为古今草书第七，汉隶第一，魏碑第二，要么就是帖学大师，碑学小师；等等。即使进行书法的文化思考，也是十分世故地选择轻飘、薄弱的议题，避免触及那些尖锐、深刻的问题，进行无风险的"批评"。当代书法批评的浅尝辄止，让我们无法感受到人类追求真理时的坚定与悲壮，维护正义时的凛然与决绝。

我们需要的书法批评理应是葆有对民族命运、社会道义、文化思想、艺术价值强烈的责任感和参与重建的热切愿望。理应把人道主义视为人生的纲领，通过捍卫书法的独立价值和自由属性，从而捍卫人的尊严和权利。理应认清书法艺术的规律，以审美的视角，阐述书法艺术的任务与使命。

讨论书法批评，自然想起明代的两个文人，一是归有光，一是王世贞。两个人文学观念不同，归有光主张文章与天地同流，权势虽能荣辱毁誉其人，却不能奈文章何。文章的价值，作者应有自己的判断。因此，他反对王世贞"文必两汉，诗必盛唐，大历以后书勿读"的观点，把"声华意气，笼盖海内"的体制内文学家，又是"高级干部"文学家的王世贞称为"一二妄庸人"。归有光的批评是否准确，我们姑且不论，其批评行为至少让我们感受到批评者的勇敢，表达内心感受时的真诚，挑战权威时的无畏。王世贞乃当朝刑部尚书，然而，在安亭江上教书的老举子归有光，以文学的观念谈文学，显然无视王世贞的个人身份。

归有光的直言大可言说，王世贞的胸怀，也颇值得一议。归有光先王世贞而去，对其文学成就予以肯定的却是他的论敌王世贞。王世贞在《归太仆赞》一文中肯定了归有光的文学观，并对自己的文学主张有所追悔。他说："先生于古文辞，虽出自史、汉；而大较折衷于昌黎，庐陵。当其所得，意沛如也。不事雕饰，而自有风味，超然当名家矣。"反思自己，肯定对手的王世贞在我看来已不是享受某某待遇的某某级文学家，而是一个理性、真诚、深邃、豁达的真正文人。

我们必须面对批评。一个健康的社会，离不开批评的声音，否则，我们将迷失前进的方向。对书法批评的开展，对书法批评的评估，我也不想空谈概念，因此我把归有光和王世贞搬出来，让他们的人格力量，感召当代脆弱的书法批评。

追求书法作品的思想深度

9 月 28 日,"无界——兰亭书法公社双年展"在浙江美术馆举办,我的隶书书法对联入展,殊为快乐。本来要去参加开幕式的,因去朝鲜使馆签证,失去了一次难得的学习机会,又深以为憾。

当天,在宗绪升先生的微博上,看到了我的参展作品,胎息《礼器碑》笔意的对联清劲、荒寒,略有感觉,但功力所囿,浅陋易见。不过,这幅习作对思想深度的追求,又引起了我的一点思考,不妨稍费笔墨,略做讨论。

我书写的对联是"四面江山来眼底,万家忧乐到心头",同时,围绕两行隶书写了一段长跋:"一九五九年七月二十三日,田家英等人上庐山,至石亭,听阵阵松涛,望长江远去,无言以对。亭中有石,刻王阳明诗,亭柱无联。一人提出写联语刻之,田家英即诵'四面江山来眼底,万家忧乐到心头'。"

1959 年 7 月 23 日,田家英参加庐山会议,受到毛泽东的批评,心情抑郁。他和李锐等人攀登庐山,心情复杂。"四面江山来眼底,万家忧乐到心头",恰是田家英的内心写照。

其实,这对联语是改写的一副旧联,不是田家英的原创,原联是"四面湖山来眼底,万家忧乐在心头",田家英更换了三个字,"湖山"改为"江山"，"在"改为"到"，刻画出田家英当时的心境。

43年过去了，重温这副联语，感慨万千。作为中国知识分子的优秀一员，田家英不得不以悲剧的方式结束了自己的生命。

我是非常崇敬田家英的。作为毛泽东的秘书，田家英忧患意识强烈，尽管醉心明清书画和学者手稿的收藏，然而，毕竟没有受"文化财富"之累，而是观四面江山，思万家忧乐。

当接到兰亭书法社双年展组委会的约稿通知，便想到这副联语。我觉得这副联语有现实意义。

书法创作需要辨别所书文辞的。对文辞的选择，体现了书法家的文化修养和思想深度。林岫先生曾举例说明这个问题："某书家为祝贺'三八'妇女节，欣然录唐诗一首：'万里桥边女校书，枇杷花下闭门居。扫眉才子知多少，管领春风总不如。'因为这诗原本是胡曾赠给才女薛涛的酬应之作，薛涛是蜀中琵琶巷内一位乐伎，在历代的诗集编辑当中，都将此诗归入'赠妓类'，所以借来赞美当代女书家，不甚妥当。"

不甚妥当的书写在各类书法展中比比皆是。比如，将挽联当贺联，把哀伤之诗，用于城市庆典；要么抄录领导人的讲话稿，要么抄不明其理的佛经。参观一些书法展，让人心乱的还不是书写本身，而是书写的内容。问题的严重性正在这里，那些似是而非的文辞，是书法界文化缺失的旁证，是一个界别思想肤浅的体现。

追求书法作品的思想深度，应该是当代书法家的理性抉择。试图克服自己的肤浅，第一要培养自己独立思考的能力。人云亦云，自然没有自己的见解，因此横向取法，见风使舵，几成书坛常态。第二，要养成读书的习惯。只有读书，才能提高自己辨别是非的能力。那种拿《书家指南》进行书法创作的人，怎能登大雅之堂。第三，要具有反思自己、否定自己的精神。一味地厚今薄古，觉得自己与大师难分伯仲，何谈悲悯和忧患。

何以流行假家谱

　　不知道是幸运还是巧合，近几年经常与"名门之后"相遇。不管是书法集、诗集中作者简历所透露出来的信息，还是被人介绍或自我坦白，孔孟后人、王谢传人、颜真卿、李商隐、苏东坡、黄道周、倪元璐、王铎等人几代、十几代、数十代嫡孙，都会趾高气扬地出现在不同的场合，谈家事、谈事功、谈收藏，让我这个五辈子的"贫下中农"大开眼界。

　　果真有名人的派头，穿长衫，留长发，手夹雪茄，嘴叼烟斗，口若悬河，满腹经纶，高大上，更是与众不同。一次与天津某"名人之后"偶遇，见他手端烟斗的架势老时尚了，就冒昧地问，听韩寒说，他抽烟斗，抽得腮帮子疼，不知阁下抽烟斗，腮帮子疼不？名人见多识广，哈哈一笑，说，韩寒是暴发户，刚抽烟斗，腮帮子肯定疼。言外之意，抽烟斗也需要功夫，抽了几代，遗传因子活跃，腮帮子也就不疼了。

　　与"名人之后"的屡屡相遇，也许是盛世的象征。想一想，现在强调功德，看重官职，讲究血统，推崇消费，有来头的人，也就是说，"可上九天揽月，可下五洋捉鳖"的人，自然有雄厚的财力和家世背景，与历史深处的名门望族有着或浅或深的联系似乎是情理之中的事情了。

可是，我还是有云里雾里的感觉，即使我们吃饱了几顿饭，也不至于有这么多的名人出现在我的面前。过去讲门当户对，我是穷苦人家的孩子，想都不敢想，与"名人之后"见面竟然是这么简单。

很多事情只可意会，不可言传。久了，也就习惯了，甚至也恍惚，我与张瑞图有没有理论性的关联？

读书是去除烦恼的方式，读杂书，获取宽窄长短不同的信息也有快感。阅读中，一个叫袁铉的人进入视线，此人在明万历年间寓居苏州，为脱贫乍富或谋取一官半职的人编造家谱，像写小说似的，虚构辉煌的家族史，确定王侯将相为先人，历代的封谥诰敕以移花接木的手段赓续，有鼻子有眼睛，足以乱假成真。编造假家谱，毕竟是见不得人的勾当，苏州有良知的士绅联名控告，因造假行为无法定刑，只好将袁铉赶出苏州了事。

同今天的造假相比难分伯仲，法律有时也无能为力。明代的事情许多也是今天的事情，对比、衡量再三，总是觉得滑稽。明末松江人李延昰写了一本《南吴旧话录》，其中记录了在苏州开业的赝谱专卖店，经营者业务老到，按百家姓编制，"姓各一谱，谱各分支"，始祖有皇亲国戚、显宦达人，消费者附认任何一支，经营者即刻在相应的家谱上填上祖辈的姓名，画像题赞应有尽有。如果觉得购买的家谱偏新，经营者还会使用不同的材质，使用不同的手段，让一本新家谱变成老家谱。

中国人不喜欢"锦衣夜行"，如果说，这不涉及中国文化，也是一种民族心理。对煊赫的假家谱的青睐，终归还是对权贵的向往，对"出人头地"文化的顶礼膜拜。如果说，这种价值取向属于封建社会的农耕文明，是因物质财富的缺乏与个人选择的单一导致的时代与社会的局限，那么，我们在今天依然保存对假家谱的幻想，甚至也去网上赝谱专卖店网购一册，就值得深刻反思和反省了。

　　不过，反思与反省也难解决现实问题。我自诩是一个理性主义者，一次去山西旅行，餐桌上有人问我的籍贯，我脱口而出：福建，我哥是张瑞图。大家惊诧，疑惑不解，张瑞图不是明代人吗？我答，现在实行穿越，为了攀富结贵，就允许我穿越一次吧，时髦。

　　大笑，算是饭局的沸点。

钱锺书的理由

近日去法国旅行，与旅居法国的华裔文化人闲聊，当然要谈当代几位"地标性"文化名人与法国的关系，在法国的故事，其中有吴冠中、高行健、范曾、钱锺书、熊秉明等人。对这几位贤达，有或多或少的了解，虽然看不全他们的全部，也能勉强谈及一二。

提及钱锺书婉拒密特朗邀请访法的旧事，我的眼睛一亮。我没有能力对钱锺书的学术研究做出有质量的发言，但是，对他的心灵史、人格史却有着顽强探知的兴趣，因此钱锺书婉拒法国总统密特朗的邀请，对我而言就不是一个简单的事件了。1986 年 11 月 8 日，时任法国驻华大使马腾和法国外交部秘书长罗斯到北京拜访钱锺书，作家、翻译家梅斌陪同拜访，他记下了马腾、罗斯与钱锺书、杨绛会见的场面："那天，钱锺书先生上身穿着一件中式衣服，脚下穿着一双布鞋。夫人杨绛老师的穿着也十分朴素，非常的中国化。两位老人都非常客气，也非常随和。他们和马腾先生互相赠送了几本中文与法文的著作，杨绛老师还赠送一本她写的小册子《记钱锺书与〈围城〉》。钱老只要看到书，总是像天真的孩童一样眉开眼笑。"

就是这次会面，马腾大使代表法国总统密特朗正式邀请钱锺书访法，并希望钱锺书能够接受邀请。钱锺书婉拒了，他的理由很简单："因为我已经给自己做了规定，现在哪也不去，什么会也不参加。"

马腾努力说服钱锺书，依旧无效。钱锺书的原则，看来在什么人面前也不破例。

其实，钱锺书婉拒密特朗的邀请，本不该大惊小怪。我喜欢你，请你来，你有事，不来，天经地义，谁都能够理解。眼下是，一位大国首脑，邀请一位大国学者，结果是学者婉拒了首脑，自然就是新闻。然而，当钱锺书讲出自己的婉拒理由——"因为我已经给自己做了规定，现在哪也不去，什么会也不参加"时，我当然理解钱锺书的心路历程，既然自己对自己有规定，就要坚守这个规定。依我看来，这便是学者的人格，也是一个人的人格。

有朋友与我逗趣，如果法国现任总统奥朗德邀请你，你来不来？我说，我肯定来。我不仅要来，还要给奥朗德先生写一幅字，并与他合影，请有名的通讯社发消息。如果可能的话，把奥朗德的写字兴趣调动出来，收他做徒弟，回国后写一篇自吹自擂的文章《我给总统当老师》，同时购买数十块广告版，刊发与总统的合影照片，不断复制赠送总统的书法作品，使之成为书法市场上的新宠。再以后，就如同跳梁小丑一样，游走于中法之间，假装文化使者，兜售自己的破字。

社会学告诉我们，总统集合了一个国家、一个民族的声望与品德，自然受到国际社会的广泛关注。因此，与总统的交往，是提高社会知名度和市场份额的有效途径。当年，美国企业家哈默向邓小平赠送陈逸飞的画作《双桥》，邓小平欣然接受，是陈逸飞在中国迅速蹿红的重要因素。功成名就的钱锺书有资格、有能力婉拒密特朗，不过，他一旦接受邀请访法，他的被译成法文的《围城》一定会成为法国畅销书，并会给他带来丰厚的利益。要知道，1986 年的中国还不富足。但是，对一个学者来讲，物质利益不应该是首要的，至少，钱锺书就忽略了密特朗邀请的"额外成果"和"灰色收入"。他一再强调"因为我已经给自己做了规定，现在哪也不去，什么会也不参加"了，同时，也言明了"哪也不去"的原因——"我今年已经 75 岁了，有许多事情要抢时间去完成。我早已谢绝了一切外请。因此非常抱歉。"

75 岁的书法家和没有到 75 岁的书法家，聆听钱锺书掷地有声的言辞，不知有何感想。

聚焦《林屋山民送米图》

新一轮的反腐败斗争，书法的角色不是那么光彩。"雅贿"一词，与书法有关系；官员用劣字寻租，把自己野狐禅一样的笔迹，挂在大街小巷，引起种种嘲笑，也与书法有关系。默默无语的书法被"腐败"了那么久，似乎跳进黄河也洗不清身上的污泥浊水。

时间深处的书法，是以清洁的形象面对我们的。也可以这样说，书法的文化力量是中华民族的正能量，所言所思，与民族文化与社会进步息息相关。因此，我们愿意把书法人格化，愿意从哲学的高度感知书法的美学内涵。

因此，我不止一次谈到，书法的现实尴尬，是短时间的，是一种迟早要清算的灰黑色过程。

近读西中文先生的《〈林屋山民送米图〉题咏及其书法》一文，眼睛为之一亮。西中文先生对《林屋山民送米图》和各界人士的题咏进行了细致的考据和准确的分析，并以自己的长诗表达了自己的感悟，其中八句声声入耳："百年鼎革覆天地，民治民权申宏义。见说封建似沉舟，谁知世事原如戏。贪渎痼疾势难除，官场至今说廉吏。苇吏英名留青史，清末廉吏暴方子。"

廉吏何许人也？名为暴方子也。读《〈林屋山民送米图〉题咏及其书法》一文得知，廉吏暴方子（1857—1895），河南人，光绪四年（1878年），出任江苏震泽县平望司巡检，从九品，是当朝最末一等的官吏。值得深思的正在于此，暴方子不是一方主官，本可以睁一只眼闭一只眼，读闲书，临古帖，修身养性。他偏不，颇有"勿以善小而不为"的气质，"在其任内励精图治，扫除赌博、盗窃、娼妓，禁绝鸦片，有土豪褚二奎，设赌局盗窟，为害乡里。公访其奸，亲率健吏搜捕，捣毁盗窟。当地素有溺女婴的陋习，公大力劝诫，倡导捐款赡给生女之家，民遂渐易其俗。当地又有恶少率人夜劫，恰值公出署夜巡，闻哭声立至，抓捕恶少法究，亲自将受害人送回。受害人本不在方子辖区内，故有人认为其'越境侵权'，公曰：'同食国家之俸，同任地方之职，平时可分权限，若变生仓卒，稍纵即逝，岂可坐视不救耶？'"

暴方子，似乎是清末的雷锋。

一般来讲，榜样都是一根筋，暴方子的与众不同，也在于他鲜明的个性。这样的人做官，路途自然坎坷，为了真理与正义，常常是无所顾忌，当然也不顾忌自己的上司。暴方子是小吏，比不上海瑞，其实，他们做官，有相同之处，那就是亲民抗上。在封建专制社会，亲民抗上是大忌，被罢官，也不是稀奇之事。在宦海沉浮的暴方子，以失败告终了。有趣的事，宦海的失落，不等于人生的失落，离开体制的小官儿暴方子清贫如洗，甚至回家的盘缠都没有。窘境和末路，反衬了暴方子的人格，"无米下锅，方子只得忍饥读书。附近村民渐闻此事，十分同情。山北陈巷村一位村民送来一些柴米，然后一传十，十传百，附近村民纷纷前来送米送柴"。

得民心者得天下，这样的话是对帝王说的。对暴方子而言，百姓对他的关爱，是他的人格与官德的魅力。

这种魅力，让文人共鸣了。当地诗人秦散之写记事长诗，又作《林屋山民送米图》，俞曲园篆额并作小记："暴方子，廉吏也。罢官后，洞庭西山之民知其乏食，穷乡僻壤，里夫村妇，负米担柴，馈遗不绝。西山诗人秦散之为作长卷记之，余为题端。"

应该说《林屋山民送米图》，是彼时文人眼中洁白的印象，这是中国读书人内心的骄傲，也是一种不悔的向往。继俞曲园的小记，文人墨客与社会贤达先后为《林屋山民送米图》题咏，其中包括郑叔问、沈铿、江瀚、吴大澂、吴昌硕、胡适、俞平伯、邓邦述、黎锦熙、于安澜、朱光潜等。

"勿以善小而不为"的暴方子，赢得了我们的尊重，河南滑县建立了"暴方子纪念馆"，张海先生题写了馆名，同时又书写了"豪情贯日光玄武，英气排空照滑台"的联语。一位小小的清官，如一道耀眼的流星，把纯洁的光芒留在了我们的记忆中。

当前，反腐是我们的重要工作，对一系列大老虎的追查，是激浊扬清的必要过程。对国家充满希望的人，当然不喜欢官场的浑浑噩噩，因此，西中文先生对《林屋山民送米图》的聚焦，自然成为我们关心反腐败工作的另外一种形式。

鲁迅的药方

不久前，一些小画家跪拜某些大人物的新闻，在《新京报》等报纸上引起热议。本来我想写一篇文章跟进讨论，后来觉得这件事司空见惯了，其中的缘由既复杂，也简单。有挂羊头卖狗肉的噱头，商业表演，垄断资源的嚣张，集体无意识的谄媚，等等。这件事从公众视野中淡出，我却觉得对这件事、这种事、这些事需要冷静地分析，也需要找出这件事、这种事、这些事之所以能在今天出现的社会条件和心理动机。

向师长跪拜，师长也希望跪拜，的确是中国的传统。鲁迅说得明白："中国人有一种矛盾思想，即是：要子孙生存，而自己也想活得长久，永远不死；及至知道没法可想，非死不可了，却希望自己的尸体永远不腐烂。"鲁迅所说的时代当然是"旧社会"。可是，一到紧要关头，我们依然有顽强的、迫切的心情希望自己活得长久，或是尸体不腐烂，被人顶礼膜拜。

不管用什么指标来衡量，我们今天所处的社会无疑是现代社会。政治目标，社会思想，生产关系，科技水平，信息传递，审美感受，让我们的精神世界焕发了前所未有的青春活力，让我们看到了人的美好和伟大。人的丰沛情感，人的博爱，使人类骄傲地走到今天。曾几何时，我们对这个世界所唱的赞歌，正源于人的高贵的品质。因此，改革开放初期制定的四个现代化目标，其中的局限很快被看出，于是，第五个现代化——人的现代化的提出，即刻成为中国人的灵魂坐标。是的，我们不排斥物质，我们需要宪政法治基石上的责任意识，需要人道主义航线中的人格风帆，需要共同发展与进步的现代精神。

2014 年在中国结束的 APEC 会议，习近平主席提出"互联互通"，这正是对现代社会的准确注释。中国已经融入国际发展的洪流之中，一个世界性的现代国家，即将在世界东方屹立。如同滚滚洪流也伴生着暗流，当代社会出现一些奇谈怪事，也实属正常。

我们喋喋不休地谈论现代性，就意味着有不现代性的事情存在。集体跪拜老师，被解读成传统文化语境中师生的和睦相处，也会被解读成对传统文化的继承。传统文化有多少糟粕我们姑且不论，集体跪拜和集体领受跪拜，我更有条件解读成跪者和领跪者的思考肤浅，自大心理的表现，利益的再结盟，示弱，表忠心。种种因素，是封建陈腐意识的表现，是人格观念的丧失，是社会文明的倒退。

对跪拜礼仪的辩护，强调师生情，似乎一个"情"字可以掩盖背后的肮脏。其实，当下的书法与美术教育，庶几是商业化的，是彼此的相互利用。师者有品牌，学者自愿当"子"；师者有势力，学者甘愿为奴。端茶倒水，展纸研磨，你给我卖字，我帮你题字，我要你有，你要我有，一个"和谐"的场面，铺展的是一个江湖。这种结构中的点头哈腰，鞠躬磕头，基本上是言不由衷的，甚至，哈完腰，磕完头，还要骂一句人。总之不美、不善。

我多次提到过的自尊、自重、自爱，正是现代人格的具体体现。即使我们身处市场经济的环境，也要认识"马基雅维利"定理的真相，让厚黑之学离我们远一点、再远一点。

鲁迅的话还是有现实意义："但我总希望这昏乱思想遗传的祸害，不至于有梅毒那样猛烈，竟至百无一免。即使同梅毒一样，现在发明了六百零六，肉体上的病，既可医治；我希望也有一种七百零七的药，可以医治思想上的病。这药原来也已发明，就是'科学'一味。"

鲁迅有了药方，疗程需要几个呢？比起梅毒那样的病，思想上的病算是慢性病，既需要猛药，还需要耐心。

史学家的脾气

闲读书，读闲书，是一种享受。书法界有一位很看得起自己的人说，读书是积累知识，读书多，知识多，然而，读书多了，知识就会在脑袋里打架。这样的看法有点"二"，不过，书法界持这样看法的人不少，有一点无奈。

我愿意看书法家写的字，不愿意看书法家写的书。书法家读书少，写的书也没有看头。因此，所看的书多半是文学家、理论家、史学家们写的书，言之有物，开卷有益。最近，阅读史学家严耕望先生的《钱穆宾四先生与我》，开眼界，受启发，对某些文化问题与学术问题，有了符合历史逻辑的判断。这本书与严耕望的《治史经验谈》《治史答问》统称"治史三书"，是严耕望一生治学的经验之谈，被誉为"欲把金针度与人"的呕心沥血之作。

严耕望知识渊博，著作等身。以那位颇为自信的书法家的眼光来看，严耕望渊博的知识在脑袋里会打架，甚至让严耕望头痛难忍。其实这是井底之蛙的思维习惯，挺滑稽，不费吹灰之力就会被戳破。

读严耕望的书，就愿意琢磨严耕望这个人。这位史学家有脾气，这种脾气有人说是书呆子气，也有人说是浩然之气，不管是什么气，这样的脾气不是谁都有的。据说是在台湾，蒋介石微服私访研究院，当然没有人"热烈欢迎"，他到了史语所，正巧严耕望赤身写作，他看了一眼贵客，转头依旧笔耕。在美国时，钱锺书到访，余英时设宴款待，并请严耕望出席。严耕望以"避开任何不必要的活动"回绝邀请。

其实，这两件事对严耕望来讲并不是惊天地、泣鬼神的大事。想一想，一位以读书、研究、著述为旨归的史学家，在自己的世界里认真思考，安心工作，与外界井水不犯河水，是无可挑剔的选择。因此，对任何不速之客的漠然，都不值得大惊小怪。同样的道理，对近乎神话的学者钱锺书，依然理性对之，也符合钱锺书所言："假如你吃了鸡蛋，觉得好吃，这就行了。何必要看生蛋的鸡是什么样子？"读钱锺书的书可以，不见钱锺书其人，也可以。

对一件事，尤其是名人们所做的事，我们有深度解读的习惯。原因有其合理性：第一，信息闭塞，神龙见头不见尾，龙尾什么样？便想知道。第二，大人物神圣威武，与之过从，结果当然是一个谜。严耕望与蒋介石、钱锺书的特殊情境里的关系，往小处看，有娱乐要素，放大看，会看到读书人的精神品质。因此，解读的多重性，有东方民族的心理特征。

读严耕望的书，知道严耕望这个人。对于严耕望来讲，他的所作所为是平常事，他正工作，不愿意笑脸迎接蒋介石，也不想与钱锺书喝一杯友谊酒，耳不闻窗外之事，身心尽在学问，恰恰是史学家的修为。

其实，严耕望的沉静有来历。他认为，优秀史学家的生活准则和人格修养，首先要"成为一个健康纯净的'学术人'"。为此，他有两条建议：一是有健康的体魄，二是修养人格。强调"一心力、惜时光"，"淡名利、避权位"，"坚定力、戒浮躁"，"开阔胸襟"，"慎戒执着"。这是严耕望人生的"五条原则"，这是一个人律己、求真，保持现代人文精神的"五条原则"。

以书读人，以人读书。严耕望的书和严耕望这个人，有理由让我们长时间注视和长时间思考。

姚奠中先生引起的思索

2016 年 1 月 16 日，"姚奠中先生系列书法丛书出版首发式暨学术研讨会"在北京商务印书馆举行，我应邀出席，聆听各位专家的发言，对姚奠中先生的理解更深了一层。

在人们的眼睛里，姚奠中先生的亮点有两个：一是他是章太炎晚年招收的七名研究生之一；二是他活到了 100 岁。对于学者来讲，出自名门是骄傲，也是资历。对于人的生命而言，100 年的春夏秋冬显然漫长、遥远，没有几个人可以接近和达到这个目标。然而，姚奠中幸运，他得到章太炎的亲炙，他有了 100 年的生命年轮，有资本笑傲江湖呢。

我们习惯称他为学者、诗人、书法家。作为长期在高等学府教书育人的教授，薪火相传章太炎的学说，也要讲授他不喜爱讲却必须讲的课程。活到 100 年，有 100 年的经历，也会有 100 年的烦恼。

原因多种多样，就学问而言，他没有章太炎的广度和深度，当然，也没有章太炎的眼光和勇敢。好在他牢牢记住了章太炎，他可以没有章太炎的广度和深度，也没有章太炎的眼光和勇敢，但章太炎的风度还在他的身上，章太炎的趣味依然是他的选择。兵荒马乱的年代，能够做到这一点就值得尊重。

遗憾的是，章太炎的身影日渐模糊，不管是学问家的章太炎，还是革命家的章太炎，已经不是年轻人和读书人的偶像了。想到这里，我很难过。

重器物、轻精神的时代，我们对姚奠中的诗文似乎没有多少阅读的兴趣，对他的聚焦，是书法的引领，是书法的展开。在这一点上，姚奠中无人能比，他是章太炎的弟子，章太炎是学问家、革命家，也是大名鼎鼎的书法家。他对姚奠中的影响，是多方面的，书法是其中一环。姚奠中的篆书得到书界长时间的推崇，这是姚奠中小学基础扎实，天赋高，以及章太炎悉心教育的结果。姚奠中的草书富含生命情感，粗犷的笔调依然可见细腻的情思。这是姚奠中作为书法家给人的印象。

姚奠中幸运地活到100岁，但他的人生十分坎坷。本来，他想像业师章太炎一样，著书立说，一个观点，一个发现，一段文字，一本小书，就惹得天翻地覆。可是不行，在他的壮年时代，反右、"文化大革命"，几近要了他的命。活下去不易，何谈治学。毛笔书写的工具性，还有毛笔书写的可选择性，只能让姚奠中漫不经心地写字。"文章，经国之大业"，搞不好会掉脑袋；写字好一些，可以进取，可以归隐，在狭窄的房间里写写字，不会惹是生非的。因此，姚奠中的学术形象模糊了，他的书法却有了光辉。

翻看姚奠中的书法集，总觉得不过瘾。我特别希望看到姚奠中所写的"章太炎式"的文章，不妥协，不掩饰，直抒胸臆的。尽管这样的文章会让作者失去自由，但学术的深度，生命的光彩，也在此间出现。

我们不能责怪姚奠中，我们在他毛笔书写的过程中，还是看到了不一样的文化风度。他平和，他沉静，他有历史感，他有自己的创作理想。姚奠中的书法，对文辞有选择。商务印书馆新近出版的《姚奠中书龙门二王集》，其中对王绩《答程道士书》的书写，可窥姚奠中的心境。王绩为隋末唐初大儒王通的弟弟，任职隋代秘书省正字，初唐，以原官待诏门下省，后弃官归隐。此文是王绩的代表作，淋漓尽致地写出了自己难以显达，以酒浇愁，忘却人生烦恼的情感历程。姚奠中对《答程道士书》烂熟于心，并有深刻的理解。因此，他的抄写直追文章的思想核心，看似散漫的笔调，却是坚强的呈现。《一年纪事》亦是如此，他以98岁的高龄，重书自己25岁的诗作，字字血，声声泪，是对自己往日情怀的回眸，也是对自己文化形象的重塑。《一年纪事》是25岁的姚奠中对自己历经1938年的记录，困苦、灾难，抗争、图强，宛如一幅悲情的图卷，徐徐展开在我们面前。诗中的一段记录，让我沉思良久。日寇的威胁，姚奠中逃到柏逸荪的老家大柏圩，与柏逸荪一同办起了"菿汉国学讲习班"，制定十条教规，坚守文化传统。国难当头，危机四伏，漂泊不定，在大柏圩姚奠中与柏逸荪所定的教规是什么，不妨看看——

　　以正己为本，以从义为怀，以博学为知，以勇决为行，以用世为归，不苟于人，不阿于党，不囿于陋，不馁于势，不淫于华。

　　取法其上，得乎其中。我们别去苛求每一人，包括姚奠中本人也做不到这十条教规的要求，如果能做到前三条——以正己为本，以从义为怀，以博学为知，就是了不起的修行与实践，就有生命的芬芳。

"油腻"的书法家怎样"油腻"

"油腻"成了热词,有涵盖性,没有逻辑性,可意会,难言传,总之,这是一个对消费主义者、对极端功利者、对无耻者的软性敲打。集弘扬正气与黑色幽默于一身,让人产生奇妙的联想。

起初,我对冯唐的"油腻的中年猥琐男"的言说有一点紧张,对号入座,是中国人的心理习惯,看着这一行古怪的文字,头皮发麻,心跳加速,似乎自己就是"油腻的中年猥琐男"。那一天,情绪明显低落。应验了董桥对中年的概括:"中年最是尴尬。天没亮就睡不着的年龄;只会感慨不会感动的年龄;只有哀愁没有愤怒的年龄。中年是吻女人额头不是吻女人嘴唇的年龄,是用咖啡服食胃药的年龄。"

说中年"油腻",不无道理。

我对号入座了,但不甘心,就四处探看,总觉得比我油腻的中年人也会存在。

就在我以侥幸心理寻找与我一样"油腻"的中年人时,收到邀请,参加一位书法家的艺术馆开幕式。现在，书法家建艺术馆很时髦，似乎没有个人艺术馆的书法家，就不是书法家，至少不是著名书法家、巨匠、大师之类。邀请是礼节，赴邀是礼貌。我去了，很想见识一下个人书法艺术馆的样子，能干什么，会干什么，想干什么。不去不知道，一去吓一跳。艺术馆陈列着书法家的年表，与名人耆宿合影的照片，以及茶室、工作室、书房什么的，的确是艺术馆，像模像样。主人穿奇装异服，扎辫子，在现场挥毫，山呼海啸，气氛热烈。宴会用酒是所谓特制酒，酒瓶上有书法家本人的头像，还有题字，煞有介事呢。

常与书法家朋友们见面，不难听到"您建馆了吗"的问话，看来想建一座个人书法艺术馆的人越来越多了。为什么这样呢，无外乎名利二字。似乎有了个人艺术馆，就是成功的象征，就是大师的证明。醉翁之意不在酒，所谓成功，所谓大师，其实是直奔市场的广告词，是经过精心策划的隐身符。

因此，我对年纪轻轻、活蹦乱跳的人建个人艺术馆真的匪夷所思。

总觉得建艺术馆，不如安心读书。字是养出来的，没有文化滋养，你那两笔字能算什么。

尽管也想有一个工作室、茶室、书房什么的，出席一座个人艺术馆的开幕式后，就打消了这个念头。还是读书好，读书明智晓理。

一日，看到一位著名书法家谈读书，眼睛一亮，喃喃自语，看看，有我这样想法的书法家不少哩。可是，看完这位书法家的读书经，不禁苦笑起来。不妨看看他怎样谈读书——"我甚至认为，对于艺术创作者来说，读书太多会制约你的情感和生命体验，同时也会约束你的创造。所以我的观点是，艺术家首先要认清自己，哪些东西对你有用、有效，再次选择合适的书籍，不能不加分别地读书。艺术家重要的是胸中要有丘壑，顾名思义就是说你的精神上要留有空白，如果整个人被知识堵满了，脑袋里的知识和知识都在打架，互不相让，整个思维就会凝固，就会僵化，就会失去想象力，自己的情感和生命体验的强度也会削弱。"

真的是哭笑不得，读书反而误事了？

读书能误事吗？知识与知识如何打架，谁看到了？否定读书的人，是什么人，目的又是什么？这一连串的问题，是老问题，不新鲜。新鲜的是这位著名书法家"发明"的"脑袋里的知识与知识都在打架"。于此想到，当代书法家亟须补课，"脑袋里的知识和知识都在打架"之类的愚蠢问题，能够当成严肃的问题，我觉得书法界的问题很大，书法家"油腻"的程度很高，到了非治理不可的程度了。

我的知识不多，远远未到"脑袋里的知识与知识都在打架"的地步，依然看书读报，汲取文化的养分。看到一位书法理论家，浓墨重彩，介绍某女书法家的"高贵"出身，母亲如何又如何，外祖父如何又如何。初学书法时就是好笔佳墨，名师指点，密传笔法，等等。现在，血统论流行，人们不甘心当贫农、雇农了，那个出身丢人现眼。于是，编织充足的理由，证明自己的出身很不一般。这个世界很精彩，这个世界很无奈，抬眼看去，怎么都是弓腰塌背之徒。

"油腻"就是"油腻"，没完没了。

由此想到曾国藩，他的人生有三变，从儒家，到法家，最后到道家，昭示了他对世事的洞明。同治元年四月十一日，曾国藩在日记中写道："静中细思古今亿万年无有穷期，人生其间数十寒暑，仅须臾耳。大地数万里不可纪极，人于其中寝处游息，昼仅一室耳，夜仅一榻耳。古人书籍、近人著述浩如烟海，人生目光之所能及者，不过九牛一毛耳。"曾国藩的血统很低，他没有改造家谱，而是正视历史，正视自己。《曾文正公家书》中写给九岁儿子曾纪鸿的家书语言浅显，道理深刻："凡人多望子孙为大官，余不愿为大官，但愿为读书明理之君子。""勤俭自持，习劳习苦，可以处乐，可以处约。此君子也。"同治元年，曾国藩给曾纪鸿的家书又说："凡世家子弟衣食起居无一不与寒士相同，庶可成大器，若沾染富贵气息，则难望有成。"再致四弟的家书中讲得更明白："吾家现虽鼎盛，不可忘寒士家风味。"

　　不"油腻"的男人，却是古人。我潸然泪下。

张说价值观中的现代意义

唐开元十三年，即公元 725 年，在官场、文坛踌躇满志的张说，被唐玄宗任命为集贤殿学院知院士，主持工作。此前，唐玄宗与众学士官员雅集，以"仙者，凭虚之论"，"贤者，济理之具"，将"集仙殿"更名为"集贤殿"，将丽正学院更名为集贤殿学院。学士十八人，再加上张说这位"领导"，共计十九人。唐玄宗此举，看似偶然为之，其实彰显了这位政治家的远见卓识。

开元十三年四月五日，张说上任，唐玄宗还赐宴赋诗。在庆祝集贤殿和丽正学院成立的宴会上，十八位学士请张说先饮，表明他的领袖地位。然而，张说没有先饮。他停顿片刻说，高宗时有十八九位学士修史，国舅长孙太尉也在其间，当时，也有这么一个场面，长孙太尉表示，自己不能居先，位居九品的人也不能居后，他要求大家共饮。张说讲话，大家洗耳恭听。张说继续说，武则天长安年间修撰《三教珠英》，修撰学士的地位高低不等，不过，站立时，彼此前后位置不以官职品秩为序。最后，张说强调："学士之礼，以道义相高，不以官班为前后。"说完，他要求并列摆好十九杯酒，众学士共饮。

这一年，张说 58 岁，再过五年，张说辞世。

向历史深处张望，我们总会觉得过去的时空辽阔、漫漶，若隐若现的人物与事件，谜一样诱惑着我们。张说的"学士之礼，以道义相高，不以官班为前后"的话语，却如一道耀眼的闪电，让我们的心头为之一亮。

本来，近一千三百年前的过去，"以道义相高"并不是一件容易事，"不以官班为前后"似乎也不合礼数。但是，张说说到做到，把难得一见的文人情怀，巧妙平移到皇权视线内的礼仪之中，足见他的文人情思之重，文人感觉之浓。其实，他的真正身份是当朝宰相，足够的权力，绝对的影响，本该"世故"得很，对学士们施以微笑，或写一张条幅，撰一篇短序，便是平易近人的师表了。可是，他偏偏不这样，为表示自己依旧是读书人，还引经据典，以长孙太尉和修撰《三教珠英》时的风气为凭，把同饮庆功酒当成了一件有道德传承的平常事。为此，张说有了历史的光辉，有了启示后人的资格。

"学士之礼，以道义相高，不以官班为前后"的价值观实现起来自然不容易，封建社会的等级制度和以官本位为核心的分配原则，把鲜活的现实基本格式化、常态化、固定化。上下、前后、左右，大小、轻重、美丑，在格式化中泾渭分明，我们在其中沉潜、奋争，人鬼情未了，一生一世。

值得深思的是，铁板一块的封建政治，并没有完全窒息读书人的生命精神，那些学而优则仕的人，即使担任了朝廷要职，也没有忘记夹在经史子集中重人崇文的思想。因此，张说在集贤殿学院庆典中的行为举止，被我们温暖地记着。

张说与学士们共饮的佳话不是作秀。时诗人贺知章荣升礼部侍郎，又兼任集贤殿学院学士，可谓锦上添花。同僚源乾曜与张说的一番话，再一次让我们看到张说内心的倾向。

源乾曜说："贺公久负盛名，今日同时宣布两份任命，足为学者光耀。学士与侍郎，您以为何者为美？"

张说回答："本朝礼部侍郎负责人才选拔，如果不是名望与实才兼备，无从担任此职。但即便如此，礼部侍郎也始终是一名官吏，并不为得贤之人所仰慕；而学士怀先王之道，为缙绅轨仪，蕴扬、班之词彩，兼游、夏之文学，始可处之无愧。二美之中，此为最矣。"

礼部侍郎为四品朝廷命官，不折不扣的高干，但在张说的眼睛里，这等官职，比不上集贤殿的学士。十足的重知识、轻权力。

此时与彼时区别挺大。不管是学界、科技界、文学艺术界，总之，只要不在级别的范畴内，在四品官面前很难抬得起头。如果是公务会议，要么是参观巡视，要么是合影留念、宾朋宴会，张说、贺知章一样的人一定要处于中心位置，第一个喝酒，第一个说话，第一个哈哈大笑……

体制设置，社会管理，是复杂的系统工程。我们推动的改革开放，就是希望共处的社会环境多一些理性的雨露，希望人性的光芒照耀大地，让人与人之间微笑面对、平等相处。

一言难尽的潘岳

写字，无意识地写了元好问的一首诗：心画心声总失真，文章宁复见为人？高情千古闲居赋，争信安仁拜路尘。本来，是想看看自己的字是否有进步，看着看着，字迹模糊了，元好问的诗，逐渐清晰，思索从此而来。

这首诗是元好问论诗三十首之六，是对西晋文学家潘岳创作过程的描述。潘岳的散文《闲居赋》，对我们而言并不陌生，历代许多书法家经常抄录这篇文章。赵孟𫖯书写的《闲居赋》临写者就不乏其人。其中的"览止足之分，庶浮云之志"一度让我们对潘岳产生了很大的好感。其实，"高情千古闲居赋"，与作者的精神状态很不一致，就像今天的个别主旋律艺术家一样，道貌岸然的化教之言挂在嘴边，男盗女娼之事干得比谁都欢；也像纷纷落马的腐败分子，在台上谈反腐，谈得头头是道，干起坏事，也是花样翻新。

这首诗的最后一句"争信安仁拜路尘"是有典故的。在官场上三起三落的潘岳最后投靠专权的贾南风的外甥贾谧，平步青云了，终于迎来自己职场上的春天，当上了给事黄门侍郎，并成为贾谧"二十四友"中的一号人物。潘岳感恩戴德，他把《闲居赋》中所思所写忘得一干二净。其时，他是贾谧的心腹，有职有权，吃饭可以报销，权力能够寻租，颐指气使，不可一世。但是，在贾谧面前他就成了孙子，他与西晋首富石崇一起结伴效忠主子。常常是，他们站在贾府的门前，等待华贵的马车从他们的身边经过，然后向远处疾行，滚滚烟尘托着贾谧远去，《闲居赋》的作者潘岳便向滚滚尘埃顶礼膜拜。这仅仅是一种姿态，潘岳还以自己手中的笔，甘愿成为贾南风和贾谧的枪手，据说，贾南风陷害太子司马遹的诬告信，贾谧上朝的奏折，还有贾谧关于《晋书》起笔年限的议疏，都是潘岳的手笔。这副手笔，可以写《闲居赋》，也可以写官书俗文，太有才了。

可是，天算不如人算，享受"正部级领导"待遇的潘岳，在赵王司马伦发动的"废后不废帝"的宫廷政变中倒了大霉，贾南风、贾谧党羽被悉数诛杀，潘岳未能例外，公元 300 年，在洛阳西市被砍掉脑袋。好玩的是，与他一同被砍头的是密友石崇。早年，潘岳赠诗石崇"投分寄石友，白首同所归"，看看，应验了，两个绝顶聪明的人生不同时死同穴了。

潘岳才貌双全，《晋书·潘岳传》说，潘岳年轻时乘车郊游，沿途女子见到这位风姿仪态俊美的帅哥，幸福围观，情不自禁向潘岳的车上扔水果，表示爱慕、崇敬之情，这便是成语"掷果盈车"的典出。这样的人如果安心问学，勤奋写作，当然是后辈尊崇的文人，流芳千古不成问题。然而，潘岳六根不净，羡慕荣华富贵，以卑劣之手段上位，终遭朝历史唾弃。

再读《闲居赋》，明白了文章中的隐者形象仅仅是作者的模糊感觉。现实中的潘岳有着入仕的强烈渴望，出人头地，也是他唯一的人生追求。其实，潘岳的仕途并不平坦。到了知天命之年，还是一名小官，并屡遭排挤。如果是这样，潘岳退一步安心读书，像《闲居赋》中的隐者一样，笑傲江湖，岂不是明智的选择。不，他偏偏要知难而行，寻找一切成功的机会。早年，他依靠才华，作《藉田赋》，谄媚皇帝。此后，变本加厉，假话、胡话、大话加起来说，最后的目的就是当官，当大官。当官发财，这是封建中国的深规则。

这也是潘岳的心结。

改革开放的中国是多元化的中国，不同的领域，均有不同的值得自豪的人生价值。与其人格分裂，与其满嘴谎言，与其丧失尊严地去潘岳的老路上跋涉，毋宁寻柳问花，赋诗作画，在一条干干净净的职业之路上终老，也是值得骄傲的人生信条。

关键词是“价值观”

人定胜天，是我们坚持了半个世纪的观点。觉得人的能力奇强奇大，干什么都行，胜天，不是一句玩笑话。

后来发现，人也是有局限的，可以与天斗，但未必可以胜天。天，作为自然法则，尊重比争斗更实际。后来终于感觉到，与天斗，我们一定是败者。

人工智能进入人类生存领域，似乎无所不能，气势汹汹的样子，特别像人类与天争斗的样子——“喝令三山五岳开道，我来了。”

人工智能的确改变了人类某些生活方式，甚至深入介入人类的生存，但毕竟是人工智能，比起血肉之躯，似乎少了很多东西。

这样的体会，在著名作家韩少功的《当机器人成立作家协会》一文中得到共鸣。这篇文章刊于 2016 年第七期的《读书》杂志。韩少功承认机器人在识别、记忆、检索、计算、规划、学习等方面的能力突飞猛进，正成为一批批人类望尘莫及的最强大脑；并以精准性、耐用性等优势，更显模范员工的风采。新来的同志们都有一颗高尚的硅质心（芯）：柜员机永不贪污，读脸机永不开小差，自动驾驶系统永不闹加薪，保险公司的理赔机和新闻媒体的写稿机永不疲倦——除非被切断电源。

人工智能的确有一个"最强大脑"。"深蓝"干掉国际象棋霸主卡斯帕罗夫，"阿尔法围棋"的升级版"大师"血洗围棋界。行业规则需要彻底改写，专业段位将降格为另一类业余段位。最精彩的博弈将移交给机器人身后的科研团队。

"深蓝""阿尔法围棋"的"丰功伟绩"让韩少功警觉起来。他忧心人工智能让更多的人工失业，对自己的同道——作家来讲，是不是危机四伏？

读《当机器人成立作家协会》一文以后，也想如法炮制一篇《当机器人成立书法家协会》，分析一下人工智能对书法界的影响。书法家木讷，关心自己作品的润格远远大于关心书法界的整体利益。他们不会相信，人工智能会抢了自己的饭碗。

20世纪60年代，美国贝尔实验室尝试机器写作。几十年的时间过去了，在互联网和大数据的助推下，人工智能写作成为现实。人工智能书法家的创作是否也会成为现实呢？它的亮相与正规登场的时间距离有多远？成立机器人书法家协会的可能性有多大？

人工智能具有非凡之处，解决书法的临创问题不在话下，甚至"创作"出荣获书法兰亭奖的作品也有理论的可能性。也就是说，人工智能书法家的出现，非正视不可。

人工智能，关键在于"人工"二字。人工智能书法家的创作，需要人的设计，其中的书体、文辞、风格、强弱等要由人存于数据库，再由机器分辨、组织、书写。当前，全国性书法展览风起云涌，我相信，迟早有一天，人工智能书法家联展会在中国举办。不知道人工智能书法家联展的登场，书法家们会有何感想。

社会化大生产和技术主义横行，人类招架不住，但是，这不是人类妄自菲薄的理由。一位美籍华裔科学家告诉韩少功，人机关系仍是主从关系，其基本格局并未改变。特别是一旦涉及价值观，机器人其实一直力不从心。

关键词是"价值观"，它有生命的内涵，有文明的外延。

为此，韩少功意味深长地说："原因是，价值观总是因人而异的。价值最大化的衡量尺度，总是因人的情感、性格、文化、阅历、知识、时代风尚而异，于是成了各不相同又过于深广的神经信号分布网络，是机器人最容易蒙圈的巨大变量。舍己为人的义士，舍命要钱的财奴……人类这个大林子里什么鸟都有，什么鸟都形迹多端，很难有一定之规，很难纳入机器人的程序逻辑。"

从"价值观"的层面来看，人工智能书法家需要存在，人工智能书法家的创作也是书法创作的表现形式，只是，由人工参与的智能书写，依赖数据库，离不开若干样板的提前安置，相对于书法家的烂漫遐想，书写文辞的理想寄托，对时令冷暖的敏感，具有思想高度的反讽与批判，人工智能的"外向型"性格，免不了有几许尴尬。

计算机鼻祖高德纳指出："人工智能已经在几乎所有需要思考的领域超过了人类，但是在那些人类和其他动物不假思索就能完成的事情上，还差得很远。"对此，韩少功有自己的体会，他认为，就是这个价值观划分了简单事务与复杂事务、机器行为与社会行为、低阶智能与高阶智能，让最新版本的人类定义得以彰显。

文学艺术的存在理由，是对人类价值观的传导。肯定人类美德，遵守社会道义，尊重生命情感。这种价值观，机器人不会有——即使真有了，也是我们赋予的。

何谓书卷气

旅美学者、著名书法理论家白谦慎回答《中华读书报》记者提问时说："我们对书法的理解最缺乏的就是文气、书卷气，现在人们不太读书，艺术家也不爱读书。大家别总是玩形式，更要靠内涵。"

对当代书坛，白谦慎可谓一语中的。

然而，一语中的不是目的，我们需要找出疗治的良方。那么，什么样的书法有文气，有书卷气呢，白谦慎接着说："为什么张充和的字出来后人们觉得好？因为她的字特别有书卷气，技法上并不复杂，主要是靠内涵。"

我有幸得到《张充和诗书画选》，其中还有一张别致的藏书票，是作者张充和与编者白谦慎的签名，字静穆、安详，平易近人。张充和的亲笔签名我是第一次看到，真的平易近人，一笔一画地写着，清澈、朴素，一目了然。"技法上并不复杂，主要靠内涵"，白谦慎说对了，这样的坦诚与明亮，就是一个人具有文化内涵的表现。可是，当代的一些著名书法家就不是这样了，他们总觉得自己与众不同，应该与普通的书法家划清界限，于是，他们呐喊着写字，在锣鼓声中写字，在摄像机前写字，在舞台上写字。既然如此的与众不同，所写的字也应该有自己的"面目"，于是，我们不无遗憾地在著名的书法家的笔下，看到了无数夸张、变形的字迹。如果提出异议，得到的回答是不懂艺术，或者是没有见识。

懂艺术，有见识，就能够接受鬼画狐一样的字吗？你懂艺术，你有见识，就可以胡乱写字吗？还美其名曰："这是艺术的符号。"

也许我在沈从文的别集上拜读过张充和的题字，对《张充和诗书画选》具有特殊的热情。一个通宵，我把这本图文并茂的书读了，似乎明白了书法书卷气是如何体现出来的。"技法并不复杂"，但不等于说张充和的书法没有技法。白谦慎说："书法是张充和一生的爱好。她五岁开始学书，初以颜字打基础，后兼学诸家，于隶书、章草、今草、行书、楷书皆有所擅。少年时，便为人作榜书。二十多岁时所作小楷，气息晴朗，格调高雅。流寓重庆时，在沈尹默先生的建议下，研习汉碑、古代墓志，书风转向高古。今天已是九十八岁高龄的她，不复登台表演昆曲，也很少作诗赋词，但依旧每天临池不辍。"

像张充和一样用功的书法家不计其数，但能像张充和一样读书写作的书法家就凤毛麟角了。张充和的诗词亦如她的字，平和却深情，静雅也开张，"词旨清新，无纤毫俗尘"（沈尹默语）。

书卷气的核心，应该是书法家的文化修养。对历史、文学陌生，笔下自然苍白，即使耗费苦心，也难有人文景观。书卷气是一个人精神气质的体现，古人云，腹有诗书气自华，腹有诗书，情感丰富，思想活跃，腕下才有古今，字迹自有云烟。

当代书法不尽如人意的地方，白谦慎看得十分清楚，他说："当书法越来越淡化实用性，就会凸显其艺术性，这么大的变化是好是坏还不好说。艺术院校毕业的人写书法更强调创新，而在过去，人们每天写的手稿都是书法作品，过去的书法更接近日常书写，很实用，体现的东西比较精微。"不错，书法的实用性淡化了，书法家开始在形式、墨法、笔法上大做文章，似乎只有这样，才是当代书法创作的根本。白谦慎说得对，"这么大的变化是好是坏还不好说"，但是，书法仅仅在这样的层面上发展，总觉得不是滋味。

书法的书卷气依旧是书法评价体系中至关重要的标准。不管书法的实用性消解到何种程度，我们对书法家的文化要求不能降低，我们对书法作品的文化内涵不能轻视。既然书法艺术代表了中华民族的精神向度，我们理应像张充和、白谦慎一样发扬其传统，维护其尊严。

书法家为什么不写自纠状

2005 年 9 月 23 日的《文汇读书周报》刊发了著名学者来新夏的文章《我的自纠状》，来老在文章中写道：

> 从事著作，总希望自己的著作完美无缺，能给人以裨益；但往往在成书以后，事与愿违，又不断发现错漏，引致自己的无尽悔意，始知古人不轻付枣梨的谨慎。《清人笔记随录》是我尽数十年积累之功，于耄耋之年，整理成书问世，理应减少差错。一旦问世，内心喜悦，难以言喻。而各方鼓励之词，纷至沓来，益增快慰。直谅多闻之友，虽时有指疵摘瑕，亦多婉转陈说。近于怡然陶醉之余，持书循读，确有字句错讹谬误之处，心怦怦然，而最不可谅者，则为叙事缺漏与论述悖迕。若不细检推敲，亦可掩愆。惟静夜深思：个人得失事小，贻误后来事大，若隐忍不发，希图蒙混，则中心愧怍，而有负读者，遂决然举二例以自纠。

文学评论家陈福春对来新夏的自纠一例进行了说明：“来新夏先生的《清

人笔记随录》是 2005 年 1 月由中华书局初版的。……而来老在《清人笔记随录》问世后，亦立即寄赠了我一部。在奉读之后，我曾写过一篇书评，题为《八旬老学者新奉献》，发表在那年 6 月的《中华读书报》上。在那篇书评中，我随手列举了来老此书中的两个片段：胡承谱的《只麈谭》记有鲁亮侪逸事，十分生动，但来老博览强记，忆得少时曾读袁枚谈鲁氏一文内容与之相似，于是重检袁氏文集，发现固然如此，再加小小考据，便证实胡氏乃有剽窃袁文之嫌。邵晋涵《南江札记》中，有辨《后出师表》非伪之文，近人卢弼著《三国志集解》却引何焯之说，来老谓何氏乃窃自邵氏云。畏友刘兄寂潮读了拙文后，告诉我邵氏实生于何氏死后，这是来老记错了。我一查书，果然如是，惭惶（因我未察其误）之余，忙打电话告诉来老。此后，我便在 9 月 23 日《文汇读书周报》上肃然读到了来老的《我的自纠状》。老实说，我当时读到如此真挚、沉重的自责文字，真正是"心怦怦然"，深受感动和教育！你想，来老耄耋之年辛辛苦苦写这么厚一部大书，有些疏漏本也难免，且毕竟又都是较小的失误。来老这样严以律己，充分体现了一位老学者的敬业精神，体现了一个劳动者的淳朴本质！

人无完人，金无足赤，每一个人都有走弯路，走错路的时候，关键是你如何回望自己的弯路和错路。我写文章出现错误，被同道指出，第一时间改正。我觉得知识海洋异常浩渺，我们无法穷尽。黑龙江学者李敬东十分严谨，每每在我的文章中发现错误，都会直言不讳地指出。我重视他的意见，他留在我博客上的指谬文字，我一直保留。挚友斯舜威对我的错误从不姑息，甚至一个词的不当使用，也会及时指出。近几年，自觉在思想与写作上有稍许进步，与李敬东、斯舜威的批评不无关系。为此，我感谢他们。

当代书法家也经常出现错误。比如，有位声名显赫的书法家，侵占了学生的学术成果，被揭露后，反而强词夺理，百般狡辩。还有一位著名书法家，把"更催桃李"写成"更摧桃李"，也不见道歉和自纠。著名学者来新夏能写自纠状，为什么犯了错误的书法家不能写自纠状呢？在我看来，这是当代书法家现代人格的缺失，是书法家现代精神的委顿。

当代书法家首先是一位现代人。那么作为一位现代人，需要具备对自己的清醒认识，其中包括对自己的品德、修养，对自己的弱点与局限的认识。当代书法家已经从历史的文人阶层中脱离出来，业已成为当代中国社会的一门职业。书法艺术与中国传统文化息息相关，可是当代书法家的人格构建、知识谱系，已经不具备与传统文化对话的条件，那种把人格视为人的最高价值的精神选择，显然让位于既得利益集团的横行和跋扈，以及对物质与权力的倾心与向往。因此，我们所看到的那些不伦不类的"大师""巨匠"，均有着封建社会价值判断的优越感，有着浅薄的自大心态。

游寿的话题和游寿引起的话题

我有一个观点，与朋友们经常讨论。我说，对于 20 世纪的人来说，六零后这代人，很大程度上可以视为中国近百年的第一代幸福的人。我的理由是，一零后国破家亡，风雨飘摇；二零后军阀割据，民不聊生；三零后日寇入侵，颠沛流离；四零后内战激烈，死里逃生；五零后政治运动此起彼伏，上山下乡；六零后逢改革开放，可以自由恋爱，创业机会多多，英雄不论出处……

或许我的感觉被理解成自恋或自欺欺人，我依然相信，六零后的我们，面前有宽阔的道路，有多种的可能。

游寿是一零后一代人，是我们的长辈。遗憾的是我没有机会见到游寿，我也没有机缘向她请教人生问题。我的一家之言，不知道游寿是否赞成。

之所以饶舌说一些不着边际的话，起于我对游寿书法生涯的理解。她的书法，她的书法观，她的书法家的形象，与一零后这代人关系密切。她的实践与想法，用时髦的语言讲——有时代的机遇，也有时代的局限。

知道书法家游寿，是我还在东北松花江边苦读诗书的时候。她在哈尔滨工作，我们同饮松花江水，我就以为她是黑龙江人，是东北籍的学者和书法家。其实不是，她是福建人，到东北工作不是她的选择，是工作需要。"工作需要"听起来简单，理解起来不容易，其中的因素与她的一零后的"身份"有关。本该大有作为的时候，恰是对读书人怀疑的时候，她渊博的学识，条理清晰的著述，出现"阶级烙印"，不合时宜了。

我浅陋，对游寿的学问说不出一二。好在十几岁的时候看到游寿的书法，依凭年轻时的纯洁印象，对游寿的书法还有探知的兴趣。不同的是，游寿不在了，她成了110岁的文化名人，我呢，人到中年，热爱书法，因此，对游寿念念不忘。

游寿健在时，书名甚隆。那时候的书法基本是不激不厉，含蓄、平实，一笔笔写下去，隽永沉静，赏心而悦目。记得她说的话——"书法作为艺术，体现文化情韵，这就要讲究艺术修养。"

游寿艺术修养深厚。她的字是"艺术修养深厚"的直接结果吗？当然。20世纪80年代的书法展览不多，不过，只要是重要的书法展览，都会看到游寿的作品，行书、隶书、篆书，线条艰涩，气息高古，看得越久，越觉得深刻，可望难即。

为什么是这样，游寿还说——"前人曾说'笔颓万枝，何如读书万卷'。这说明'写字'不只是写字，而且要加强文化学习。"有着丰富人生阅历和深厚学问积淀的游寿，强调书法的文化内涵与知识养成。一零后的人生道路崎岖坎坷，但是，对传统文化的判断有时间支撑，基本面正确。她看重读书，这是一位知识分子的首选。谈及书法学习，游寿说——"如果以书法是艺术，凡是艺术必求'醇'，我幼年未下功学书，而学的碑帖较多，中年以后也未全部精力于写字，我的字始终是一个'生'，我希冀的'醇'却未做到。"

"生"是什么？"醇"，又是什么？我觉得这是文而化之的方程。游寿言及的"生"，是外在的形式，这是一目了然的事物，不能没有，过了，则显得生辣、生硬。"醇"是境界，只能意会不可言传的"醇"，从"生"中来，与一个艺术家的生命、情感融为一体，最后羽化成仙。其实，游寿很"醇"，她谦逊极了，总是看到自己的不足，总觉得生命与艺术之"生"没有完全脱离，督促自己登攀"醇"的台阶。

游寿对自己的苛责让我想起一位作家所言：大家总是怀疑自己，大家从不怀疑别人。

六零后、七零后、八零后的书法家对游寿的书法和书风不会感兴趣。他们会觉得游寿简单，笔法、风格，缺乏视觉力量，因此，缺乏艺术的魅力。他们也会觉得游寿的书法作品尺幅偏小，市场运营时缺少亮点。对于今天的书法家，对于今天的书法家的选择，游寿一定不理解了。竞技性的书法展览，目标性的市场销售，导致时下的书法重了、大了，耀眼了、有卖相了。很好，不错，市场经济嘛，不谈销售能谈什么。

也许，这是不同时代人的价值冲突。一零后面对的世界物质匮乏，市场萧条，既没有丈二的宣纸可供抒情，也没有一掷千金的收藏者。因此，她写字，是写给自己看，写给喜欢看的朋友们看，简简单单。我们不行，消费社会，没有钱万万不行，写字的人是为了销售，学字的人也是为了销售，买字的人是为了成为卖字的人，我们痛，难觅快乐。游寿说——"旧社会账房先生，成天写字，可是没有见出过几个书法家，他们这种字，人民管它叫'买卖字'。"

眼下是账房先生没有了，"买卖字"一天天多了起来。

"买卖字"多起来，就想看有文化含量的字。人到中年，游寿渐渐远去的时候，想到她，内心温暖。

"止园"为什么没有变成"正园"

民国书法家寇遐拒绝在"止"字上面加一横的说法有两个版本：其一，1943年祝绍周主政陕西时，在杨虎城建于1935年的别墅"止园"宴请邓宝珊、寇遐等人，酒足饭饱，一位将军建议寇遐在"止"字上加上一横，"止"变成"正"，目的明确，向蒋中正先生讨好。寇遐当即拒绝。其二，寇遐在老友杨虎城的"止园"居住，时任陕西省政府主席的祝绍周，为接待来陕视察的蒋介石，请寇遐把"止"字上面加一横，变成"正园"，以示欢迎蒋中正之意。同时表示以五千大洋酬谢。寇遐说，钱见过，现在虽然穷，也不宜自作主张给人家的房子改名字。

两种说法，说的是一件事，就是寇遐不畏权贵，不被金钱所惑，恪守基本道德底线，保持正常人的良知，敢于对庸俗的习气说"不"。难能可贵，值得敬重。

历史的缝隙，滴滴点点的刚正人格，还有明明灭灭的生命火焰，让我们保持着对这个民族与这个时代的信心。72年前，围绕"止园"发生的一件微不足道的小事，我思考良久，那件小事就像一滴水，折射的太阳光芒，依然耀眼。"止园"位于西安市青年路止园饭店西侧，原名"紫园"。建园时，杨虎城将军从胶东、豫东胜利回师，取"紫气东来"首字命名为"紫园"。后来担心蒋介石猜疑，取"止戈为武"首字，改名"止园"，隶书匾额由书法家寇遐书写。"止园"成了一个历史舞台，杨虎城将军在"止园"与周恩来会谈，讨论西安事变问题。一个重大的政治事件，让"止园"有了时间的质感。

我访"止园"，是为了心仪的寇遐，以及没有添写的"一横"。在波谲云诡的民国，士大夫与文人的角色经常变换，寇遐就是证明。张奚若在《陕西辛亥革命回忆录》中说："在东区（陕西）选出的众议员中，后来为人所知者仅一二人，其中一个是寇遐。他虽做过农商总长，但还因为他是位出名的书法家。"的确如此，寇遐是资深的革命家，1906 年，22 岁的寇遐加入了同盟会，追随孙中山，成为关中学生运动的领袖。1924 年，寇遐参与"北京政变"，在一举摧毁北洋军阀的统治、将溥仪驱逐出宫后，寇遐被推举为临时政府的农商总长。1931 年，杨虎城主政陕西，寇遐任省政府委员。因 17 路军第 42 师师长冯钦哉修马路，给老百姓胡摊乱派，寇遐同他争执起来，寇遐拿起茶碗怒砸冯钦哉。"西安事变"，张、杨合作，寇遐起到了重要作用。1934 年，在邵力子、杨虎城的支持下，寇遐等发起成立了"西京金石书画学会"，寇遐任会长，旨在"由研究而促进现代文化，由艺术熏陶而振奋民族精神"。这是陕西成立较早、影响最大的书画社团。1949 年，张治中率国民党和谈代表团到达北平，和谈破裂后，张治中心情矛盾，他撰写对联——"理明牵挂少，心闲岁月宽"，请寇遐书写，寇遐应允。寇遐所写的隶书对联，一直挂在张治中的书房。1953 年 9 月，寇遐在西安去世，享年 70 岁。淡出政坛的寇遐，成为职业书法家了。直到今天，我们对他的记忆，依然围绕书法。

今天的"止园"辟为"杨虎城纪念馆"，应该说恰到好处。"止园"仍存，寇遐的"止园"还在。我到"止园"，不是到杨虎城的"止园"，而是访寇遐的"止园"。看着隶书"止园"，庆幸"止园"没有变成"正园"。其实，把

"止园"改为"正园"的心理，是民族之殇，文化之痛。我深深知道，官僚与权贵的世俗目的不难实现，把"止园"改为"正园"的事情，也是举手之劳，无须大动干戈。值得思考，也值得我们骄傲的是，眼前的"止园"还是"止园"，刚直不阿的寇遐，维护独立人格的寇遐，不颂圣，不猥琐的寇遐，终归没有在"止"字的上面加上"一横"。那该是怎样沉重的"一横"，这"一横"改变的不仅仅是一栋房子的名称，也是一个人的操守，一个人的尊荣。

写错字不是名人们的特权

VIP 这几个字母越来越被人艳羡了，我就知道，层级与地位的分野在所难免。我们需要平等，而现实生活中总会出现充足的理由说明人与人之间在政治权益、消费能力上的高下之别，是毋庸置疑的。

我是一个普通人，我是一个不自卑的普通人，因为我一直活在现代社会的感觉中，自尊、自重、自爱，只要有读书、工作、旅行、迁徙的自由，于我而言一定是快乐的岁月。因此，我不羡慕一掷千金抢购名牌商品的人，当然，也不羡慕被千万人追捧的公众人士。我有自己的选择，他们有他们的辉煌，彼此有自己的方向。

做好一个普通人也不是容易的事，至少要有基本的教养，至少要有文化，至少要懂得世间万物的美丑。我是一个书法爱好者，首先要求自己明白什么是好字，自己该学习什么样的字，还要避免写错字，如果写错字了，一定要虚心接受批评，立即改正错误。人的一生没有不犯错误的，重要的是我们如何看待错误。是知错必改，还是强词夺理。

毛笔字值钱了，毛笔字有市场了，写字的人自然多起来。中国书协一年办了三十多个展览，就是最好的说明。其次是凑热闹的名人也一天天多起来，他们有自己的社会声望，粉丝如蚁，甫一拿笔，此处就会有掌声。没有办法，我们身处娱乐至死的时代，名人写字的看点，一定多过书法家们。

时代的需求，左右社会舞台上演的节目。我们一天天要摆脱沉重的思考和文化的承担，自然对名人们轻率的挥毫倍感兴趣。赵本山的毛笔字在拍卖市场一枝独秀，当然会登上都市报的娱乐头条。明眼人怎么不知道，娱乐明星的书法秀与书法没有关系，这时候，写毛笔字仅仅是一种急功近利的手段，其背后有商业的逻辑，名声与资本的媾和，在名人们嬉皮笑脸中变得异常自如。

对此早已司空见惯，没有什么异议。但是，唯一一点是不能挑战也不能妥协的，那就是，随心随意地写错字，还不以此为耻，反以此为荣。

错字，即错误。人类社会的运行与良知，就是对错误的克服，对错误的反思，对错误的批判。毛笔书写，被累累的错误覆盖，这种书写当然没有一点意义。然而，名人们却不这样认为，他们以自己的浮名为资本，不加思考地写毛笔字，承传、味道自然不会有，他们以过度的自信不断涂抹出狼藉的字形。最让人不可思议的是，这样的字还有人争先恐后地支付巨额资金购买。难道我们是在喜剧的时空中穿行？

毕福剑曾是家喻户晓的名人，也愿意写毛笔字。他给台球运动员潘晓婷写了四个字"玖球天後"，四个字中有两个字需要推敲。"玖球"应为"九球"，"天後"，应为"天后"。为此，徐正濂先生进行了说明——"后"本指君王，皇天后土，就是君王的天君王的地；也可指为君王之妃，"皇后"是也。仅仅在表示时序先后的意义时，可与"後"相通。

对潘晓婷以"天后"誉之，提笔写成"天後"，我一点也不感到奇怪。娱乐明星，写毛笔字，写出几个错字再正常不过了。不过，我还是希望毕福剑如果知道自己写了错字，立即改正，最好有点不好意思。这样我觉得和谐社会离我们又近了一步。

　　写错字，不是名人们的特权。名人们的优越感我能理解，但写了一个又一个错字，还是一副满不在乎的样子，就有点讨人嫌了。作为中国人，对自己的母语要有敬畏之心，正确书写汉字，是不能逾越的文化底线，因此，我向名人们进言，即使读不了书，有时间翻翻新华字典，也是有益身心健康的选择。

名人的"排场"与文人的"教养"

　　酒后，朋友们调侃，请大家用一个词来诠释当下，我随口而出：排场。是的，我们正处在讲排场的时代，排场无处不在，排场几近成为中国人的情结。

　　中华人民共和国立国，依靠的是平等思想。蒋介石到延安看到毛泽东的住处，脊背有丝丝凉意，他看到了一个政党的坚强。民主党派与毛泽东论政，发现这位衣着朴素的人有着视通万里的世界眼光。那一时刻，他们觉得这个政党会赢得中国。

　　可是眼下，越演越烈的排场意识，排场追求，让人疲惫不堪。豪宅、靓车、美酒、佳肴、名画、丽人，几近成为我们身处时代的关键词。

　　书法家在这样的背景下不甘落后，他们效仿官场的套路，讲等级，讲身份，甚至在展览活动中，狼有狼的位置，羊有羊的角落，腐朽的等级思想大白于天下。某省书法家到北京办展览，为请一位领导人出席开幕式煞费苦心，他认为，展览的成功在于剪彩嘉宾的身份，副国级、部级、副部级，印证了展览的层次，说明了书法家的影响。还有一位书法家，为了表明自己与官场的亲近，买了一辆奥迪轿车，还特意按照党政机关用车的标准进行装饰，试图让人知道自己的排场不逊色于别人。

排场，是从众意识的反映。从众意识均是庸俗的，显然与艺术家追求个性与自我实现的美学目标背道而驰。

在我看来，当代书法家有名人和文人两个阵营，尽管两个阵营的角色不断地相互转换，然而，其中的差异还是泾渭分明的。名人有公共属性，喜欢讲排场。京城一位读书不多、知名度颇高的书法家，明目张胆地对我说，有钱的人需要讲财气，当官的要高调，有名的人需要排场。因此，此公学娱乐圈的明星，穿奇装异服，定做自己的专用酒，招摇于世。

鲁迅说："中国人的官瘾实在深，汉重孝廉而有埋儿刻木，宋重理学而有高帽破靴，清重帖括而有'且夫''然则'。总而言之：那魂灵就在做官——行官势，摆官腔，打官话。"

我不喜欢名人的"排场"，虽然人们太习惯那种华而不实的套路，太习惯仰首张望名人的风采，我依旧推崇文人的清高和信念。孟子说："故士穷不失义，达不离道。穷不失义，故士得己焉；达不离道，故民不失望焉。古之人，得志，泽加于民；不得志，修身见于世。穷则独善其身，达则兼济天下。"鲁迅又说："惟有民魂是值得宝贵的，惟有他发扬起来，中国才有真进步。"在我的眼睛里，孟子所说的"道"，鲁迅所说的"民魂"，就是文人笔端的救赎、信仰、情怀、理想。

书法界不乏名人的"排场"，独缺文人的"教养"。财富急剧积累的中国，面临不少问题：产业结构面临调整，贪污腐化、环境污染严重，有产阶层热衷移民，社会道德沦丧等，种种迹象表明，中华民族复兴的伟业还有一段较长的道路，我们也需要保持清醒的头脑，而不是夜郎自大似的傲慢与自得。

那么，在新的一年里，我们该何去何从呢？

学在民间

读《秦简牍书法研究》有两点缘由：一是我喜欢隶书，自然对秦简牍书法有兴趣。一直这样理解，秦简牍书法是汉隶的源头，试图写好隶书，忽视秦简牍书法是愚蠢的。当代有几位长于隶书的书法家，如鲍伦贤、王增军、毛国典、谷国伟等，因其对秦简牍书法的悉心研究，方使腕下生风，得道多助，扩大了当代隶书创作的格局，拓展了当代隶书审美的路径。他们的创作启示了我，近年来开始注意秦简书法，内心有了古意，笔底翻飞起荒疏和天真的韵致，目光渐趋凝重。二是《秦简牍书法研究》一书的作者王晓光是我的同道和朋友。我们相识与结交，缘于书法理论。除却在有关书法的会议上相逢、交流、漫谈，还没有一次休闲的约会，也没有一次世俗的往来。滚滚红尘，能有一位纯洁、单纯地研讨书法理论的朋友，我一直视为人生的幸事。

王晓光，个子不高大，气势不逼人。可是，每一次见面，寥寥数语，就感受到了一位脱俗的书法研究者的执着和认真。比如，对一个问题，遑论简单和复杂，王晓光凭着"拿出证据来"的精神，诚恳以对。重要性在于，王晓光的学术兴趣，来自自己的精神需求，而不是被动的安排和指定。尽管寥寥可数的稿费，抵消不了智慧和资料的投入，但是，王晓光心平气和，乐在其中。相比较而言，体制内的教授和研究员，有着太多的优越感，组织的关心，丰厚的课题费，研究生们的协助，常常能够换来足够多的荣誉和利益。然而，足够多的荣誉和利益，不等于深度和质量。我看过许多教授、研究员的文章，说一句不恭的话，八股式的文章，干涩的语言，没有收敛的引用，丝毫感受不到阅读的快感和思想的力量。

今年三月末，曾去新疆旅行。我向同行者、中国社会科学院文学所研究员董炳月先生表达了我对一些体制内学者的失望，董炳月说"学在民间"。我没有对这句话进行考据，但是，这句话却勾起了我的联想。记得钱锺书先生说过："大抵学问是荒江野老屋中二三素心人商量培养之事，朝市之显学必成俗学。"的确，从历史经验来看，高级意义的学问，尤其是具有原创性的思想和学术，均是在民间萌生，很难出自热闹的庙堂或市场。

庙堂之上，当然会有很多出类拔萃的人物，不过，他们处"庙堂之高"，专注于庙堂之事，试图在文化上取得成绩就不是容易的事情了。司马迁所指出的"究天人之际，通古今之变，成一家之言"的目标，更是遥不可及。郭沫若先生就是生动的例证。

王晓光的《秦简牍书法研究》，对秦简牍书法概念，进行了解析，又以秦牍墨迹为例，对秦简的规律性笔法进行探讨。难能可贵的是，王晓光没有拘泥于秦简的一个方面，而是在纵横交叉中考察文字变化的历史背景和文化因素，以及秦简在当下的书法意义。此书集考据与思辨于一体，以朴实的语言，道出了一位民间书法研究者对秦简书法的认知。

当代书坛，对理论的轻视，表明了这个界别的肤浅。皇皇二十万字的书，其稿费收入不及流行书法家的一平尺。这样的"傻"事，唯有民间书法理论者愿意干，理由只有一个：爱。王晓光的"爱"，让我们有了理想，有了方向，有了使命感。